À L'OMBRE DU MAL

ROBERT CRAIS

À L'OMBRE DU MAL

Traduit de l'américain
par Hubert Tézenas

Titre original :
CHASING DARKNESS
publié par Simon & Schuster, New York

www.quebecloisirs.com

UNE ÉDITION DU CLUB QUÉBEC LOISIRS INC.
© Avec l'autorisation des Éditions Belfond
© Robert Crais 2008. Tous droits réservés
Et pour la traduction française
© Belfond, un département de place des éditeurs, 2009.
Dépôt légal — Bibliothèque et Archives nationales du Québec, 2009
ISBN Q.L. : 978-2-89430-975-9
Publié précédemment sous ISBN 978-2-7144-4535-3

Imprimé au Canada

À Shelby Rotolo,
parce que les échelles de corde et
les châteaux forts de Noël durent toujours

Prologue

Beakman et Trenchard sentaient l'odeur de l'incendie – il était encore à plus d'un kilomètre, mais les folles rafales du désert charriaient la promesse d'un enfer. Des camions de pompiers venus des quatre coins de la ville convergeaient sur Laurel Canyon tels des anges rouges, de même que des voitures pie de la police, des ambulances et des hélicoptères bombardiers d'eau de Van Nuys et de Burbank. Le *tacatac* des hélicos planait tellement bas que Beakman et Trenchard n'entendirent pas leur sergent-chef. Beakman mit une main en cornet derrière son oreille.

— Hein ? Qu'est-ce que vous dites ?

Le sergent-chef Karen Philips se pencha à l'intérieur de leur voiture de patrouille et hurla :

— Commencez en haut de Lookout Mountain. Les secours sont déjà sur place, mais vous devrez vérifier que tous ces gens sont en train d'évacuer les lieux. Et ne vous laissez pas embobiner. Compris ?

— On y va, cria Trenchard, qui conduisait et était le plus âgé des deux.

Après avoir rejoint le flot des camions de pompiers qui fonçaient vers Laurel Canyon, ils s'attaquèrent à la pente abrupte de Lookout Mountain Avenue. Ancien lieu de résidence de monstres sacrés du rock comme Frank Zappa, Jim Morrison et Mama Cass Elliot, Laurel Canyon avait aussi vu naître le country rock dans les années 1960. Crosby, Stills et Nash avaient tous vécu là. Idem pour Eric Burdon, Keith Richards, et, plus récemment, Marilyn Manson et au moins

9

un membre des Red Hot Chili Peppers. Beakman, qui grattait une Fender Telecaster au sein d'un groupe de flics nommé Nightstix, considérait ce quartier comme un éden musical.

Il montra du doigt une petite maison.

— Je crois que Joni Mitchell a habité ici.

— Qu'est-ce qu'on en a à foutre ? T'as vu ce ciel, mec ? Regarde-moi ça. L'air est en feu, putain.

La fumée progressait vers Sunset Boulevard, barbouillant l'atmosphère de volutes charbonneuses.

Nées lors d'un incident domestique au sommet des collines de Hollywood, les flammes avaient bondi jusqu'aux broussailles de Laurel Canyon Park, puis elles s'étaient propagées grâce au vent. Trois maisons avaient déjà été détruites, et d'autres étaient menacées. Beakman aurait un tas de choses à raconter aux gamins lorsqu'il remonterait sur son estrade le lundi suivant.

Jonathan Beakman était agent réserviste de niveau 2 au LAPD, le département de police de Los Angeles, ce qui signifiait qu'il était assermenté, portait une arme et effectuait exactement le même boulot que ses collègues en uniforme à temps complet, sauf que lui ne le pratiquait que deux jours par mois. Dans la vie courante, Beakman enseignait l'algèbre dans un lycée. Ses élèves n'étaient pas particulièrement passionnés par le théorème de Pythagore, mais ils le bombardaient souvent de questions sur ses patrouilles du week-end.

— Voilà comment ça va se passer, lui dit Trenchard, qui avait vingt-trois ans de maison et n'aimait pas la musique. Une fois là-haut, on se gare et on fait cinq ou six baraques à pied, moi d'un côté, toi de l'autre ; ensuite, on se retrouve à la bagnole et on recommence. Ça devrait aller assez vite, comme ça.

Les pompiers avaient quadrillé le quartier en diffusant les consignes d'évacuation grâce à des haut-parleurs. Certains habitants avaient déjà entassé vêtements, clubs de golf, oreillers et chiens dans leur voiture. D'autres, plantés sur le pas de leur porte, les regardaient plier bagage. Quelques-uns

10

étaient montés sur le toit et arrosaient leur maison au tuyau. Beakman se dit que les arroseurs risquaient de leur donner du fil à retordre.

— Et s'il y en a qui refusent de partir ?

— On n'est pas là pour les coffrer. On a trop de terrain à couvrir.

— Et ceux qui ne peuvent pas se déplacer, comme les handicapés ?

— Au premier passage, on vérifie que tout le monde a bien capté le message. Si quelqu'un a besoin d'un coup de main, on le signalera par radio, ou alors on reviendra le chercher nous-mêmes quand on aura fini.

Trenchard, pas con du tout pour un mec qui n'aimait pas la musique, lui décocha un coup d'œil oblique.

— Ça va, toi ?

— Un peu nerveux quand même. Tu vas voir, je te parie qu'on va tomber sur une vieille entourée de quinze carlins. Qu'est-ce qu'on en fera, de tous ces carlins ?

Trenchard s'esclaffa et Beakman se surprit à sourire, mais son sourire ne dura pas. Ils passèrent à la hauteur d'une petite fille qui marchait derrière sa mère vers un 4 × 4, en traînant une cage à chat tellement lourde qu'elle n'arrivait pas à la soulever. La mère était en larmes.

C'est affreux, pensa Beakman.

Arrivés au sommet de Lookout Mountain Avenue, ils entamèrent leur porte-à-porte. Quand les habitants d'une maison n'étaient pas en train d'évacuer, Beakman frappait à la porte, sonnait, puis martelait le chambranle avec sa Maglite. À un moment donné, il cogna même si longtemps que Trenchard, de l'autre côté de la rue, lui lança :

— Tu vas la démolir, putain ! Si ça ne répond pas, c'est qu'il n'y a personne !

Trenchard le rejoignit au carrefour suivant. La petite rue transversale formait une trouée sinueuse dans la ligne de crête ; elle était bordée de chalets et de bungalows vétustes, sans doute bâtis dans les années 1930. Les parcelles étaient tellement étroites que les pièces habitables se trouvaient souvent au-dessus du garage.

— Il ne doit pas y avoir plus de huit ou dix baraques, dit Trenchard. Viens.

Ils se séparèrent à nouveau et entamèrent leur porte-à-porte, bien que la plupart des habitants soient déjà sur le départ. Ayant facilement vérifié les trois premières maisons, Beakman gravit l'escalier menant à l'entrée d'un bungalow en stuc craquelé. *Toc toc*, coup de sonnette, Maglite.

— Police ! Il y a quelqu'un ?

Il décida qu'il n'y avait personne et était en train de redescendre quand une femme l'interpella depuis le trottoir d'en face. Sa Mini Cooper chargée jusqu'à la gueule était prête à partir.

— À mon avis, il doit être là. Il ne sort jamais.

Beakman se retourna vers la porte du bungalow. Il l'avait fait trembler à force de taper dessus.

— C'est un handicapé ?

— M. Jones. Il a un problème au pied, je ne sais pas quoi. Ça fait plusieurs jours que je ne l'ai pas vu. Peut-être qu'il est parti, mais ça m'étonnerait. Il a du mal à se déplacer, c'est pour ça que je vous en parle.

À sa mine contrariée, Beakman sentit qu'elle regrettait déjà d'être intervenue.

— Il s'appelle comment ? demanda-t-il en remontant vers l'étroite véranda.

— Jones. C'est tout ce que je sais : M. Jones. Il a du mal à se déplacer.

Beakman redonna de la Maglite. Fort.

— Monsieur Jones ? C'est la police, il y a quelqu'un ?

Trenchard avait terminé son côté ; il rejoignit Beakman en haut des marches.

— Un réfractaire ?

— La dame me dit que ce monsieur a du mal à se déplacer. Elle pense qu'il pourrait être chez lui.

Trenchard abattit sa propre Maglite sur la porte.

— Police ! C'est une urgence ; ouvrez, s'il vous plaît !

Tous deux se penchèrent en avant pour tendre l'oreille, et une odeur âcre assaillit alors Beakman. Trenchard la sentit aussi et se retourna vers la femme.

12

— Il est vieux, malade, ou quoi ?

— Pas si vieux que ça. Il a un problème au pied.

Elle était trop loin pour que l'odeur lui parvienne.

— Tu sens ce que je sens ? fit Beakman, baissant le ton.

— Ouais. Allons voir.

Trenchard rangea sa Maglite. Beakman fit un pas en arrière, s'attendant à voir son collègue balancer un coup de tatane, mais celui-ci se contenta de tourner la poignée, et la porte s'ouvrit. Ils furent aussitôt assaillis par l'odeur, accompagnée d'un essaim de mouches noires qui se replia presque aussitôt dans le bungalow. Beakman tenta de les chasser. Il ne voulait pas que ces mouches le touchent. Pas venant d'où elles venaient.

— Qu'est-ce qui se passe ? cria la femme.

Ils découvrirent, assis dans un fauteuil, un homme dépenaillé vêtu d'un bermuda baggy à carreaux et d'un tee-shirt bleu. Il ne portait pas de chaussures, ce qui permit à Beakman de constater qu'il lui manquait la moitié du pied droit. L'aspect de la cicatrice suggérait que cette blessure ne datait pas d'hier, mais l'homme en présentait une autre, beaucoup plus récente.

Beakman suivit Trenchard à l'intérieur pour y regarder de plus près. Ce qu'il restait de la tête de l'homme était renversé en arrière, dans une bouillie de sang et de méninges qui avait dégouliné sur ses épaules et le dossier. Sa main droite, posée en travers de ses cuisses, tenait vaguement un revolver noir. Un orifice unique s'épanouissait à la base du menton. Une croûte de sang couleur de mûre recouvrait son visage, sa nuque et le tissu du fauteuil.

— Sacré problème au pied, fit Trenchard.

— Un suicide ?

— Tu m'étonnes. Je vais prévenir le Central. On ne pourra pas laisser ce mec tant que le périmètre ne sera pas bouclé.

— Et l'incendie ?

— Au diable l'incendie. Il faut que quelqu'un vienne attendre l'arrivée des gars du coroner. Je n'ai aucune envie de rester englué dans cette puanteur.

Trenchard tenta en vain de repousser les mouches et repartit vers la porte plié en deux, tel un boxeur en position d'esquive. Beakman, fasciné, tournait autour du cadavre.

— Ne touche à rien, dit Trenchard. Il faut faire comme si c'était une scène de crime.

— Je jette juste un coup d'œil.

Un album photo ouvert gisait aux pieds de l'homme mort, comme s'il avait glissé de ses genoux. En prenant soin de ne pas marcher sur le sang séché, Beakman s'approcha. Le seul cliché visible était centré sur une des pages – un Polaroïd. Le film de plastique transparent servant à le protéger était éclaboussé de sang.

Beakman eut tout à coup la sensation que les mouches faisaient encore plus de bruit, autant que les hélicoptères qui combattaient les flammes.

— Trench, viens voir.

Trenchard le rejoignit et s'accroupit à son tour.

— Bon Dieu.

Le Polaroïd représentait une femme de type caucasien avec autour du cou ce qui ressemblait à du fil électrique. La photo avait été prise de nuit, et on la voyait gisant sur le dos contre une poubelle. Un épais bout de langue lui sortait de la bouche, et ses yeux écarquillés fixaient le vide sans rien voir.

Beakman s'entendit murmurer :

— Tu crois que c'est réel ? Une vraie femme morte ?

— J'en sais rien.

— Ça vient peut-être d'un film. Une mise en scène, quoi.

Trenchard ouvrit son canif et, de la pointe de la lame, tourna une page de l'album. Beakman sentit grandir son inquiétude. Même s'il n'était qu'un réserviste, pour rien au monde il n'aurait dérangé quoi que ce soit.

— On est censés ne toucher à rien.

— On ne touche à rien. Boucle-la.

Trenchard tourna une nouvelle page, puis encore une. Transi et excité, Beakman comprit qu'il avait sous les yeux une noirceur si horrible qu'elle était inconcevable pour le commun des mortels et impossible à affronter. Ces photos incarnaient le mal. L'esprit qui avait conçu ces crimes, pris ces photos et constitué cet album avait sombré dans un monde de cauchemar, tourné le dos à l'humanité. Beakman aurait des tas d'histoires à raconter aux gamins à son retour au lycée, mais celle-ci n'en ferait pas partie.

— C'est réel, non ? Ces femmes ont été assassinées.

— Je n'en sais rien.

— Elles ont l'air réelles. Ce fumier les a tuées !

— Arrête.

De la pointe de son canif, Trenchard souleva l'album pour qu'ils puissent voir la couverture. Une plage de rêve sur fond de soleil couchant, des vagues délicates et un couple qui laissait ses empreintes dans le sable. *Mes meilleurs souvenirs*, disait le titre en lettres cursives estampées.

Trenchard rabaissa la couverture.

— Viens, on va s'éloigner de ces mouches.

Ils laissèrent l'album tel qu'ils l'avaient découvert et sortirent chercher du réconfort dans l'air enfumé.

Première partie

Lookout Mountain

1

Il faisait bon être à l'agence ce matin-là. On n'entendait que le tic tac de la pendule Pinocchio, les crissements de mon stylo et le souffle du climatiseur qui luttait contre la fournaise. La saison des incendies était arrivée, et dans le sud de la Californie les foyers pullulaient comme une éruption d'acné sur une peau d'adolescent.

Joe Pike attendait que j'aie fini de scribouiller. Campé sur le seuil de la porte-fenêtre qui permet d'accéder à mon balcon, par-dessus la ville il contemplait l'océan. Il n'avait pas dit un seul mot ni bougé un seul muscle depuis plus de vingt minutes, ce qui n'était rien pour lui. Pike restait souvent muet des jours entiers. Nous avions prévu d'aller nous entraîner au gymnase de Ray Depente, à South Central, dès que j'aurais liquidé ma paperasse.

Le téléphone sonna pour la première fois à neuf heures quarante-deux.

— Elvis Cole ? lâcha une voix masculine.

— En personne. Que puis-je pour vous ?

— T'es un homme mort.

Je raccrochai et me remis au travail. Quand on fait le métier que je fais, on a droit à des coups de fil de schizophrènes, d'évadés de la zone 51 et de gens sûrs de savoir qui a tué le Dahlia Noir et la princesse Diana.

— C'était qui ? demanda Pike.

— Un mec qui m'annonce que je suis un homme mort.

— Ça fume, dit Pike.

Je relevai la tête.

— Où ça ?

— À Malibu, on dirait. Peut-être à Topanga.

À ce moment-là, Pike se tourna vers la porte, et tout ce que cette matinée ordinaire avait eu de normal bascula d'un seul coup.

— Écoute...

Un homme de forte carrure aux cheveux ras, portant une veste élimée beige, enfonça la porte d'un coup d'épaule comme s'il était à Falouja. Vu la façon dont il brandit son insigne, il devait s'attendre à me voir plonger sous mon bureau.

— Bienvenue en enfer, sac à merde !

Une femme en tailleur pantalon bleu nuit entra dans son sillage, un sac à bandoulière sous le coude. La chaleur avait mis un souk d'enfer dans ses cheveux, mais ça ne l'empêcha pas de nous montrer un écusson or et argent d'inspectrice.

— Connie Bastilla, LAPD. Lui, c'est Charlie Crimmens. Vous êtes Elvis Cole ?

Je me tournai vers Pike.

— Il m'a vraiment traité de sac à merde ?

Crimmens braqua son insigne sur moi, puis sur Pike.

— Cole, c'est celui-là, dit-il à la femme. L'autre doit être Pike, son giton.

Pike fit face à Charlie. Pike mesure un mètre quatre-vingt-cinq pour un peu plus de cent kilos. Il portait un sweat-shirt gris sans manches et des lunettes noires d'ordonnance. Quand il croisa les bras, les flèches vermillon tatouées sur ses deltoïdes ondulèrent.

— Vous aviez rendez-vous ? articulai-je lentement.

— Réponds, sac à merde !

Je suis détective privé. Je possède une licence émise par l'État de Californie et je dirige une agence. Les policiers ne font pas irruption chez moi. Ils ne me traitent pas non plus de sac à merde. Je me levai en gratifiant Crimmens de mon plus beau sourire professionnel.

— Redites-le encore une fois et je vous carre votre insigne dans le cul.

20

Bastilla s'assit dans l'un des deux fauteuils de direction installés face à mon bureau.

— Calmez-vous, dit-elle. On a quelques questions à vous poser au sujet d'une affaire sur laquelle vous avez travaillé.

Je fixais toujours Crimmens.

— Si vous voulez m'arrêter, allez-y. Si vous voulez me parler, frappez à ma porte et demandez-moi la permission d'entrer. Et si vous croyez que je plaisante pour votre insigne, mettez-moi à l'épreuve.

— Allez-y, Crimmens, fit Pike. Tentez votre chance.

Crimmens ricana et s'assit nonchalamment sur un bloc-tiroirs. Il étudia Pike un certain temps et ricana encore.

— Vous vous souvenez d'un certain Lionel Byrd ? me demanda Bastilla.

— Je ne vous ai pas proposé de vous asseoir.

— Allons, vous le connaissez, oui ou non ?

— Et comment qu'il le connaît, grommela Crimmens.

Le nom de Crimmens m'était vaguement familier, même si je ne parvenais pas à le situer. La plupart des inspecteurs de la criminelle de Hollywood sont des potes à moi, mais ces deux-là ne me disaient rien.

— Vous n'êtes pas de Hollywood.

Bastilla posa une carte sur mon bureau.

— Brigade spéciale des homicides. Charlie vient de Rampart, mais il est détaché. Nous faisons tous les deux partie d'une cellule interservices chargée d'élucider une série de meurtres. Allez, Cole, un petit effort. Lionel Byrd.

Je dus réfléchir.

— Il s'agit d'une affaire criminelle ?

— Il y a trois ans, Byrd a été inculpé pour le meurtre d'Yvonne Bennett, une prostituée de vingt-huit ans – un crime qu'il avait avoué. Vous avez produit un témoin et des images de vidéosurveillance censées le disculper. Son avocat était Me J. Alan Levy, du cabinet Barshop, Barshop & Cie. Ça fait tilt ?

Les grandes lignes de l'affaire me revinrent lentement, tel un poisson remontant vers la surface. Lionel Byrd était un mécanicien au chômage porté sur la bibine et qui avait avec les putes des rapports d'amour-haine. Sans être un personnage très fréquentable, ce n'était pas un assassin.

— OK, je m'en souviens. Pas dans les détails, mais en gros. Ses aveux étaient bidon. Il s'est rétracté.

Crimmens remua.

— Ils n'étaient pas bidon.

Je me rassis et calai un pied sur l'angle du bureau.

— Peu importe. Les images vidéo ont prouvé qu'il était ici, à Hollywood, à l'heure du meurtre de Bennett. Elle a été tuée à Silver Lake.

Derrière eux, Pike tapota sa montre. Nous allions nous mettre en retard.

Je remis mon pied par terre et me penchai en avant.

— Vous auriez dû passer un coup de fil, les gars. Mon associé et moi avons rendez-vous.

Bastilla sortit un calepin pour me faire comprendre qu'elle n'était pas près de s'en aller.

— Vous avez revu M. Byrd après l'avoir sorti de taule ?

— Je n'ai jamais rencontré cet homme.

— Mon cul, fit Crimmens. C'était votre client. Vous ne rencontrez pas vos clients ?

— C'est Levy qui était mon client. Son cabinet a réglé mes honoraires. Ça se fait couramment.

— C'est Levy qui vous a engagé ? demanda Bastilla.

— Oui. La plupart de mes clients sont des avocats.

Les avocats ne peuvent pas se contenter de la parole de leurs clients. Leurs clients n'ont souvent de la vérité qu'une vision partielle et incomplète, quand ils ne mentent pas. Et comme les avocats passent leur temps à avocasser, ils font appel à des privés pour découvrir les faits.

Bastilla se tortilla dans son fauteuil pour pouvoir regarder Pike.

— Et vous ? Vous avez aussi travaillé sur l'affaire Byrd ?

— Pas mon genre de taf.

Elle accentua sa contorsion pour mieux le voir.

— Ça vous dérangerait d'enlever ces lunettes le temps qu'on parle ?

— Oui.

— Vous avez quelque chose à cacher, Pike ? fit Crimmens. On pourrait peut-être voir ça ?

La tête de Pike pivota vers Crimmens. Rien d'autre ne bougea : uniquement sa tête.

— Je serais obligé de vous tuer.

Je décidai d'intervenir avant que ça ne tourne au vinaigre.

— Joe ne m'a pas aidé sur ce coup-là. C'était vraiment le b.a.-ba du métier de détective. Des dossiers de ce style, j'en traite à peu près trente par an.

— C'est du joli, fit Crimmens. Vous pouvez être fier d'aider des sacs à merde à assassiner impunément.

Il recommençait à me chercher.

— Pourquoi vous venez me parler de ça, Bastilla ? Cette affaire est réglée depuis trois ans.

Elle ouvrit son calepin et étudia ses notes.

— Vous dites que vous n'avez jamais rencontré Lionel Byrd ?

— Je ne l'ai jamais rencontré.

— Connaissez-vous un certain Lonnie Jones ?

— Non. C'est votre nouveau suspect ?

— Au cours de votre enquête sur la mort d'Yvonne Bennett, avez-vous mis en lumière des éléments susceptibles de relier M. Byrd à quelque crime ou activité criminelle que ce soit ?

— Qu'est-ce que c'est que cette question ? Vous lui avez remis le grappin dessus ?

Bastilla griffonna une note. Quand elle releva la tête, l'ombre violacée qui lui cernait les paupières était descendue jusqu'à sa bouche. Elle avait l'air aussi crevée qu'une personne vivante pouvait l'être.

— Non, monsieur Cole, on ne pourra plus l'arrêter. On l'a découvert il y a une semaine pendant l'évacuation de Laurel Canyon. Avec une balle dans la tête, entrée sous le menton. Le décès remontait à cinq jours environ.

— Ce n'est pas moi qui l'ai tué.

Crimmens éclata de rire.

— Ce serait marrant, hein, Connie ? Ça serait parfait, vous ne trouvez pas ? Putain ce que j'aimerais ça !

23

Bastilla sourit, mais pas parce qu'elle trouvait ça drôle.

— C'est un suicide, dit-elle. Il vivait sous le nom de Lonnie Jones. Vous savez pourquoi il avait pris un pseudonyme ?

— Aucune idée. Peut-être qu'il n'appréciait pas d'être accusé de meurtres qu'il n'avait pas commis.

Bastilla se pencha en avant et croisa ses bras en travers de ses genoux.

— Cet homme est mort, Cole. On est ici parce qu'on aimerait bien jeter un œil à votre rapport sur Byrd et à tout le travail que vous avez fourni autour de l'affaire Bennett. Vos notes. Les déclarations des gens que vous avez interrogés. Tout ce qu'il y a dans votre dossier.

Elle attendit sans ciller, m'observant comme si elle savait déjà ce que j'allais répondre mais espérait que je ne le dirais pas. Je secouai la tête.

— Le travail en question a été effectué pour le compte d'un avocat. Tous ces documents appartiennent à Alan Levy.

— Nous allons le contacter.

— Ce salopard est mort, Cole, dit Crimmens. Vous l'avez remis dans le circuit. Qu'est-ce que ça peut bien faire, maintenant ?

— Si Levy donne son feu vert, je dirai oui, mais c'est pour lui que j'ai mené cette enquête, Crimmens, pas pour vous. Vous oubliez un petit détail : le secret professionnel.

Et, après m'être tourné vers Bastilla :

— Puisque cet homme est mort et que vous ne me soupçonnez pas de l'avoir tué, en quoi mon dossier Yvonne Bennett peut-il vous intéresser ?

Bastilla redressa en soupirant le haut de son corps.

— Parce qu'il n'y pas que Bennett. Lionel Byrd a tué sept femmes. Nous le soupçonnons d'avoir commis un meurtre par an ces sept dernières années. Yvonne Bennett était sa cinquième victime.

Elle s'était exprimée avec autant de détachement qu'une caissière de banque endossant un chèque, mais la douceur de son ton me fit froid dans le dos.

— Il n'a pas tué Yvonne Bennett. Je l'ai prouvé.

Bastilla rempocha son calepin. Elle se mit debout et ajusta la sangle de son sac sur son épaule, enfin prête à partir.

— Des indices permettant de l'associer à cet assassinat ont été trouvés chez lui, dit-elle. Il a assassiné une sixième femme pendant l'été qui a suivi sa libération. Sa dernière victime en date a été assassinée il y a trente-six jours, et il vient de s'auto-assassiner.

Crimmens se lécha les babines comme s'il avait envie de me dévorer vivant.

— On se sent comment, monsieur Trente-par-An ?

Je secouai la tête en regardant Bastilla.

— Comment ça, vous avez trouvé des indices ?

— Il y a peut-être quelque chose dans votre dossier qui pourra nous aider à comprendre comment il a pu passer à travers les mailles du filet, Cole. Parlez-en avec Levy. On est prêts à demander un mandat s'il le faut, mais ça ira plus vite si vous montrez patte blanche.

Je me levai à mon tour.

— Attendez un peu : vous me dites que vous avez des indices. De quoi s'agit-il ?

— Une conférence de presse est prévue pour ce soir. Tâchez d'en discuter avec Levy d'ici là. Le plus tôt sera le mieux.

Bastilla s'en alla sans attendre, mais Crimmens ne bougea pas d'un millimètre. Toujours assis sur le bloc-tiroirs, il me fixait.

— Quoi ? lâchai-je.

— Escondido et Repko.

— Qu'est-ce que vous attendez pour dégager, Crimmens ?

— Vous ne me reconnaissez pas, hein ?

— Je devrais ?

— Réfléchissez. Vous avez forcément lu ma prose.

Je compris tout à coup pourquoi son nom me semblait familier.

— C'est vous qui l'avez arrêté.

Crimmens descendit du bloc.

— Exact. Je suis le mec qui a arrêté Byrd. Qui s'est défoncé pour coincer un tueur en série. Et vous, vous êtes le sac à merde qui l'a libéré.

Crimmens lança un coup d'œil à Pike avant de se replier vers la porte.

— Lupe Escondido et Debra Repko sont les deux nanas qu'il a tuées depuis sa sortie de taule. Vous devriez peut-être envoyer une carte aux familles.

Crimmens referma la porte en sortant.

2

Par une nuit sans lune, trois ans avant l'irruption dans mon bureau de Bastilla et Crimmens, quelqu'un avait fracassé le crâne d'Yvonne Bennett sur un parking de Silver Lake, à une rue au nord de Sunset Boulevard. Il régnait ce soir-là une chaleur agréable, et une légère fragrance de lis araignée flottait dans l'air. L'arme du crime était un démonte-pneu.

Yvonne Bennett était morte à vingt-huit ans, même si tous les gens que j'avais entendus – dont deux anciennes colocataires et trois ex-petits amis – pensaient qu'elle en avait dix-neuf. Comme c'est souvent le cas à Los Angeles, sa vie n'était qu'une mascarade. Elle avait menti sur son âge, son passé, son CV et sa profession. Sur les vingt-trois personnes que j'avais questionnées afin de reconstituer ses faits et gestes le soir du meurtre, trois croyaient qu'elle était étudiante à l'UCLA, deux qu'elle était étudiante à l'USC, et une qu'elle préparait une licence de psychologie ; quant aux dix-sept autres, elles avaient cité au moins une fois les métiers d'assistante de production, de maquilleuse, de fleuriste, de styliste, de graphiste, de barmaid, de serveuse, de vendeuse au grand magasin Barney's de Wilshire Boulevard, et de sous-chef de cuisine chez Wolfgang Puck. Bien qu'ayant été arrêtée deux fois pour racolage, elle ne faisait pas et n'avait jamais fait le trottoir. Yvonne était plutôt entraîneuse. Elle accostait les hommes dans des bars et négociait ses tarifs avec eux avant de quitter les lieux. Même après ses interpellations, elle avait toujours nié se prostituer :

comme elle l'avait expliqué à une ancienne colocataire, elle se faisait payer pour escorter des hommes mais jamais pour coucher. C'était encore un mensonge.

Mon dossier Yvonne Bennett / Lionel Byrd était mince parce que je n'avais pas passé beaucoup de temps dessus – huit jours en tout et pour tout. N'importe quel demeuré aurait pu élucider cette affaire. Sans coups de feu ni coups de poing. Ma cape de Batman était restée au placard.

Je passais les pages à Pike au fur et à mesure.

À l'époque de son arrestation, Lionel Byrd était apparu comme un suspect plausible. Il avait été vu en train de parler à Yvonne Bennett dans la soirée et avait déjà eu plusieurs embrouilles avec des putes : deux gardes à vue pour harcèlement, plus une condamnation pour voie de fait dix-huit mois plus tôt, suite à une altercation avec une prostituée dont il contestait les services. Byrd était encore en conditionnelle quand Crimmens l'avait serré.

Angel Tomaso, vingt-deux ans, un serveur de coffee-shop qui rêvait de devenir acteur, était la dernière personne à avoir vu Yvonne Bennett vivante, à vingt-trois heures quarante, au moment où elle s'engageait dans l'allée de service située à l'arrière de son coffee-shop. Le corps avait été découvert à minuit seize. Ces deux repères chronologiques délimitaient un créneau de trente-six minutes au cours duquel Bennett avait été assassinée et allaient s'avérer cruciaux pour la relaxe de Byrd.

Bien qu'il n'y ait guère que des présomptions contre lui, Lionel Byrd avait avoué être l'auteur du meurtre devant Crimmens et son coéquipier de l'époque, un inspecteur de Rampart nommé Nicky Munoz. Ça paraissait plus simple que ça ne l'était. Entre ses antécédents de violence et les témoins qui l'avaient vu en compagnie d'Yvonne, Crimmens avait persuadé Byrd qu'il était cuit pour le meurtre et lui avait promis une peine allégée en cas d'aveux. Quand Levy avait visionné l'enregistrement vidéo de l'interrogatoire, il lui était apparu évident que Byrd ignorait tout des faits : Crimmens lui avait suggéré les informations nécessaires à coup de questions orientées. Byrd s'était rétracté par la suite, mais le mal était fait. Ses aveux et le faisceau de présomptions avaient suffi à l'inculper de meurtre.

Levy m'avait convaincu que Byrd avait avoué sous la pression. Il en avait aussi convaincu le juge, qui avait menacé de déclarer ces aveux non recevables. Huit jours plus tard, je découvrais un enregistrement de vidéosurveillance montrant Byrd au Two Worlds Lounge, un bar de Hollywood, au moment où Yvonne Bennett était assassinée à vingt-six kilomètres de là. Levy, le barman qui avait servi Byrd ce soir-là et moi-même nous étions réunis trois jours plus tard avec le substitut du procureur dans le cabinet du juge. Sur proposition de ce dernier et pour éviter de se faire smasher à l'audience, le substitut avait accepté de lever les poursuites.

Je ne voyais rien dans ce dossier qui puisse me faire douter de mes conclusions de l'époque. Je n'éprouvais aucun malaise. Il n'y avait pas besoin de s'appeler Sherlock Holmes pour assembler les pièces.

Pike remit la liasse en ordre.

— Comment se fait-il que cet enregistrement ait été découvert par toi ? Crimmens et Munoz avaient les mêmes sources.

— Crimmens avait les aveux, donc il ne s'est pas trop foulé. Byrd disait être passé par toute une liste de bistrots ce soir-là, mais il ne connaissait le nom que de quelques-uns. Il a fallu retrouver les autres à partir de ses descriptions.

— Je vois.

— Sa présence a été confirmée par tous ces établissements, sauf un. Byrd disait avoir bu son dernier verre dans un tiki bar où il y avait du bambou. Et tout le monde – y compris moi – a cru qu'il parlait d'un bistrot de Silver Lake.

— Mais ce n'était pas ça.

— On en a trouvé un dans ce genre, mais pas le bon. C'était un bar de lesbiennes. Ça n'avait rien de polynésien, mais c'était petit et sombre, avec des meubles en bambou. C'était le seul à correspondre vaguement à la description de Byrd, et pourtant les barmaids ont juré qu'elles ne l'avaient jamais vu. Crimmens n'a pas cherché plus loin, seulement voilà : Byrd lui avait dit s'être énervé dans ce rade parce qu'on ne voulait pas lui faire une ardoise. Et, sur la bande des aveux, on l'entend dire : « Ce mec était un connard. »

— Un mec.

— Il n'y avait que des filles au comptoir. Et comme tous les autres bars avaient confirmé ses dires, cette confusion sur le barman m'a mis la puce à l'oreille. À l'époque, Byrd avait un appart à Hollywood, donc je me suis mis à chercher plus près de chez lui. Et c'est comme ça que j'ai repéré ce petit bistrot, entre Santa Monica et Sunset. La déco était censée évoquer l'immensité sauvage de l'Alaska. Ils avaient planté quelques faux totems inuit derrière le bar, pas des idoles tiki. Le patron avait gardé les images vidéo de ce soir-là, et Byrd apparaissait bien dessus, en train de s'en jeter un. La date et l'heure inscrites sur l'image prouvaient qu'il se trouvait à Hollywood pendant le laps de temps où avait été commis l'assassinat d'Yvonne Bennett. Le juge en a pris acte. Le substitut du procureur aussi. Tout le monde. C'est pour ça qu'ils ont levé les charges.

Peut-être cherchais-je à me rassurer, mais je ne voyais pas la moindre faille dans mon raisonnement. Je ne voyais pas comment Lionel Byrd aurait pu tuer cette jeune femme et je ne voyais pas non plus comment Bastilla pouvait être tellement sûre du contraire.

— Et les autres meurtres ?

— J'ai passé la vie de ce mec au crible pendant huit jours. J'ai eu son casier. J'ai tout épluché. Rien ne suggérait que Byrd puisse être un tueur ou qu'il ait eu des contacts avec un criminel de ce niveau-là.

Pike reposa le dossier.

— Sauf que les flics reviennent à la charge.

En me levant pour aller chercher une bouteille d'eau, je cherchai des yeux l'incendie que Pike avait aperçu tout à l'heure, mais les flammes étaient déjà éteintes. C'était la meilleure façon de les maîtriser : les tuer dans l'œuf.

Je me rassis à mon bureau.

— Écoute, dis-je, tu ferais mieux d'aller chez Ray sans moi. Il faut que j'appelle Levy.

— Je peux attendre.

Je déroulai la liste de contacts de mon agenda numérique jusqu'à retrouver le numéro du cabinet de Levy, que je composai dans la foulée. Je n'avais pas eu de nouvelles de lui depuis près de trois ans, mais son assistant reconnut mon nom sur-le-champ.

— Alan est en audience, mais il m'a demandé de le prévenir si vous appeliez. Il ne pourra peut-être pas vous parler, mais je sais que c'est important. Pouvez-vous rester en ligne pendant que j'essaie de le joindre ?

— Je ne quitte pas.

Pike était toujours là. Je couvris le combiné d'une main.

— Ne m'attends pas. Je risque d'en avoir pour un moment.

Pike ne bougea pas. Levy prit mon appel d'une voix sourde.

— Vous êtes au courant pour Lionel Byrd ? me demanda-t-il sans préambule.

— Deux inspecteurs viennent de m'annoncer qu'il avait commis sept meurtres, dont celui d'Yvonne Bennett. C'est sérieux ?

— J'ai reçu ce matin un coup de fil de Leslie Pinckert, du bureau du procureur. Elle vous a appelé aussi ?

— Non, mais j'ai eu la visite d'une inspectrice du nom de Bastilla. En compagnie de Crimmens. Ils disent avoir de quoi attribuer tous ces meurtres à Byrd, mais ils n'ont pas voulu me dire ce que c'était.

— Un instant. Ne quittez pas.

Des voix étouffées et des bruits de prétoire se firent entendre en fond sonore, après quoi Levy reprit la parole.

— Byrd avait gardé des photos de ses victimes dans une sorte d'album. C'est tout ce que m'a dit Pinckert. Ils ne veulent pas de fuite avant l'annonce publique.

— Cet enfoiré de Crimmens vient m'annoncer que deux de ces femmes sont mortes par ma faute, et vous trouvez qu'ils la jouent en sourdine ? C'est un peu court, Alan.

— Calmez-vous, Elvis.

— Ils voulaient mon dossier.

— Je suis au courant. Vous le leur avez remis ?

— Pas sans votre accord. Je me suis dit que ça coïncerait peut-être au niveau du secret professionnel.

— Êtes-vous en possession de documents dont vous ne m'auriez pas transmis copie ?

— Juste quelques notes que je ne me suis pas donné la peine de reproduire dans mon rapport final.

— D'accord. Rassemblez-moi tout ça, et on se verra demain. Je veux bien coopérer avec eux, mais il faut d'abord que je passe le dossier en revue.

— Pinckert a-t-elle daigné vous dire si Byrd avait une photo d'Yvonne Bennett ?

Levy hésita, et le brouhaha judiciaire derrière lui devint assourdissant.

— Pinckert a promis de me rappeler ce soir, quand elle sera plus libre de parler. On en rediscutera demain.

Il raccrocha.

Pike m'observait toujours.

— Il dit quoi ?

— Il pense que les flics se taisent en attendant de savoir comment ils vont présenter l'affaire.

— Le canyon est dans le secteur de Hollywood. Si un macchab a été découvert à Laurel, Poitras est sûrement au courant.

Lou Poitras était le lieutenant responsable de la brigade criminelle du commissariat de Hollywood. C'était aussi un ami. Si le corps d'un homme mort dans des circonstances douteuses avait été retrouvé à Laurel Canyon, ses services étaient forcément intervenus sur les lieux avant l'entrée en scène de Bastilla et de sa cellule spéciale.

Je l'appelai aussitôt et tombai sur un sergent nommé Griggs, que je connaissais depuis presque aussi longtemps que Poitras.

— Criminelle. Bureau du lieutenant Poitras.

— C'est moi. Il est là ?

— Eh oui, Cole, il est là. Il y a des gens qui sont obligés de travailler pour vivre.

— C'est vrai, Griggs. Et les autres sont flics.

— Va te faire foutre.

32

Griggs raccrocha.

Je fis à nouveau le numéro ; cette fois, Poitras prit mon appel lui-même.

— Tu recommences à harceler mon sergent ?

— Vous êtes intervenus sur un suicide en haut de Laurel ? Un dénommé Lionel Byrd ?

Le ton de Lou se durcit instantanément, comme si j'avais actionné un interrupteur.

— D'où tu tiens ça ?

— De l'inspectrice Connie Bastilla, qui sort à peine de mon agence. Elle m'a dit qu'ils avaient découvert chez Byrd de quoi lui attribuer sept meurtres.

Poitras hésita.

— Pourquoi Bastilla serait-elle venue te parler de ça ?

— Byrd a été accusé il y a trois ans du meurtre d'une femme, Yvonne Bennett. La défense a fait appel à moi. J'ai fourni la preuve qui l'a fait libérer.

Poitras mit encore plus de temps à répondre cette fois-ci.

— Waouh !

— Qu'est-ce qu'ils ont découvert ?

— Je ne sais pas quoi te dire.

— Ça signifie que tu ne me diras rien ?

— Ça signifie que je ne sais pas de quoi il s'agit. Tu connais Bobby McQue ?

Bobby McQue était un vieux de la vieille de la brigade.

— Oui, je le connais.

— C'est lui qui s'en est occupé, mais le centre a pris le relais dès qu'on a parlé d'un tueur en série potentiel. Ils nous ont mis sur la touche.

— Et avant ça, McQue a vu quoi ? Allez, Lou, il faut que je sache si c'est sérieux. J'ai l'impression de vivre un cauchemar.

Aucune réaction.

— Lou ?

— Dis-lui de se bouger, lâcha Pike derrière moi, juste assez fort pour que Poitras l'entende.

— C'était Pike ?

— Mouais. Il était ici quand Bastilla s'est pointée.

Poitras haïssait Pike. La plupart des policiers de L.A. haïssaient Pike. Il avait été l'un des leurs.

— D'accord, soupira Lou. Le chef adjoint qui dirige la cellule interservices tient à faire un tour sur les lieux avant de balancer la nouvelle, donc je vais devoir monter là-haut. Si ça te dit, on peut s'y retrouver avant. On te montrera la scène de crime.

Il me donna l'adresse avant d'ajouter :

— Vas-y tout de suite, on n'aura pas des masses de temps.

— Compris.

Poitras raccrocha.

— Il est d'accord pour me montrer la maison de Byrd.

— Ça ne lui plairait pas que je vienne, dit Pike.

— Je veux juste jeter un coup d'œil à ce qu'ils ont trouvé. Tu n'as pas besoin de m'accompagner.

Pour la première fois depuis le départ de Crimmens et Bastilla, Pike fit un geste. Peut-être m'étais-je levé un peu trop vite. Peut-être avais-je parlé un peu trop fort. Il me posa une main sur l'avant-bras.

— Tu avais raison il y a trois ans ?

— Oui.

— Alors ça tient toujours. Ces deux nanas ne sont pas mortes par ta faute. Même si les flics ont quelque chose, tu ne les as pas tuées.

Je me forçai à esquisser un sourire confiant.

— Dis bonjour à Ray de ma part. Je te ferai signe en cas de pépin.

Pike s'en alla, mais je ne le suivis pas. Je sortis sur le balcon et me laissai avaler par la chaleur sèche. La lumière aveuglante me fit plisser les yeux et un soleil nucléaire me froissa la peau.

Imaginez le détective au travail dans son agence, au troisième étage d'un petit immeuble de Hollywood, pendant que le vent du diable déboule comme un train de marchandises. Aussi secs et mordants soient-ils, les vents du désert sont propres. Ils repoussent les brumes au sud, vers l'océan, et nettoient le ciel jusqu'à lui rendre son bleu originel. L'air

34

tremblant de chaleur qui s'élève alors en vrilles sinueuses tel le varech au fond de la mer fait scintiller la ville entière. On n'est jamais plus beau que quand on brûle.

Toc, toc, *j'ai pensé que vous aimeriez être prévenu, ce type que vous avez blanchi a tué deux femmes de plus, ça va passer aux infos, leurs familles vont pleurer.*

Je fermai mon agence à double tour et partis voir ce qu'avait la police.

Le téléphone se mit à sonner à l'instant où je franchissais le seuil, mais je ne revins pas décrocher.

3

Starkey

L'inspectrice de niveau 2 Carol Starkey versa un quatrième sachet de sucre dans le grand mug noir de la criminelle de Hollywood que lui avait offert Charlie Griggs en guise de cadeau de bienvenue trois semaines auparavant. Elle y trempa les lèvres, mais son café lui parut toujours aussi amer. Starkey aimait bien ce mug. Il était orné d'un gros 187 au pochoir – l'article du code pénal californien concernant les meurtres –, accompagné de la légende NOTRE JOURNÉE COMMENCE OÙ FINIT LA VÔTRE. Elle ajouta un cinquième sachet. Depuis qu'elle avait arrêté de picoler, son corps réclamait des quantités colossales de sucre – et elle les lui donnait. Elle goûta. Toujours ce même goût de merde.

Clare Olney, lui aussi totalement accro au café, la regardait d'un œil soucieux.

— Vous devriez faire attention, Carol. Le diabète vous pend au nez.

Starkey haussa les épaules.

— On ne vit qu'une fois.

Clare se servit à son tour un café noir, sans sucre ni lait. C'était un homme sphérique, à la tonsure luisante et aux doigts boudinés. Son mug à lui était blanc, de dimensions plus modestes, et décoré d'une vignette autocollante représentant un père et sa fille. LE MEILLEUR PAPA DU MONDE, disait la légende en pimpantes lettres roses.

— Ça vous plaît d'être à la Crim, Carol ? Vous vous y faites ?

— Ouais. C'est cool.

Tout juste trois semaines après son arrivée, Starkey n'était pas franchement en mesure de dire si ça lui plaisait ou non. Elle avait pas mal bougé au cours de sa carrière. Avant d'atterrir à la criminelle, elle était passée par les mineurs, la section des conspirations criminelles et la brigade de déminage du LAPD. Le déminage était sa vraie passion, mais on ne voulait évidemment plus d'elle là-bas.

Clare sirota une gorgée de café tout en observant Carol au ras de son mug, prêt à se jeter à l'eau. Ils lui posaient tous la même question, tôt ou tard.

— Ça doit vous changer des bombes, hein ? Je me verrais mal faire ce que vous faisiez.

— C'est pas la mer à boire, Clare. Je trouve les patrouilles en voiture nettement plus dangereuses.

Clare émit un petit rire qui sonnait faux. C'était un type bien, mais Starkey repérait ces rires-là à mille bornes. Ils se marraient pour cacher leur malaise.

— Euh, vous avez beau dire que ce n'est pas la mer à boire, jamais je n'oserais approcher une bombe, et encore moins la désamorcer. Je prendrais mes jambes à mon cou.

Du temps où elle était démineuse, Starkey avait approché toutes sortes de bombes. Elle avait désamorcé plus d'une centaine d'engins explosifs, conservant toujours un contrôle absolu sur la situation et sur sa bombe. C'est ce qu'elle adorait par-dessus tout dans le déminage : il n'y avait que sa bombe et elle. Elle décidait elle-même de son approche et du moment de l'explosion. Une seule bombe avait échappé à son contrôle.

— Vous avez une question à me poser, Clare ?

Il s'empressa de prendre un air gêné.

— Non, c'est juste que...

— C'est bon. Ça ne me dérange pas d'en parler.

Ça la dérangeait, mais elle l'avait toujours caché.

Clare tenta de prendre la tangente.

— Je ne voulais pas...

— J'ai eu un pépin. Un tremblement de terre, putain, vous imaginez le bordel ? On s'est tapé une secousse sismique, et l'engin nous a pété à la gueule. Comme quoi ça peut partir en couille même quand on a bien mis tous les points sur les i.

Starkey sourit. Elle aimait bien Clare Olney et les photos de gosses sur son bureau.

— Ça m'a tuée, ajouta-t-elle. Je suis restée sur le carreau, dans ce camping. Raide morte.

Les yeux de Clare Olney n'étaient que deux petits points fixes quand Starkey but à nouveau. Elle se serait bien grillé une clope. Elle fumait deux paquets par jour, après être montée jusqu'à quatre.

— Les secouristes ont réussi à me faire revenir. C'est ce qui s'appelle ne pas passer loin, hein ?

— Putain, Carol, excusez-moi. Waouh… Qu'est-ce qu'on peut dire, à part « waouh » ?

— Je ne me souviens de rien. À part m'être réveillée avec plein de gens en blouse blanche autour de moi, et ensuite à l'hosto. C'est tout ce qu'il m'en reste.

— Waouh…

— Je n'accepterais pas de repartir en patrouille. Plutôt crever. Au quotidien, je trouve ça largement plus risqué que de désamorcer des bombes.

— Eh bien, j'espère que vous vous plaisez ici. Si je peux vous aider en quoi que ce soit…

— Merci, mec. C'est sympa de votre part.

Starkey le gratifia d'un sourire bienveillant puis regagna son bureau, contente d'avoir évacué la question de la bombe. Elle avait déjà joué dans d'autres services du LAPD le rôle de la petite nouvelle qui était actuellement le sien à la brigade criminelle de Hollywood. Tout le monde en parlait dans son dos, mais il fallait chaque fois au minimum deux semaines pour que quelqu'un se décide à aborder le sujet. *Alors, c'est vous, la démineuse qui a sauté ? Vous êtes vraiment morte sur le coup ? Et ça fait quoi de passer de l'autre côté ?* Ça fait qu'on est mort, connard.

38

Clare allait maintenant se faire l'écho de sa réponse, ce qui leur permettrait peut-être à tous de passer à autre chose.

Starkey s'installa derrière son bureau et entreprit de potasser une pile de dossiers de meurtres. Comme elle démarrait à la criminelle, on l'avait associée à un duo d'inspecteurs chevronnés, Linda Brown et Bobby McQue. Quoique à peine plus âgée que Starkey, Brown était inspectrice chef de niveau 3 et avait neuf ans de brigade au compteur. Quant à McQue, il était flic depuis vingt-huit ans, dont vingt-trois à la Crim, et devait raccrocher d'ici à deux ans. Ces associations temporaires constituaient ce que Poitras appelait des rotations d'entraînement.

Sur le bureau de Starkey, Brown et McQue avaient déposé chacun dix classeurs concernant des enquêtes en cours pour meurtre, afin qu'elle puisse s'en imprégner. Elle était censée connaître l'ensemble de ces dossiers sur le bout des doigts, car on lui avait confié la tâche d'y intégrer tous les procès-verbaux, notes de travail et autres informations susceptibles d'apparaître à mesure que les enquêtes progresseraient. Starkey avait tellement de lecture à se farcir que ça la faisait loucher, et chaque fois qu'elle lisait l'envie de fumer revenait la tenailler. Elle s'éclipsait sur le parking dix ou vingt fois par jour, ce qui lui avait déjà valu une réflexion de Griggs. *Bon Dieu, Starkey, vous sentez le cendrier froid !*

Je t'emmerde, Griggs.

Elle venait de piocher en douce une cigarette dans son sac en préparation d'un troisième sprint vers le parking quand le lieutenant Poitras jaillit de son bureau. Putain, quel malabar ! Ce fils de pute était gonflé à bloc à force de soulever des charges lourdes comme des lots de pneus de tracteur.

Poitras balaya du regard la salle avant de lancer d'une voix forte :

— Où est Bobby ? Quelqu'un a vu McQue ?

Voyant que personne ne répondait, Starkey prit la parole.

— C'est jour d'audience, boss. Il prend le frais dans le centre.

Poitras la fixa un moment.

— Vous êtes intervenue avec lui sur le bungalow de Laurel, exact ?

— Oui, m'sieur.

— Prenez vos affaires. Vous venez avec moi.

Starkey laissa retomber sa cigarette au fond de son sac et lui emboîta le pas.

4

Tout au long de mon ascension de Lookout Mountain Avenue, le soleil de la fin de la matinée joua à cache-cache derrière les sycomores et les eucalyptus hauts de trente mètres. Malgré la canicule, des jeunes femmes arc-boutées derrière des poussettes à trois roues montaient à pied les pentes abruptes de Laurel Canyon, des messieurs d'un certain âge promenaient des chiens amorphes et des gamins travaillaient leurs figures sur une rampe de skate aménagée devant l'école primaire. Je me demandai si parmi ces gens certains étaient déjà au courant de la scène macabre découverte tout là-haut, et comment réagiraient les autres en apprenant la nouvelle. L'ambiance familiale et nonchalante de Laurel Canyon dissimulait une histoire sombre, de l'arrestation de Robert Mitchum dans son sulfureux « ranch de l'herbe » au tristement célèbre quadruple meurtre de Wonderland dans lequel avait trempé la star du X « Johnny Wadd » Holmes, en passant par le noyautage par Charles Manson de la scène rock des sixties. Dans ce défilé d'arbres et d'ombres, l'odeur du fenouil sauvage ne suffisait pas à couvrir celle des récents incendies.

L'adresse fournie par Lou me mena à Anson Lane, une rue étroite qui entaillait la ligne de crête. Une voiture radio était stationnée dans sa partie centrale, devant une Crown Victoria bleue. Sur la chaussée, Poitras discutait avec une inspectrice de ma connaissance, Carol Starkey, et deux agents en uniforme. Starkey ne bossait à la Crim que depuis quelques semaines, aussi je fus surpris de la voir.

41

Je me garai derrière la Crown Vic et les rejoignis à pied.

— Salut, Lou. Alors, Starkey, c'est vous qui lui servez de chauffeur, maintenant ?

— J'ai buté Griggs pour lui piquer son poste.

Poitras eut un geste d'impatience.

— Vous bavasserez sur votre temps libre. Starkey est venue ici avec Bobby quand les uniformes nous ont signalé le macchab. Ils ont suivi le dossier jusqu'à ce que la cellule interservices prenne le relais.

— Au bout d'un jour et demi. Les enculés.

Poitras fronça les sourcils.

— On pourrait rester polis ?

— Pardon, boss.

Poitras se retourna vers la maison la plus proche.

— Tu voulais voir ce qu'on a, eh bien voilà.

Il regardait un petit bungalow de style méditerranéen à la toiture en tuiles à l'espagnole alourdie par une épaisse couche de feuilles mortes et d'aiguilles de pin. Du fait de l'étroitesse de la parcelle, la partie habitable était perchée au-dessus d'un garage monoplace dont la porte était fendue comme si le verrou avait été forcé, probablement pour permettre aux enquêteurs d'entrer. Un escalier branlant reliait l'angle du garage à une minuscule véranda couverte. De l'autre côté du garage, un chemin défoncé se perdait dans un enchevêtrement de branches de cèdre. Un lambeau de ruban de police était toujours accroché au garage, oublié là par ceux qui avaient retiré le reste.

Poitras scruta le bungalow en plissant les yeux comme si c'était le dernier endroit sur terre où il avait envie de mettre les pieds.

— Starkey va te faire la visite, mais on n'a ni le dossier médico-légal ni le rapport d'enquête. Le centre a tout pris.

— OK. C'est déjà pas mal.

— On crève de chaud, là-haut. La clim est éteinte.

— J'apprécie vraiment, Lou. Merci. À vous aussi, Starkey.

Poitras tomba la veste, et nous le suivîmes à l'étage.

42

En passant le seuil, j'eus l'impression d'entrer dans une chaudière. Un vieux fauteuil capitonné avait été repoussé contre un canapé usé jusqu'à la trame et une table basse. Des bandes d'étoffe manquaient sur les accotoirs et le dossier, révélant une garniture jaune paille qui tranchait violemment avec l'étoffe maculée. De sang, probablement. Les interrupteurs, les chambranles et la poignée intérieure de la porte d'entrée étaient parsemés de traces noires de poudre à empreintes. Il y en avait aussi sur le téléphone et sur la table basse. Starkey ôta illico son blouson, Poitras remonta ses manches.

— Beurk, fit Starkey. Ça schlingue.

— Dites-lui ce que vous avez trouvé.

Starkey me regarda brièvement, comme si elle ne savait pas trop par où commencer.

— Vous connaissiez ce mec, il paraît ?

— Je ne le connaissais pas. J'ai travaillé pour son avocat.

Je n'appréciais pas cette question, qui semblait impliquer que Byrd et moi avions été amis.

— Décrivez-lui la scène, bon sang, grogna Poitras. Qu'on puisse sortir d'ici.

Starkey s'avança au centre de la pièce et montra du doigt le sol.

— Le fauteuil était ici, pas contre le canapé. Après l'évacuation du corps, les gars de la SID [1] ont fait le ménage. C'est là qu'on l'a trouvé, dans ce fauteuil, la tête en arrière, un revolver dans la main droite, ajouta-t-elle en levant la main droite, la paume tournée vers le haut. Un Taurus 32.

— Le fauteuil était au milieu de la pièce ?

— Ouais. Face à la télé. Avec une bouteille de Seagram posée par terre juste à côté, donc il avait probablement tisé. Dès qu'il a vu le macchab, Bobby a estimé qu'il devait être là depuis une semaine. C'était pas beau à voir, mec.

— Combien de balles ?

Poitras éclata de rire et se rapprocha de la sortie.

---

1. *Scientific Investigation Division*, division d'investigation scientifique du LAPD. (*Toutes les notes sont du traducteur.*)

— Tu crois qu'il a eu besoin de recharger ?

— Une seule, me répondit Starkey, entrée sous le menton. Il n'a pas trop pissé le sang. Il y en avait un peu par terre, là, et au plafond…

Elle m'indiqua une tache irrégulière sur le sol, puis une autre de la taille d'une pièce de vingt-cinq cents au plafond. On aurait dit un cafard.

Poitras nous parla depuis le seuil. Les perles de sueur sur son front commençaient à tracer des rigoles sur ses joues.

— D'après l'inspecteur médico-légal, l'état et la position du corps, l'arme et les éclaboussures, tout ça est compatible avec une blessure auto-infligée. Nous n'avons pas eu accès à son rapport final, mais c'est ce qu'il a dit aux gars du centre, ici même.

Starkey acquiesça sans mot dire. Je m'efforçai de visualiser Lionel Byrd effondré dans ce fauteuil, mais l'image qui me vint à l'esprit était floue et grise. Je ne me rappelais pas à quoi il ressemblait. Je ne l'avais vu que sur la bande vidéo de ses aveux à la police.

Je passai en revue les bâtiments voisins. De la porte, le toit de la voiture radio et les maisons d'en face étaient visibles. Une femme debout derrière sa fenêtre de l'autre côté de la rue matait les voitures de la police. Protégée par sa clim.

— Quelqu'un a entendu tirer ?

— Rappelez-vous, dit Starkey, le mec était canné depuis une semaine quand on l'a découvert. Personne n'a appelé le 911, et aucun de ces gens ne se souvient d'avoir entendu quoi que ce soit autour de la date probable de sa mort. Ils devaient tous être barricadés chez eux à cause de la chaleur.

— Parlez-lui des photos, fit Poitras.

Starkey baissa les yeux vers le sol, gênée aux entournures.

— Il s'était fait un album avec des Polaroïds de ses victimes. Il y en avait sept pages, une par nana. On s'est dit que c'était bidon. Quand on voit un truc de ce genre, on croit forcément que c'est bidon, comme ces photos porno de filles soi-disant mortes, pas vrai ? Mais quand Bobby a reconnu une de ces femmes, on a compris que c'était du réel. Putain de merde, il y avait de quoi gerber.

— La politesse, Starkey.

— Où était l'album ?

— Par terre, à ses pieds. Ici, ajouta Starkey en faisant semblant de s'asseoir et en touchant le sol du bout de sa chaussure gauche. On a pensé qu'il lui était tombé des mains quand il a décroché l'or...

Elle redressa soudain la tête.

— Il n'avait qu'un seul pied, au fait. L'autre était niqué.

Lionel Byrd avait effectivement perdu la moitié du pied droit dans un accident de garage à l'âge de vingt-quatre ans. Ce détail ne m'était pas revenu jusque-là, mais je revoyais maintenant Levy m'en parler. Byrd en avait retiré une modeste pension d'invalidité censée subvenir à ses besoins pour le restant de ses jours.

— C'est Bobby qui a fait le lien, expliqua Poitras. Une des victimes était une prostituée qu'il connaissait, Chelsea Ann Morrow. Une fois Morrow identifiée, on a faxé les autres photos à toutes les divisions. À partir de là, les identifications ont commencé. Et les mecs du centre ont déboulé l'après-midi même.

Je fixai le sol comme si j'espérais voir réapparaître l'album des mortes. Peut-être était-ce pour ça que Starkey baissait tout le temps les yeux. Peut-être qu'elle le voyait encore.

— Il a laissé un mot d'adieu ?

— Non.

Je relevai la tête.

— Ces photos, c'est tout ce que vous avez trouvé ?

— Plus un appareil et deux péloches. Et aussi une boîte de munitions pour son calibre. Je saurais pas vous dire si les gars de la cellule spéciale ont découvert autre chose.

— Cet album ne prouve pas que c'est lui qui les a tuées. Il a pu s'acheter les photos sur eBay. Peut-être qu'elles ont été prises par les services du coroner.

Poitras me considéra un instant puis haussa les épaules.

— Je ne sais pas quoi te dire. Quelle que soit leur provenance, les génies du centre ont décidé que c'était lui qui avait fait le coup.

Je crus voir bouger les traces de poudre à empreintes. C'était pire que des cafards. On aurait dit une invasion d'araignées.

— Je peux le voir ?

— Quoi ?

— L'album.

— Parti au centre.

— Et les photos de la scène de crime ?

— La cellule, soupira Starkey. Ils nous ont carrément dépouillés, mec. Le rapport de l'inspecteur médico-légal, les résultats d'analyses de la SID, tout est chez eux. Les dépositions des voisins. Tout. Ils nous sont tombés dessus comme une armée d'occupation.

Le claquement d'une portière nous attira tous les trois sur le seuil. Un haut gradé en uniforme du LAPD et un jeune agent venaient d'émerger d'une voiture noir et blanc. Le gradé leva la tête vers nous. Ses cheveux en brosse étaient gris fer, sa peau était irritée par la lame de son rasoir et son froncement de sourcils de très mauvais augure.

— Et merde, grommela Poitras. Il est en avance.

— Qui est-ce ?

— Le chef adjoint Marx. Il dirige la cellule interservices.

Starkey me décocha un petit coup de coude.

— Vous étiez censé avoir mis les voiles avant son arrivée. Génial.

Poitras fit mine de descendre l'accueillir, mais Marx ne souhaitait pas être accueilli. Il gravit l'escalier au pas de charge et s'abattit sur Poitras comme un missile Sidewinder.

— J'avais donné l'ordre de mettre cette scène de crime sous scellés, lieutenant. En précisant expressément que toutes les investigations seraient menées depuis mon bureau.

— Je vous présente Elvis Cole, monsieur. C'est un ami et il est concerné.

Marx ne me tendit pas la main et ne me salua pas.

— Je sais qui c'est et en quoi il est concerné. C'est lui qui a roulé le procureur pour obtenir la libération de ce tueur.

Marx était un grand gaillard rectangulaire, bâti comme un vaisseau à voiles, avec une peau tendue sur un squelette qui tenait de la mâture. Du haut de son nid de pie, il me toisa à la manière d'un perroquet guignant un scarabée.

— Enchanté, risquai-je.

Le chef adjoint se tourna vers Poitras comme si je n'avais rien dit.

— Il ne faudrait pas me prendre pour un con, lieutenant. J'ai exigé le silence sur cette affaire pour que personne n'aille rencarder la presse avant que les familles soient averties. Deux d'entre elles n'ont pas encore pu être jointes. Vous ne trouvez pas qu'elles en ont assez bavé comme ça ?

La mâchoire de Poitras se crispa.

— Tout le monde ici est dans le même camp, patron.

Marx me jeta un regard oblique et secoua la tête.

— Sûrement pas. Bon, éloignez-le d'ici et montrez-moi cette foutue bicoque.

Marx s'engouffra dans le bungalow, suivi des yeux par Poitras.

— Merde, dis-je, excuse-moi, Lou.

— Le vrai chef est en déplacement, me glissa Poitras en baissant le ton. Marx s'imagine que s'il arrive à élucider cette affaire avant son retour les gros plans seront pour lui. C'est moi qui m'excuse, vieux.

Starkey me posa une main sur l'avant-bras.

— Venez.

Poitras suivit Marx à l'intérieur pendant que Starkey me raccompagnait vers la rue. Les deux uniformes et le chauffeur de Marx bavardaient ensemble sur le trottoir, et nous poursuivîmes notre marche jusqu'à nous retrouver seuls. Starkey finit par faire halte et sortit aussitôt une cigarette de son blouson.

— Ce mec est un trouduc. Ç'a été comme ça toute la semaine.

— Marx va vraiment passer à la télé ce soir ?

— C'est ce qui se dit. Tout est plié depuis hier soir.

— Sept meurtres élucidés en une semaine ?

— Ils ont mis le paquet, Cole. Il y avait du monde dessus vingt-quatre heures sur vingt-quatre.

Elle alluma sa cigarette et expulsa au-dessus de sa tête un geyser de fumée. J'aime bien Starkey. Elle est marrante et astucieuse, sans compter qu'elle m'a sorti de deux très gros pétrins.

— Quand est-ce que vous comptez arrêter ces saletés ?

— Quand elles m'auront tuée. Et vous, quand est-ce que vous commencez ?

Vous voyez ? Marrante. Nous échangeâmes un sourire, mais le sien s'estompa vite.

— Poitras m'a parlé de l'affaire Bennett, reprit-elle. Ça doit vous faire bizarre, j'imagine.

— Il y avait sa photo dans l'album ?

Starkey souffla de la fumée.

— Ouais.

Je me retournai vers le bungalow. Quelqu'un bougea dans l'ombre sans que je puisse dire si c'était Poitras ou Marx.

— Ça va ? me demanda Starkey.

Je la regardai à nouveau ; sa mine était soucieuse.

— Je pète la forme.

— Si c'était moi, je serais, je ne sais pas, perturbée.

— Il n'a pas pu la tuer. Je l'ai prouvé.

Après avoir libéré un nouveau nuage de fumée, Starkey darda sa cigarette sur les maisons voisines.

— En tout cas, il n'avait pas des masses d'amis dans le coin, je peux vous le dire. La plupart de ces gens ne le connaissaient que de vue, et les autres l'évitaient. C'était un connard absolu.

— Je croyais que la cellule interservices vous avait mis sur la touche.

— Ils nous ont laissé le porte-à-porte. La dame de cette maison, par exemple, Byrd lui a sorti un jour qu'elle avait un cul musculeux. Comme ça. Et cette autre, là, elle l'a croisé pendant qu'il ramassait son courrier, et il lui a proposé de se faire un peu de thune de rab en passant le voir l'après-midi.

C'était du Lionel Byrd dans le texte.

— Vous avez raison, Starkey. Byrd était un connard professionnel, mais il n'a pas tué Yvonne Bennett. Je n'y crois pas.

Le sourire de Starkey vacilla de nouveau.

— Vous êtes têtu, mec.

— Et mignon. N'oubliez pas mignon.

J'aurais pu ajouter que j'avais un nœud à l'estomac, mais je m'en tins à mignon.

Après avoir tiré une dernière grosse taffe, elle expédia sa cigarette d'une chiquenaude dans les feuilles sèches d'un agave. On était en pleine saison des incendies, il y avait des alertes rouges à tour de bras, et Starkey faisait ce genre de chose. Elle m'entraîna un peu plus loin des uniformes et, baissant le ton :

— Bon, écoutez, je sais deux ou trois trucs que Poitras ne sait pas sur cette affaire. Je veux bien vous en parler, mais il ne faudra le dire à personne.

— Vous croyez peut-être que je vais foncer chez moi et mettre tout ça sur mon blog ?

— Je connais un des membres de la cellule interservices, je travaillais avec lui à la CCS[1]. Il a passé la semaine à analyser ce qu'on a sorti du bungalow. Ça ne va pas vous plaire, mais il dit que c'est Byrd qui les a tuées. Il dit que c'est solide.

— Comment il le sait ?

— J'en sais rien, pauvre naze. C'est un pote. Je l'ai cru sur parole.

Starkey m'entraîna encore un peu plus loin des uniformes et, baissant encore un peu plus le ton :

— Ce que j'essaie de vous dire, Cole, c'est que je pourrais lui demander de vous expliquer tout ça. Vous voulez que je vous arrange le coup ?

J'eus l'impression de recevoir une bouée de sauvetage en pleine tempête. Levant les yeux vers le bungalow, je vis Poitras sur le seuil. Ils allaient ressortir.

— Je ne voudrais pas vous attirer d'ennuis.

— Marx n'a qu'à aller se faire foutre. Je vous parie que le vrai chef lui fera un deuxième trou de balle dès son

1. *Criminal Conspiracy Section* : section des conspirations criminelles.

retour. Ça vous dit que je vous branche sur ce mec, oui ou merde ?

— Ce serait génial, Carol. Vraiment.

La voisine d'en face nous observait toujours depuis sa fenêtre quand je repris ma voiture.

5

Starkey me mit en rapport avec un certain Marcus Lindo, de la section des conspirations criminelles. Comme pas mal d'autres inspecteurs du LAPD, il avait été provisoirement détaché de son unité pour participer à la cellule spéciale. Starkey m'avait expliqué que sa connaissance du dossier était restreinte mais qu'il ferait de son mieux pour m'aider. Dès que je l'eus en ligne, il m'apparut évident que l'idée de me voir ne ravissait pas Lindo. Il me donna rendez-vous au Hop Louie, un troquet de Chinatown, tout en m'avertissant qu'il ne s'approcherait même pas de moi s'il y avait d'autres policiers sur place. À croire que nous nous apprêtions à échanger des secrets de la guerre froide.

Lindo se pointa à trois heures dix, avec sous le bras un épais classeur bleu roi à trois anneaux. C'était un homme café-au-lait, plus jeune que je ne l'aurais cru, au regard nerveux tapi derrière une paire de lunettes. Il marcha droit sur moi et ne se présenta pas.

— Prenons un box.

Il posa son classeur sur la table et ses mains sur le classeur.

— Avant de commencer, mettons les choses au point. Il n'est pas question que tout ça me retombe dessus. Starkey m'a rendu beaucoup de services, mais si vous parlez à qui que ce soit de notre rencontre je vous traiterai de menteur les yeux dans les yeux, et c'est elle qui paiera les pots cassés. C'est clair ?

— Très clair. Comme vous voudrez.

Lindo avait la trouille, et je ne lui en voulais pas. Un chef adjoint du LAPD pouvait faire ou défaire sa carrière.

— Si j'ai bien compris, vous aimeriez voir l'album des mortes. Qu'est-ce que vous voulez savoir au juste ?

— Il y a trois ans, j'ai prouvé que Lionel Byrd n'avait pas tué Yvonne Bennett. Et voilà que vous dites le contraire.

— Exact. Il l'a tuée.

— Comment ?

— Je ne sais pas comment ; en tout cas pas au sens où vous l'entendez. L'enquête a été répartie entre plusieurs équipes. La mienne a travaillé sur l'album et sur la résidence de son auteur. Les équipes chargées des victimes ont reconstitué leurs faits et gestes. Moi, c'est l'album. Et c'est grâce à l'album qu'on sait que c'est lui.

— La possession de ces photos ne fait pas de lui un assassin. Elles auraient pu être prises par toutes sortes de personnes ayant eu accès aux scènes de crime.

— Pas celles-ci.

Lindo ouvrit son classeur et le tourna vers moi. La première page était une reproduction numérisée de la couverture de l'album, une photo vaporeuse de plage avec soleil couchant et cocotiers galbés. *Mes meilleurs souvenirs*, disait le titre gravé en lettres d'or. C'était le genre d'album qu'on pouvait trouver dans n'importe quelle papeterie, avec d'épaisses pages de papier cartonné entre lesquelles étaient intercalés des feuillets ultrafins de plastique transparent qui adhéraient au papier. On soulevait le film, on disposait les photos sur la page, et on plaquait dessus la feuille de plastique pour les maintenir en place. La couverture me fit froid dans le dos. *Mes meilleurs souvenirs*.

— Il y avait douze pages en tout, mais les cinq dernières étaient vierges. On a recueilli les fibres et les poils coincés entre les feuillets protecteurs, on a passé le tout au laser et on a mis ça dans la boîte à colle pour rechercher des empreintes.

Lindo se mit à compter sur ses doigts.

— La couverture, le dos, l'intérieur de la couverture et du dos, les sept pages contenant des photos plus les cinq vierges, les vingt-quatre feuillets transparents, ainsi que les sept Polaroïds. Toutes les empreintes complètes ou partielles relevées appartiennent à un seul et même individu : Lionel Byrd. Les fibres proviennent du canapé de Byrd. On n'a pas encore les résultats de l'ADN capillaire, mais ça collera. Le criminaliste nous a dit qu'à vue de nez les poils ressemblaient comme deux gouttes d'eau à ceux des bras de Byrd.

— Quel criminaliste ?

— John Chen.

— C'est un bon. Je le connais.

Lindo tourna la page. Le premier Polaroïd scanné représentait une jeune femme mince, aux cheveux noirs coupés court et aux joues creuses. Elle gisait sur le flanc droit en travers de ce qui semblait être un carrelage, dans une pièce ou un réduit sombre. L'éclair du flash avait brûlé le mur qui se trouvait derrière elle. Sa pommette gauche était fendue comme sous l'effet d'un coup de poing, et la rigole de sang qui lui barrait le visage formait une gouttière au bout de son nez. Trois petites taches de sang qui se chevauchaient en partie étaient visibles sur le sol. Le câble ou le fil électrique qui avait servi à étrangler la jeune femme était tellement serré qu'il disparaissait presque dans la chair de son cou. Quelqu'un avait placé sous l'image une étiquette portant le nom et l'âge de la victime, la date de son décès, et le numéro du rapport d'enquête original.

Lindo posa un doigt sur la photo.

— Ça, c'est la première victime : Sondra Frostokovic. Vous voyez cette entaille sous l'œil droit ? Il lui a d'abord collé un pain pour la sonner. C'est une des constantes de son mode opératoire. Il les assommait pour qu'elles ne puissent pas se défendre.

— Elle a été violée ?

— À ma connaissance, aucune de ces nanas n'a été violée. Encore une fois, je ne me suis pas occupé des cas individuels, mais ce mec n'a pas fait joujou avec elles ; il n'y a eu ni viol, ni torture, ni mutilation, rien de ce genre. On s'en rend compte sur les photos. Et maintenant, regardez ça.

53

Lindo tapota de nouveau l'image, cette fois à hauteur du visage de la fille.

— Vous voyez ces gouttes de sang qui ont coulé de son nez ? Il y en a trois, dont deux qui se touchent. On a comparé cette image à celles qui avaient été prises à l'époque par le bureau du coroner. Les photos de la scène de crime montrent une flaque grosse à peu près comme sa tête. Votre pote lui faisait sans doute face quand il lui a ouvert la pommette, et ensuite il l'a étranglée par-derrière. Le sang a commencé à couler dès qu'elle s'est retrouvée au sol. Et comme il n'y en a que quelques gouttes elle ne devait pas être tombée depuis plus de vingt secondes quand il lui a tiré le portrait.

— Ce n'était pas mon pote.

— En tout cas, à peu près tous les clichés comportent des marqueurs temporels suffisamment précis pour nous permettre de situer la prise de vue à l'instant du décès ou à proximité immédiate de cet instant. Voici la victime suivante, Janice Evansfield.

La deuxième photo montrait une Afro-Américaine à dreadlocks dont la gorge avait été poignardée avec un tel acharnement qu'elle était en bouillie. Lindo m'indiqua une espèce de filament rouge un peu flou qui semblait flotter devant son visage.

— Vous voyez ça ? On a dû l'agrandir pour savoir ce que c'était.

— Et c'était quoi ?

— Du sang en train de gicler de la carotide, à la base de son cou. Vous voyez l'arc de cercle ? Elle n'était pas encore morte, Cole. Elle agonisait. Cette photo a été prise à l'instant exact de ses tout derniers battements de cœur. Il me semble que ça élimine la thèse du flic arrivé ultérieurement sur la scène de crime, non ?

Je détournai la tête, hébété, me sentant loin, comme si ces photos et moi-même n'étions pas réellement dans ce box, comme si je ne les voyais pas.

Lindo me présenta chacune des cinq victimes restantes, puis la photo d'un massif appareil noir bardé de boutons et de capteurs qui rappelait les vieux films de science-fiction.

— La deuxième chose qui nous permet de l'incriminer, c'est l'appareil photo. Sur ce genre de modèle, le tirage sort d'une petite fente juste après le déclenchement. Les galets laissent des empreintes microscopiques sur les marges du papier, et...

La photo de l'appareil me parut moins dure à regarder.

— Un peu comme les rayures du canon d'une arme sur les balles ?

— Mouais, fit Lindo. Le modèle n'est plus commercialisé. Les sept photos que je vous ai montrées ont été prises avec cet appareil, qui était chez Byrd. Les seules empreintes retrouvées dessus sont les siennes. Idem pour la pellicule qui était dedans.

Il m'indiqua la photo montrant deux pellicules, l'une étiquetée *A*, l'autre *B*.

— Des empreintes partielles appartenant à un autre individu ont été relevées sur la pellicule encore sous emballage, mais nous pensons que ce sont celles du caissier ou du vendeur du magasin où il l'a achetée. Le numéro de lot nous a permis de remonter jusqu'à un point de vente à Hollywood, pas loin de Laurel Canyon. Vous voyez comme ça se recoupe ?

Lindo récapitula les faits avec la précision mécanique d'un charpentier plantant ses clous :

— Byrd a acheté la pellicule. Byrd a mis la pellicule dans l'appareil. Byrd, avec cet appareil, a pris ces sept photos qui n'ont pu être prises que par une personne présente au moment des meurtres. Byrd a été inculpé il y a trois ans du meurtre d'une de ces femmes, dont la dernière photo, prise quelques instants avant sa mort, vient d'être retrouvée en sa possession. Après avoir pris ces photos, Byrd les a placées de ses mains dans son album de merde. Ensuite, comme le prouvent les empreintes recueillies sur son arme, Byrd a pris le flingue, les douilles et la boîte de munitions découverts à son domicile, et il s'est fait sauter le caisson. On appelle ça une chaîne de raisonnement, Cole. Je sais que vous auriez préféré qu'on se casse les dents, seulement voilà, notre dossier est béton.

L'envie me prit soudain de revoir Yvonne Bennett, et je feuilletai l'album jusqu'à la cinquième page. Yvonne fixa sur moi ses yeux de mannequin. De la matière grise et des éclats d'os roses étaient visibles, ainsi qu'une sorte de boule luisante qui donnait l'impression d'être posée à l'intérieur de la plaie. Je ne me souvenais pas d'avoir vu cette boule quand Levy m'avait montré les photos médico-légales.

— Qu'est-ce que c'est que ce cercle rose ?

— Une bulle de sang. D'après le légiste, de l'air a dû entrer dans une artère quand il l'a frappée, et il en est ressorti au moment du décès. D'où la bulle.

J'aurais voulu détourner les yeux, mais je restai concentré sur la bulle. Elle n'était pas sur les photos médico-légales. Elle avait éclaté avant. J'inspirai profondément et je réussis enfin à regarder Lindo.

— Vous avez lu le dossier Bennett ?

— Je vous l'ai dit, ils ont affecté une équipe à chaque victime. Nous, c'était l'album.

— Elle a été tuée pendant un intervalle de temps précis. Byrd était à Hollywood quand cette fille est morte. Comment aurait-il pu être à deux endroits au même moment ?

Lindo se carra sur sa banquette avec une lassitude mêlée d'agacement, comme s'il me trouvait lent à la détente.

— Pour faire court : il n'en a pas eu besoin.

— Je n'ai pas inventé ce créneau, Lindo. Crimmens et son coéquipier avaient le même que moi. Byrd n'aurait pas eu le temps de tuer Yvonne à Silver Lake puis de rentrer à Hollywood à l'heure où on l'y a vu.

Lindo referma son classeur. Il était sur le départ.

— Réfléchissez, Cole. Votre créneau se tient d'un côté, celui de la découverte du corps. De l'autre, on n'a que ce gus qui est aussi la dernière personne à avoir vu Yvonne vivante. Comment s'appelle-t-il, déjà, Thompson ?

— Tomaso.

— Je ne dis pas que Tomaso a menti, mais il y a parfois des couacs. Les gens peuvent se gourer. Si Tomaso s'est trompé d'heure, votre créneau s'effondre.

— Ce n'était pas *mon* créneau. Crimmens aussi a entendu Tomaso.

— On sait ça, mec. Marx a justement pris Crimmens dans la cellule pour reconstituer cette soirée-là. Et Crimmens pense qu'il y a du jeu. Il suffirait que Tomaso se soit planté de vingt minutes pour que Byrd ait eu le temps de la tuer et de rejoindre ensuite votre bar.

— Crimmens en a reparlé à Tomaso ?

— Qu'est-ce qu'il dirait ? Qu'il est sûr de son fait ? Je ne sais pas si Crimmens lui a reparlé ou pas, mais de toute façon ça ne changerait rien. Les indices matériels l'emportent toujours sur les témoignages oculaires, et on a tout ce qu'il faut de ce côté-là. C'est réglé, Cole. Il faut que j'y aille.

— Minute. J'ai encore une question.

Lindo jeta un coup d'œil inquiet à la porte du bar, comme s'il s'attendait à voir débarquer tout le cinquième étage de Parker Center [1], mais il resta assis.

— Laquelle ?

— Que pouvez-vous me dire du suicide ?

— Je ne sais rien là-dessus. J'ai travaillé sur l'album.

— La présence de Byrd sur les lieux et au moment des crimes est établie ?

— La chronologie a été confiée à d'autres. Tout ce que je connais, moi, c'est l'album.

— Bon sang, vous ne discutez jamais entre vous ? Quand Bastilla et Crimmens sont venus me voir, ils n'ont même pas mentionné l'existence de ces photos.

Lindo fronça les sourcils et ramena son classeur contre lui.

— Ah bon ?

— Ils n'ont rien voulu me dire. Et vous, vous connaissez l'album mais vous n'avez quasiment aucune info sur le reste.

— Peut-être que je n'en ai pas besoin, Cole.

---

1. QG du LAPD, bâti en plein centre de Los Angeles.

Il mit le classeur sous son bras. Il s'était senti à l'aise tant qu'on avait nagé dans la technique, mais sa trouille était en train de le rattraper.

— Vous avez intérêt à la boucler, Cole. Tout ça doit rester entre nous.

— J'ai compris. Ne vous en faites pas.

Il faillit ajouter quelque chose, puis se leva et partit sans un regard en arrière.

Je restai seul dans la pénombre du box, toujours hanté par les images de l'album. Quand je fermai les yeux pour m'en débarrasser, elles s'animèrent. Un jet de sang s'échappait de la gorge de Janice Evansfield à chaque battement de son cœur mourant, de plus en plus faible. La flaque rouge grossissait lentement autour de la tête de Sondra Frostokovic, alimentée par les perles rouges qui gouttaient de son nez, ponctuant ses derniers instants avec une régularité de métronome. La bulle enflait dans la plaie d'Yvonne Bennett jusqu'à éclater. Ces images me donnaient l'impression d'être prisonnier d'un musée des horreurs, et pourtant je n'arrivais pas à y croire. Je m'efforçais de ne pas croire.

Je tentai de visualiser Lionel Byrd dans son fauteuil, avec l'album. Dans mon film intérieur, il tournait les pages une par une, revivant chaque meurtre. L'arme était là, le long de sa cuisse. Et s'il avait l'arme, c'est qu'il avait planifié sa propre mort. Il s'asseyait dans son fauteuil avec cette arme et l'album. Il se remémorait son œuvre. Peut-être même qu'il regrettait ces choses. Et une fois qu'il en avait eu sa dose, il rejoignait ses victimes dans l'au-delà. Je me demandai s'il avait réfléchi à la meilleure manière de se brûler la cervelle. Dans la bouche ou dans la tempe ? Dans la bouche, ça craint. On peut se louper et s'arracher la gueule. On peut se réveiller à l'hôpital, vivant, avec sept meurtres sur le dos, et plus de bouche.

J'aurais choisi la tempe. À mon avis, Byrd aussi aurait choisi la tempe.

6

Angel Tomaso était seul lorsqu'il avait vu Yvonne Bennett disparaître dans l'allée de service. Rien n'avait permis de confirmer sa version des faits, mais c'était apparemment un bon garçon, ayant un emploi régulier et apprécié de ses collègues. Crimmens aussi avait jugé son histoire solide. Le créneau temporel du meurtre était même la seule chose sur laquelle nous étions tous tombés d'accord, mais à présent les flics semblaient ne plus y attacher d'importance. Peut-être qu'ils étaient retournés le voir et que son histoire avait changé. Je décidai de poser la question à Bastilla.

Je regagnai Hollywood et pris l'escalier pour monter à mon agence. Dès mon entrée, je vis clignoter le voyant du répondeur : il affichait quatre nouveaux messages. J'ouvris une bouteille d'eau avant de m'affaler dans mon fauteuil pour les écouter.

Le premier était simple et direct. Une voix masculine anonyme me disait d'aller me faire foutre. Génial. Un numéro masqué, d'après mon lecteur d'appels. Le deuxième message était vide, et le troisième provenait de l'entreprise de désinsectisation qui préserve ma maison des fourmis et autres araignées : une colonie de termites avait été découverte sous ma terrasse. Pouvait-on rêver meilleure journée ? Le quatrième message était du même acabit que le premier, sauf qu'il avait été laissé par une autre voix d'homme.

— On va te crever !

Il avait hurlé le mot *crever* de toutes ses forces.

Cette voix qui tremblait de rage sonnait plus jeune que la précédente. Il m'aurait été facile de considérer une menace ponctuelle de ce genre comme un canular de mauvais goût, mais là, c'était la troisième fois. Peut-être bien qu'il y avait de l'eau dans le gaz.

Après avoir effacé les messages, je récupérai la carte de Bastilla sur mon bureau et lui téléphonai.

— Bastilla, j'écoute.

— Ici Elvis Cole. J'ai une question à vous poser.

— Quand est-ce que j'aurai votre dossier ?

— Doucement, Bastilla. Ce n'est pas pour ça que j'appelle.

— On n'a rien d'autre à se dire.

— Je ne cherche pas la polémique. Je suis en ce moment à mon agence pour rassembler ma doc. Je vois Levy à ce sujet demain matin. Il pense que ça ne devrait pas poser de problème.

Elle hésita.

— D'accord. C'est à quel sujet ?

— Angel Tomaso est revenu sur sa déposition ?

— Tomaso...

Comme si sa coupe était tellement pleine qu'elle ne se souvenait plus de lui.

— Tomaso est la dernière personne à avoir vu Yvonne Bennett vivante, vous devez savoir ça, non ? Il a été entendu comme témoin par Crimmens.

— Oui, exact. On n'a pas réussi à lui remettre la main dessus.

— Tomaso a eu un rôle-clé dans la définition de l'heure du crime. Comment pouvez-vous l'ignorer ?

— On ne l'ignore pas. Simplement, on ne l'a pas localisé. Ça arrive. De toute façon, les autres indices sont accablants.

— Encore une chose...

— Cette affaire ne vous regarde plus, Cole.

— Byrd avait été suspecté de l'un de ces sept meurtres ?

— Seulement du vôtre.

Le mien. Comme si j'étais propriétaire d'Yvonne Bennett.

— En dehors de l'affaire Bennett ?

60

— Ça montre à quel point ce salopard était fort, Cole : aucune de ces enquêtes n'a abouti à la désignation d'un suspect, sauf dans l'affaire Bennett. C'est la seule fois où il a merdé. Et maintenant, si vous avez envie d'en savoir plus, vous verrez ça dans le journal demain matin.

Elle raccrocha.

La garce.

Je décidai de faire un double de mon dossier Lionel Byrd. Je garderais l'original pour moi et j'apporterais la photocopie à Levy. S'il me donnait son aval, c'est cette photocopie que je remettrais ensuite à Bastilla.

En relisant les pages avant de les insérer dans le photocopieur, je finis par tomber sur la liste des témoins. Cette liste comportait notamment le numéro de téléphone du coffeeshop Braziliana, où travaillait à l'époque Tomaso, ainsi que celui de son portable. Trois ans avaient passé, mais je décidai de tenter ma chance. Je commençai par le portable et me retrouvai en ligne avec une certaine Carly, une jeune femme qui m'expliqua d'une voix enjouée que ce numéro était le sien depuis près d'un an. Quand je lui demandai si elle connaissait Tomaso, elle me répondit que non, puis ajouta que c'était la deuxième fois que quelqu'un l'appelait à ce sujet. Un policier lui avait également passé un coup de fil.

— Vous sauriez me dire quand, Carly ?

— Il y a deux jours. Non, attendez. Trois.

— Hum. Vous vous rappelez son nom ?

— Oh, il a dit qu'il était inspecteur. Timmons ?

— Crimmens ?

— C'est ça.

Crimmens avait apparemment fait son travail.

Je contactai ensuite le coffee-shop et j'eus droit au même refrain. Crimmens avait téléphoné pour se rencarder sur Tomaso, mais l'actuelle gérante n'avait jamais rencontré Angel, ne savait absolument pas où le joindre et était quasiment certaine qu'il avait quitté son poste au moins deux ans plus tôt, avant qu'elle-même soit embauchée. Je raccrochai et revins à mes photocopies.

Angel Tomaso n'était pas mon témoin. C'était Crimmens qui l'avait localisé et interrogé deux jours après le meurtre d'Yvonne, alors que je n'avais commencé à travailler sur ce dossier que dix semaines plus tard. La règle de la communication des pièces avait obligé l'accusation à transmettre à Levy sa liste de témoins, assortie de leurs coordonnées complètes. En feuilletant les pages de cette liste, je découvris une annotation que j'avais ajoutée à la main à l'époque, avec un nom de personne suivi d'un autre numéro de téléphone pour Tomaso.

Lorsque Crimmens avait entendu Tomaso comme témoin, celui-ci vivait chez sa petite amie à Silver Lake. Le temps que je le relance, dix semaines plus tard, au coffee-shop, il avait rompu avec sa copine et campait à Los Feliz chez un ami à lui, un certain Jack Eisley. Les numéros d'employeur et de portable de Tomaso étaient bons à l'époque, mais comme j'étais allé le voir chez Eisley j'avais conservé les coordonnées de celui-ci. Après avoir photocopié les dernières pages du dossier Byrd, je séparai l'original du double et revins à mon bureau avec le numéro d'Eisley.

Trois ans après, mes chances étaient infimes, mais je le composai tout de même. Au bout de cinq sonneries, un message enregistré se déclencha.

— Ici Jack. Parlez après le bip.

— Monsieur Eisley, ici Elvis Cole. Vous vous souvenez peut-être qu'il y a trois ans je suis passé chez vous pour parler à Angel Tomaso. Je cherche à le joindre mais je n'ai plus son numéro. Vous serait-il possible de me rappeler, je vous prie ?

Je lui laissai mon numéro de portable et celui de l'agence.

Une avancée.

Peut-être.

Le fait de m'activer m'avait en partie remonté le moral. Je m'apprêtais à ressortir avec le double du dossier destiné à Levy quand le téléphone sonna. Peut-être à cause de l'heure tardive, sa sonnerie me parut anormalement forte.

Je revins vers mon bureau.

Le téléphone sonnait toujours. J'eus un moment d'hésitation et je me sentis tout con.

— Agence Elvis Cole.

Silence au bout du fil.

— Allô ?

Je n'entendais qu'un souffle.

— Allô ?

Mon interlocuteur raccrocha.

Je m'attendais à ce que le téléphone recommence à sonner, mais le silence s'éternisa. Je rentrai chez moi pour regarder les infos.

7

Le soleil était bas quand je quittai Mulholland Drive pour m'engager dans le lacis de rues sinueuses qui monte jusque chez moi. Je vis dans les collines abruptes qui dominent Los Angeles. Ma maison est petite, perchée tout au bord d'un canyon que je partage avec des coyotes et des faucons, des mouffettes et des cerfs à queue noire, des opossums et des crotales. Chaque fois que je retrouve ce quartier plus rural qu'urbain, j'ai l'impression de quitter la ville, même s'il y a des choses qu'on ne laisse jamais derrière soi.

Ma maison ne possède pas de jardin comme en plaine. Elle a une terrasse en bois surplombant le canyon et un chat sans nom qui mord. J'adore cette terrasse et ce chat, tout comme la large palette de violets et de jaunes qui recouvrent les cimes et le ravin au couchant. Les termites, je m'en passerais.

À la sortie du dernier virage, je vis la Taurus de Carol Starkey garée devant ma porte, et personne au volant. J'entrai par la cuisine pour gagner le salon, relié à la terrasse par une baie vitrée. Starkey était dehors, en train de fumer dans le vent suffocant qui lui ébouriffait les cheveux. Elle leva une main en m'apercevant. Starkey n'est pas du genre à passer me voir pour rien.

Je fis coulisser le panneau de verre et sortis à mon tour.

— Qu'est-ce que vous faites ici ?

— On croirait que je vous harcèle. J'avais juste envie de savoir comment ça s'était passé avec Lindo.

Elle expédia son mégot par-dessus la rambarde. Le vent s'en empara et le transporta dans les profondeurs du canyon.

— Vous êtes dans les collines, Starkey. Ces broussailles sont une poudrière.

Je scrutai la pente jusqu'à être sûr que l'enfer n'allait pas nous engloutir. Quand je relevai la tête, ses yeux étaient fixés sur moi.

— Quoi ?

— Alors ? Ça s'est passé comment ?

— La thèse dominante semble être que j'aurais mal interprété le créneau horaire pendant lequel s'est produit l'assassinat de Bennett. Pas seulement moi, mais aussi les inspecteurs chargés de l'enquête initiale.

— Ah. Et c'est possible ?

— C'est toujours possible, mais vos collègues ne jugent pas ça assez important pour se donner la peine de réinterroger le témoin-clé. Ils ont décrété que ça ne changeait rien à l'affaire.

— Peut-être qu'ils ont raison. Les explications de Lindo m'ont paru solides.

— Ça ne justifie pas ce type de négligence. Vos collègues sont tellement pressés de boucler leur dossier qu'ils n'attendent même pas d'avoir tous les résultats d'analyses.

Après quelques secondes de silence, Starkey s'éclaircit la gorge.

— Écoutez, Marx est peut-être nul à chier, mais Lindo est un bon. La plupart de ceux qui travaillent là-dessus sont des bons. Dans un cas comme dans l'autre, le vieux avait l'album. Il a laissé ses traces partout dessus. N'oubliez pas ça.

Elle avait raison. Dans un cas comme dans l'autre, Lionel Byrd avait été découvert en possession d'un album de photographies qui ne pouvaient avoir été prises que par une personne présente au moment où les meurtres avaient été commis. Un album et des photos qui n'avaient été touchés que par lui.

— Laissez-moi vous poser une question, Starkey. Qu'est-ce que ces photos vous inspirent ?

— Vous voulez savoir quoi ? Le sens que je leur donne ou la raison pour laquelle je pense qu'il les a prises ?

— Les deux, je suppose. Quelle sorte d'individu est capable de prendre des photos pareilles ?

Elle se pencha au-dessus de la balustrade, les yeux rivés sur le canyon. Starkey n'était pas psychologue de formation mais, à la CCS, elle avait passé une bonne partie de son temps à profiler des poseurs de bombes. En général, les amateurs de machines infernales se trimballaient un casier chargé. Comprendre leurs pulsions pouvait aider à boucler une enquête.

— Souvent, ces mecs aiment bien prélever une mèche de cheveux, un bijou ou un vêtement de leur victime parce qu'ils voient ça comme un moyen de revivre leur montée d'adrénaline. Mais prendre des photos, c'est plus profond comme engagement.

— C'est-à-dire ?

— Ces nanas ont toutes été assassinées dans des endroits semi-publics. Il ne les a emmenées ni dans le désert, ni dans une cave insonorisée. Elles sont mortes soit sur des parkings, soit à deux pas d'une rue passante, soit dans des parcs où quelqu'un pouvait à tout moment surgir. C'est facile d'arracher une boucle d'oreille ou une poignée de cheveux – on tire et on se casse –, mais là, le mec a dû s'attarder sur place pour les prendre en photo. Non seulement il a choisi des endroits très risqués pour porter son attaque, mais en plus il a augmenté le niveau de risque en prenant le temps de photographier ces femmes alors que n'importe qui aurait pu voir le flash.

— C'est peut-être de la bêtise pure et simple.

Starkey éclata de rire.

— Je crois plutôt que la difficulté lui faisait prendre son pied. Il défiait le destin avec ces photos, et chaque meurtre non élucidé a dû renforcer son impression de toute-puissance, un peu comme les terroristes qui se sentent plus forts après chaque bombe. L'extase ne vient pas du crime en soi, mais de l'impunité.

— Je vois.

— Lindo vous a parlé de la composition ?

Je secouai la tête. À aucun moment Lindo ne m'avait parlé de composition.

— Une photo ne fait pas partie de l'acte au même titre qu'un trophée traditionnel ; c'est une composition extérieure à l'acte. Le photographe choisit son angle. Il décide de ce qui sera sur l'image et de ce qui n'y sera pas. Si l'image est un monde, alors le photographe est le dieu de ce monde. Ce mec jouissait d'être Dieu. Il avait besoin de prendre ces photos parce qu'il avait besoin d'être Dieu.

J'avais du mal à voir Lionel Byrd se prenant pour Dieu, mais peut-être que le problème était là. Quand j'essayai de me le représenter traquant des femmes muni d'un appareil photo aussi massif qu'obsolète, l'image se déroba à moi.

— Je ne sais pas, Starkey. Ça ne ressemble pas à Byrd.

Elle haussa les épaules et se remit à contempler le canyon.

— Je vous donne mon avis, point barre. Je ne cherche pas à vous convaincre.

— Je sais. Ce n'est pas comme ça que je l'ai pris.

— Quoi que cet enfoiré ait pu faire, vous n'avez pas à vous sentir responsable de ses crimes. Vous avez fait votre boulot, de façon réglo. Inutile de vous torturer la cervelle.

J'avais fait la connaissance de Carol Starkey quand Lou Poitras l'avait amenée chez moi suite à la disparition d'un petit garçon, Ben Chenier. Starkey m'avait aidé à le retrouver, et l'amitié qui était née entre nous pendant l'enquête s'était renforcée depuis. Quelques mois plus tard, je m'étais fait tirer dessus par un certain Frederick Reinnike, et Starkey était régulièrement venue me voir à l'hôpital. Nous commencions à avoir un bout d'histoire commune. L'idée me fit sourire.

— Je vous ai remerciée pour toutes ces visites à l'hosto ?

Elle rougit.

— J'essayais juste de taper dans l'œil de Pike.

— Eh bien, merci quand même.

Son regard resta vissé sur le canyon.

— Des nouvelles de l'avocate ?

L'avocate. Ce fut mon tour de fixer le canyon. À une lointaine époque, j'avais partagé la vie d'une avocate de Louisiane, Lucy Chenier, dont Ben n'était autre que le fils. Lucy et Ben étaient même venus s'installer à L.A., mais après l'enlèvement ils étaient repartis en Louisiane, et nous vivions désormais séparés. Je me demandai ce que Lucy aurait pensé de Lionel Byrd, et l'idée qu'elle ne sache rien de cette histoire me soulagea.

— Rien de spécial. La vie continue.

— Comment va le petit ?

— Ça va. Il pousse. Il m'écrit des lettres.

Starkey s'écarta brusquement de la rambarde.

— Ça vous dirait de sortir un peu ? On pourrait aller s'en jeter quelques-uns au Dresden.

— Vous ne buvez plus.

— Je vous regarderai. Je vous regarderai boire pendant que vous me regarderez fumer. Ça marche ?

— Une autre fois, peut-être. Je voudrais voir ce qui se dit sur Byrd aux infos.

Elle recula encore un peu, les mains levées.

— OK. Je pige.

Nous restâmes un moment face à face ; elle finit par sourire.

— De toute façon, il faut que je file. Un plan drague.

— Bien sûr.

Ses traits s'adoucirent, puis elle me prit la main, la tourna vers le haut et toucha la ligne durcie de tissu cicatriciel qui barrait quatre doigts et le gros de la paume – un souvenir de mon combat pour sauver la vie de Ben Chenier.

— On croit avoir des cicatrices, hein, m'sieur ?

Elle me toucha le côté du torse, là où le fusil à pompe de Reinnike chargé à chevrotines de douze m'avait envoyé à l'hôpital. Avec deux passages sur le billard.

Starkey sourit.

— Vous devriez voir les miennes, Cole. Question balafres, je vous écrase tous.

La bombe qui l'avait tuée dans un camping.

— Oubliez les infos, mec, ajouta-t-elle en me lâchant la main. Laissez tomber tout ça.

— Bien sûr.

— Vous n'allez pas laisser tomber.

— Non.

— C'est peut-être pour ça que je vous aime.

Elle me décocha un coup de poing au plexus et s'en alla. Sacrée Starkey.

J'allumai le téléviseur pour ne pas louper le début du flash et mis une côte de porc à décongeler. Pour une personne. Je bus une bière debout dans la cuisine, m'en servis une deuxième, revins devant le poste au moment des titres. L'homme-tronc Jerry Ward regarda gravement Los Angeles dans le blanc des yeux et récita, plus lapidaire que jamais : « Une série de meurtres élucidée par une découverte macabre à Laurel Canyon. »

Sur ce, Jerry arqua les sourcils.

Et quand Jerry arque les sourcils, on sait que ça va vraiment être macabre.

J'avais amplement le temps d'aller m'ouvrir une autre bière. Le sujet d'ouverture portait sur une visite du Président, lequel venait d'arriver en ville pour constater les dégâts provoqués par le feu. Le deuxième sujet concernait les efforts de reconstruction et la probabilité de moins en moins forte de voir de nouveaux foyers éclater dans les prochains jours. Ces nouvelles des incendies fournirent à Jerry une transition parfaite pour aborder la macabre découverte du corps de Lionel Byrd. Je devais en être à ma troisième bière. Ou à la quatrième.

Jerry consacra près de trois minutes à l'affaire, avec entre autres un reportage sur la conférence de presse de Marx. Le chef adjoint du LAPD brandissait une pochette en plastique transparent contenant ce qui semblait être l'album photo et décrivait les « portraits des défuntes » comme les « trophées d'un esprit pervers ». Il ne mentionna que les deux victimes les plus récentes, Debra Repko, une jeune femme de vingt-six ans originaire de Pasadena, et Yvonne Bennett. Mon estomac se noua quand j'entendis son nom.

S'agissant de Bennett, Marx se contenta d'une courte allusion au fait que M. Byrd avait été arrêté à l'époque du meurtre, mais que les poursuites avaient été abandonnées suite à la découverte d'indices contradictoires tendant à le disculper. Ni Levy ni moi ne fûmes cités. J'aurais peut-être dû lui en être reconnaissant.

Marx en imposait avec son grand uniforme et son index levé lorsqu'il proclama que la ville était maintenant plus sûre, comme s'il avait lui-même sauvé la vie d'une victime et pas seulement retrouvé un cadavre en décomposition. Il déclara avoir été personnellement choqué par la relaxe de Byrd après que celui-ci eut été conduit devant l'autel de la justice pour le meurtre de Bennett, et promit de faire tout ce qui était en son pouvoir pour qu'un scandale pareil ne se reproduise jamais.

— Waouh ! lâchai-je. « L'autel de la justice. »

Le chef adjoint du LAPD était flanqué d'un conseiller municipal de Los Angeles, Nobel Wilts, qui le félicita ensuite pour l'excellent travail accompli par ses services. La femme que j'avais aperçue à sa fenêtre depuis le bungalow de Byrd eut droit à une séquence d'une dizaine de secondes pendant laquelle elle affirma qu'elle allait enfin pouvoir dormir tranquille ; quant à la mère de Chelsea Ann Morrow, la troisième victime du tueur, elle avait été interviewée chez elle, à Compton. Je me demandai comment les caméras avaient pu avoir aussi vite accès à la mère et à la voisine, vu que la conférence de presse remontait à moins d'une heure. Marx – à moins que ce ne soit Wilts – avait probablement rencardé les médias pour qu'ils soient prêts à assurer une couverture en prime time.

À l'annonce du sujet suivant – le rappel d'un lot de jouets dangereux –, j'émigrai vers la terrasse avec mon fond de bibine.

Les vents atteignent en général leur paroxysme au coucher du soleil, le temps d'une dernière ruée vers l'océan, et les arbres qui tapissent le canyon en contrebas de chez

70

moi étaient convulsés de frissons. Des eucalyptus gris ; des chênes nains et des noyers ; des oliviers vert cendré qui ressemblaient à des ballons de plage. Leurs branches s'entre-choquaient comme des bois de cerf, leurs feuilles cassantes tremblaient comme du papier de riz. Je continuai à boire en écoutant leur bruit. Peut-être que Marx et sa cellule spéciale étaient dans le vrai pour Tomaso. Il m'avait fait l'effet d'un garçon intelligent, consciencieux et désireux de se rendre utile, mais peut-être avait-il fait un peu trop de zèle. Il suffi-sait effectivement de décaler son récit de trente minutes pour que tout change. Il suffisait qu'il se soit trompé d'une demi-heure pour que Lionel Byrd ait eu le temps de tuer Yvonne Bennett, de repartir ensuite en voiture à Holly-wood et de boire un dernier verre vite fait avant de rentrer chez lui. Rien de tel qu'un double bourbon quand on vient de fracasser le crâne d'une nana.

J'écoutais toujours le bruit des arbres quand le téléphone sonna ; une voix féminine s'éleva doucement, distante de trois mille kilomètres.

— Allô, le meilleur détective du monde ?

Je me sentis aussitôt mieux. Réchauffé, et en paix.

— Ex-meilleur. Ça va, toi ?

— Ex ?

— Une longue histoire.

— Je pense la connaître en partie. Joe m'a appelée.

— Pike t'a appelée ?

— Il m'a dit que tu avais besoin d'une oreille.

— Joe t'a vraiment appelée ?

— Parle-moi de Lionel Byrd.

Le canyon s'assombrit pendant que je lui relatais l'affaire. Plus l'obscurité augmentait, plus les maisons qui en parsè-ment les flancs et les crêtes s'illuminaient.

— Tu en penses quoi ? me demanda Lucy quand j'eus fini.

— Je n'en sais trop rien. On ne peut pas toujours échapper aux reproches, même quand on a tout fait dans les règles.

— Tu crois que Byrd a tué ces sept femmes ?

71

— C'est l'impression que ça donne, mais je ne sais pas. Les faits ont l'air de leur donner raison.

— Peut-être que c'est l'impression que ça donne, mais est-ce que toi tu y crois ?

Je marquai une pause pour repenser à tout ce que m'avaient dit Lindo et Starkey, et aussi à tout ce que j'avais appris par moi-même trois ans auparavant.

— Non. Je devrais peut-être, mais non. Je connais Byrd. Pas comme si je l'avais côtoyé personnellement, mais je me suis défoncé pour reconstituer ce qu'a été sa vie le soir de la mort d'Yvonne Bennett. Ce soir-là, il m'a appartenu. J'ai su qui il était à travers les endroits où il est allé, les gens qu'il a vus, ce qu'il leur a dit et comment il l'a dit. J'ai su à quels moments il avait parlé fort, ce qu'il avait laissé comme pourboires, sur quels sièges il s'était assis et combien de temps il était resté avant de repartir. Un prédateur de haut vol se serait fondu dans le décor alors que Byrd s'est fait remarquer un peu partout en faisant du ramdam, en se montrant grossier et en buvant comme un trou. Je l'ai connu mieux que personne ce soir-là, et je ne crois pas qu'il ait tué Yvonne Bennett. Peut-être qu'il connaissait son assassin, je suppose que c'est possible, mais il ne l'a pas tuée. Je n'y crois pas. Je ne peux pas y croire.

— Écoute-moi. Tu m'écoutes ?

— Oui.

— Même si le pire se confirmait, tu n'aurais rien à te reprocher. Tu as le droit de te sentir mal, de pleurer sur un drame aussi affreux, mais tu as toujours agi selon ton cœur. Si cette horreur se confirme, tu sais ce que tu feras ?

Je hochai la tête mais ne répondis rien.

— Tu reprendras le dessus et tu continueras sur ta lancée. Je suis prête à faire personnellement un aller-retour en L-jet pour te soutenir.

Le L-jet était une blague entre nous. Si Lucy avait pu se payer un jet privé, elle l'aurait appelé le L-jet.

— Tu me soutiens déjà.

— Je n'ai pas fini. Tu as bu ?

— Oui.

— Écoute…

— Tu me manques.

— Ferme-la et écoute-moi. Je veux que tu m'écoutes.

— Je t'écoute.

— Dis quelque chose de drôle.

— Lucy, s'il te plaît…

— Dis quelque chose de drôle !

— Quelque chose de drôle.

— Je t'ai connu en meilleure forme, mais c'est déjà ça. Et maintenant, raccroche.

— Pourquoi ?

— Raccroche, c'est tout. Je te rappelle.

Elle raccrocha. Je gardai le combiné dans la main, me demandant où elle voulait en venir. Quelques secondes plus tard, le téléphone sonna.

— Luce ?

— Mieux que ça ! hurla-t-elle.

Elle raccrocha encore. J'attendis. Quand le téléphone se remit à sonner, je répondis comme elle le voulait.

— Agence de détectives Elvis Cole. Nous trouvons plus pour moins. Comparez nos tarifs.

La voix de Lucy redevint douce comme un baiser.

— Je retrouve mon meilleur du monde.

— Je t'aime, Luce.

— D'amitié.

— Évidemment. D'amitié.

— Moi aussi.

— D'une amitié qui n'exclut pas les avantages en nature.

— Tu n'abandonnes jamais.

— Ça fait partie des avantages.

— Il faut que je te laisse. Appelle-moi.

— T'appeler comment ?

À son hésitation, je sentis qu'elle souriait. J'étais capable de détecter son sourire à trois mille kilomètres, mais le mien s'estompa presque aussitôt.

— Tu crois que je me fais des illusions ?

— Je crois que tu as besoin d'être convaincu. Dans un cas comme dans l'autre, tu vas devoir te convaincre toi-même.

Je considérai le canyon noir, les lumières chaudes qui en saupoudraient les crêtes.

— Si ce n'est pas Byrd qui les a tuées, c'est quelqu'un d'autre.

— Je sais.

Elle resta un instant silencieuse avant d'ajouter d'une voix tendre :

— Tu me dis que les faits ont l'air de leur donner raison. Si ces faits-là ne te plaisent pas, trouves-en d'autres. C'est ton métier, meilleur du monde. Personne ne fait ça mieux que toi.

Elle raccrocha avant que j'aie pu répliquer.

Le téléphone toujours à la main, j'attendis un certain temps avant de composer le numéro de Pike. Son répondeur prit mon appel avec un bip. Pike n'est pas du genre à laisser un message d'accueil. On a juste droit au bip.

— Tu es un vrai ami, Joe. Merci.

Deuxième partie

En haut du canyon

8

Le vent tomba pendant la nuit, et au matin le canyon derrière chez moi avait retrouvé son calme et ses couleurs vives. Je sortis chercher le journal et revins dans la cuisine, où m'attendait le chat avec lequel je cohabite. Il est grand et noir, et son pelage soyeux arbore plus de cicatrices qu'un champion de combat libre après une série noire. Il m'adore, vénère Joe Pike, et en dehors de ça déteste à peu près le monde entier. Toutes ces bagarres ont fini par faire leur effet.

— Comment va la vie au pays des matous ? demandai-je.

Quand on vit à trois mille bornes de sa copine, on parle à son chat.

Il était assis devant sa gamelle, là où il a l'habitude d'attendre le petit déjeuner, sauf que cette fois il avait apporté le sien. L'arrière-train d'un rat arboricole était posé par terre à côté de lui.

Il me regarda en clignant des yeux. Fier. Comme si j'étais censé croquer dedans avec enthousiasme.

— Mmrh, dit-il.

— Bien joué, mon grand. Miam.

Après avoir ramassé les vestiges du rat avec une serviette en papier, je servis à mon chat une boîte de thon. Il gronda en me voyant jeter sa proie à la poubelle, mais le thon l'aida à surmonter sa frustration.

Après m'être servi une tasse de café lyophilisé, je mis en route un vrai café et lus l'article consacré à Lionel Byrd : « L'album sanglant du tueur ».

Le *Times* avait fait du bon boulot pour un délai si court. L'article, concis et direct, décrivait les circonstances dans lesquelles deux agents en uniforme du LAPD avaient trouvé le cadavre de Byrd, qui s'était tiré lui-même une balle dans la tête, en pleine évacuation de Laurel Canyon, lors des récents incendies. L'« album sanglant » et son contenu étaient décrits avec un luxe de détails. Une photo de Marx et du conseiller Wilts était publiée en page six, à côté de la liste des sept victimes et d'un plan de la ville indiquant le lieu de chaque meurtre. La description d'Yvonne Bennett m'emplit de tristesse. Elle qui s'était toujours drapée dans ses mensonges pour faire croire aux autres qu'elle n'était pas ce qu'elle était, sa vie se réduisait désormais à une formule glaciale de quatre mots : « prostituée de vingt-huit ans ».

Un paragraphe seulement était consacré aux soupçons dont Byrd avait fait l'objet à l'époque du meurtre, mais le journaliste avait préféré s'attarder sur ses antécédents de violences envers des prostituées plutôt que sur le motif de sa relaxe. Comme pendant la conférence de presse de la veille, ni Levy ni moi-même n'étions cités. Vu l'attitude de Marx quand nous nous étions rencontrés, je m'attendais à ce qu'il nous condamne publiquement, mais il ne l'avait pas fait.

L'article ne m'apprit pas grand-chose. Marx s'était beaucoup étendu sur l'album et le casier judiciaire mais n'avait fourni aucun élément concret quant aux liens éventuels de Byrd avec les victimes ou aux preuves de sa présence sur les lieux des meurtres. Il n'était question ni de tests ADN, ni de témoignages antérieurs ou postérieurs aux crimes, ni de la façon dont Byrd avait choisi ses victimes, ni de celle dont il était passé entre les mailles du filet.

Je découpai l'article, la liste et le plan, puis j'utilisai les noms et les dates pour effectuer une recherche en ligne d'articles parus à l'époque de chaque crime. Ma récolte fut maigre. Quatre meurtres sur sept seulement avaient eu les honneurs de la presse locale, soit un total de neuf articles publiés sur une période de sept ans. Je pris des notes en les lisant.

Sondra Frostokovic, la première victime, avait eu droit à une colonne de trente lignes pour le seul et unique article consacré à son meurtre. La dépouille de cette femme qui exerçait les fonctions de chef de service dans l'administration municipale avait été découverte à l'intérieur d'un immeuble de bureaux du centre-ville vidé pour cause de travaux de rénovation, à quatre blocs à peine de son lieu de travail. Elle avait été étranglée. L'article s'achevait sur une formule type d'appel à témoins, les personnes ayant des informations sur le meurtre étant priées de contacter l'inspecteur Thomas Marx, de la brigade criminelle du Central. Je me demandai si c'était le même Marx. Forcément. Je me demandai s'il se souvenait de cette affaire.

Janice M'Kele Evansfield était la deuxième victime ; celle dont le filament de sang montrait qu'elle était encore en vie quand la photo de l'album avait été prise. Son corps avait été retrouvé en bordure du Brentwood Country Club, où elle faisait son jogging, dans un des coins les plus rupins de L.A., onze mois et seize jours après l'assassinat de Frostokovic. Un article paru deux semaines plus tard déplorait l'absence totale de suspect et sollicitait l'aide de la population.

Contrairement à Frostokovic et Evansfield, les troisième, quatrième et cinquième victimes étaient des prostituées. Chelsea Ann Morrow, Marsha Trinh et Yvonne Bennett n'avaient pas suscité l'intérêt des journaux, mais la sixième victime, une SDF nommée Lupe Escondido, avait fait les gros titres en raison de la nature particulièrement atroce du meurtre. Par une douce nuit d'octobre, alors qu'elle dormait tranquillement dans le parc de Studio City, elle avait été aspergée d'essence et brûlée vive. Sur la photo que m'avait montrée Lindo, elle était engloutie par une nuée de flammes jaunâtres. Il m'avait été impossible de dire s'il s'agissait d'un être humain.

Après avoir lu tout ce qui la concernait, je retournai à la cuisine pour souffler un peu. Le chat se mit à ronronner dès que je posai les yeux sur lui. Il attendait devant la poubelle où j'avais balancé son bout de rat. Je soulevai le couvercle, repêchai l'arrière-train et le déposai dans sa gamelle.

— Tu l'as bien mérité.

Les deux derniers articles parlaient de la plus récente victime, Debra Repko.

Comme la toute première, Repko était blanche, instruite et cadre sup. Elle avait obtenu depuis peu une maîtrise de sciences politiques à l'USC, ce qui lui avait permis d'être engagée par un cabinet de conseil politique du centre, Leverage & Associés. Entre onze heures du soir et deux heures du matin, trente-six jours avant la découverte du corps de Byrd, elle avait été assommée par-derrière puis asphyxiée au moyen d'un sac-poubelle placé sur sa tête. Le meurtre avait été commis derrière une petite galerie commerciale proche de Melrose Avenue, à deux blocs de son appartement des environs de Hancock Park. La nouvelle de sa mort avait brisé le cœur de ses parents et de ses trois frères.

Je mis les articles de côté, allai me chercher une bouteille d'eau et sortis sur la terrasse. Le vent était tombé pendant la nuit, et deux faucons à queue rouge planaient au-dessus de ma tête. Après avoir été cloués au sol par la tempête, ils avaient repris leur envol. Ils semblaient être en chasse, mais peut-être savouraient-ils simplement leurs retrouvailles avec le ciel. À moins que le ciel et la chasse ne soient pour eux qu'une seule et même chose.

Trente mètres plus loin, mes voisins étaient eux aussi sur leur terrasse, en train de lire le journal. Ils me firent signe en me voyant sortir et je leur rendis leur salut. Je me demandai s'ils avaient lu l'article sur Byrd.

J'avalai une gorgée d'eau puis commençai à m'étirer en enchaînant les douze salutations au soleil du hatha-yoga. Ma voisine Grace me lança :

— Faites-le à poil !

Son mari éclata de rire.

Les figures de yoga se transformèrent en katas de taekwondo. Je distribuai avec concentration une série de coups de pied et de coups de poing sur toute la largeur de ma terrasse, passant d'un kata à l'autre – quoique pas sous leur forme coréenne classique, puisqu'il s'agissait plutôt de combinaisons inventées par mes soins : un mélange de wing chun, de krav maga et de shen chuan. Je me déplaçai dans les trois plans de l'espace, travaillant sur un rythme de plus en plus intense jusqu'à ce que ma sueur tombe en pluie sur le plancher et que les images de cadavres aient disparu. Quand je m'arrêtai, Grace se leva d'un bond et applaudit.

— À votre tour, criai-je. À poil !

Elle souleva brièvement son tee-shirt, et j'aperçus ses seins. Son mari s'esclaffa de plus belle.

Sacrés voisins.

Je vidai ma bouteille d'eau, et j'entrais dans le salon au moment où le téléphone se mit à sonner. C'était l'assistant d'Alan Levy.

— Monsieur Cole ?

— Alan a suivi la conférence de presse sur Lionel Byrd ?

— Oui, monsieur. Il aimerait que vous lui apportiez votre dossier à dix heures, si cela vous convient.

Je répondis que cela me convenait tout à fait, puis je repris mes notes. En combinant les informations de Lindo et du *Times* avec celles que je venais de glaner sur Internet, j'obtins le tableau suivant :

1 – Frostokovic / blche / 2/10 / étrangl. / centre / (Marx !)

2 – Evansfield / nre / 28/9 / poign. / Brtwd / jog / (?)

3 – Morrow / nre / 7/10 / cric / Hywd / prost. / (?)

4 – Trinh / asiat. / 23/9 / poign. / SlvrLk / prost. / (?)

5 – Bennett / blche / 3/10 / cric / SlvrLk / prost. / (Crimmens)

6 – Escondido / lat. / 9/10 / feu / St Cty / SDF / (?)

7 – Repko / blche / 26/7 / asph. / HanPk / consult. / (?)

Quand on travaille sur ce type d'affaire, on commence par chercher des lignes directrices, mais, en l'occurrence, elles ne se bousculaient pas au portillon.

Les victimes étaient issues de milieux ethniques et économiques variés, et aucune d'elles n'avait été violée, mordue, dévorée ou sexuellement abusée. Deux meurtres avaient été commis à Silver Lake, les autres un peu partout en ville. Les seuls points communs évidents étaient le sexe des victimes et le fait que six de ces sept meurtres avaient eu lieu à l'automne.

Le plus récent sortait du lot. Alors que les six premières femmes avaient été assassinées entre la fin de septembre et le début d'octobre, Debra Repko était morte en plein été, soit près de trois mois avant les autres.

À force de m'interroger là-dessus, une intuition me vint sur les dates et je me rassis devant mon ordinateur. On entend souvent parler de meurtres déclenchés par des conjonctions astrologiques et autres phénomènes zodia-caux ; je dénichai un almanach d'astronomie grâce à mon moteur de recherche et vérifiai toutes les dates.

Je n'appris rien sur le plan astrologique, mais les six premiers crimes avaient eu lieu dans un délai de quarante-huit heures autour de la nouvelle lune – c'est-à-dire pendant les nuits les plus sombres du mois. Repko, elle, avait trouvé la mort alors que la lune allait entrer dans son troisième quartier. Après six meurtres consécutifs commis dans le noir, Debra Repko avait été assassinée sous un ciel nocturne brillamment éclairé.

Je jetai un coup d'œil à ma montre. Neuf heures passées, mais je ressortis la carte de Bastilla et l'appelai quand même sur son portable.

— Bastilla, grommela-t-elle.

— Elvis Cole. Vous avez une minute ?

— Je peux passer prendre le dossier ?

— Je le soumets à Levy à dix heures. Bon sang, Bastilla, vous ne pourriez pas changer de disque ?

— J'ai à faire, Cole. Qu'est-ce que vous voulez ?

— Comment avez-vous rendu compte des particularités de l'affaire Repko ?

Bastilla resta un moment silencieuse. On entendait des voix en fond sonore, mais je n'aurais pas su dire si elle était à son bureau ou en voiture.

— Qu'est-ce que vous racontez ?

— Debra Repko a été tuée en juillet, trois mois plus tôt que les autres.

— Merci. On est au courant.

— La lune était dans son troisième quartier. Les six premières sont mortes pendant la nouvelle lune. C'est un changement de méthode majeur.

— Croyez-le ou non, Cole, on connaît notre dossier. Si vous espérez me voir reprendre chaque point de l'enquête avec vous, vous êtes à côté de la plaque.

— Ce dossier est aussi le mien depuis que ce connard de Crimmens est venu me dire que j'avais fait tuer deux femmes.

— Au revoir, Cole. C'est fini.

La ligne fut coupée, mais je fixai l'appareil avec un sourire dur.

— Non, Bastilla. Ça ne fait que commencer.

Je pris une douche, m'habillai, ramassai la copie de mon dossier et partis voir Alan Levy.

Il était temps que je trouve mes propres preuves.

9

Imaginez-vous le détective passant à l'action. Je rattrapai l'autoroute au pied de la Cahuenga Pass et téléphonai à John Chen tout en fonçant vers le centre de Los Angeles. Criminaliste chevronné de la SID, la division d'investigation scientifique du LAPD, Chen était aussi un mec archicupide. En plus d'être totalement parano.

Il me répondit d'une voix tellement étouffée que je l'entendis à peine.

— Je ne peux pas parler. Ils me surveillent.

Qu'est-ce que je vous disais ?

— C'est au sujet de Lionel Byrd. Vous avez une minute ?

Je savais par Lindo que Chen était sur l'affaire.

— Ça me rapportera quoi ?

Cupide.

— Je ne suis pas convaincu que Byrd ait tué Yvonne Bennett. Je me pose aussi des questions sur la dernière victime. Elle ne cadre pas avec les précédentes.

— Repko, vous voulez dire ?

— Exact.

Chen baissa encore plus le ton.

— C'est bizarre que vous me parliez d'elle.

— Pourquoi bizarre ? Elle est différente des autres ?

— Pas tant que ça, mais c'est la façon dont ils s'occupent de son cas qui est différente. Merde – voilà Harriet. Il faut que je vous laisse.

Harriet était sa chef.

— Rappelez-moi, John. Repko et Bennett. J'aurais besoin de vos conclusions, du rapport du coroner et de celui du légiste – tout ce que vous pourrez me dégotter. Je roule vers le centre.

— Ça va vous coûter bonbon.

Vingt minutes plus tard, je me garai dans le parking souterrain de l'immeuble du cabinet Barshop, Barshop & Cie, et montai avec le double de mon dossier jusqu'à un hall d'accueil somptueusement décoré de travertin, de verre teinté au cobalt et de teck africain. Les délinquants de base comme Lionel Byrd n'avaient en principe aucune chance de bénéficier des services et encore moins les moyens de payer les honoraires d'avocats de cette trempe, mais Levy avait décelé dans ses aveux forcés une occasion en or de porter l'affaire devant la Cour suprême de Californie. Après vingt ans de carrière au pénal, Levy se targuait d'afficher un taux d'acquittement de quatre-vingt-dix-huit pour cent et d'avoir actionné la Cour suprême de l'État à sept reprises. Il avait obtenu gain de cause dans six de ces sept affaires, qui avaient chaque fois fait jurisprudence. C'était pour saisir cette chance que Levy avait consenti à représenter Lionel Byrd *pro bono* – gratis. Son cabinet avait même réglé mes honoraires.

L'assistant de Levy m'attendait devant l'ascenseur quand les portes se rouvrirent.

— Monsieur Cole ? Je suis Jacob. Si vous voulez bien me suivre…

Quand nous entrâmes dans son bureau, Alan était au téléphone, assis derrière une table qu'il avait dû payer cent mille dollars. Il leva le doigt pour m'indiquer qu'il serait à moi dans une minute puis balaya vaguement l'air d'un revers de main pour inviter Jacob à nous laisser.

Levy était un homme massif, à la tête large et aux yeux globuleux. Il approchait de la cinquantaine et était mal fagoté. Son maintien était celui d'un homme encombré par sa propre apparence, mais beaucoup de jurés devaient s'identifier à ses vêtements informes et à ses gestes patauds. À mon avis, c'était du chiqué. Les premières choses qu'on remarquait en pénétrant dans son bureau étaient les photos de sa famille. Des portraits encadrés de sa femme et de deux petites filles souriaient sur les murs.

Quand il eut raccroché, Levy me tendit la main tout en montrant le dossier.

— Tout est là ?

— Oui. J'en ai gardé un exemplaire pour moi.

— Très bien. Je tiens juste à m'assurer que nous sommes en terrain juridiquement solide avant de leur passer le relais. Venez, installons-nous.

Il prit le dossier et me fit asseoir dans un fauteuil en cuir moelleux à l'autre bout de la pièce. Il se laissa tomber dans le fauteuil opposé, penché en avant comme s'il s'apprêtait à bondir d'un plongeoir.

— Vous avez vu les infos ? demandai-je.

— Oui. J'ai aussi vu un représentant du bureau du procureur et le chef adjoint Marx en début de matinée. Un petit café, peut-être ? Jacob pourrait vous apporter ça.

— Non merci. Qu'est-ce qu'on va faire, Alan ?

Ses yeux globuleux cillèrent.

— Ce qu'on va faire ? Je vais leur transmettre ce dossier. Je ne vois aucune raison de ne pas coopérer.

— Je ne parle pas du dossier, mais de Byrd. Il n'a pas tué Yvonne Bennett.

— Il n'y a rien à faire, Elvis. Pinckert et Marx m'ont présenté les conclusions de leur enquête tout à l'heure. Si j'avais eu toutes ces informations il y a trois ans, je n'aurais pas pris l'affaire.

Je m'attendais à le voir en colère, mais non. Alan Levy ne se laissait jamais déstabiliser. C'était lui qui déstabilisait le mec d'en face. Il se borna à prendre une mine contrite.

— Nous avons démontré qu'il ne pouvait pas avoir tué Yvonne Bennett, Alan. Nous l'avons prouvé.

Levy m'étudia un instant puis écarta les mains.

— J'invente des histoires. C'est mon travail, Elvis. D'inventer des histoires en intégrant les paramètres d'une structure préétablie. C'est mon métier.

Dialoguer avec un type aussi brillant n'était pas facile.

— Je ne comprends pas de quoi vous parlez.

— Du droit. Je pars d'une liste – de noms, de dates, d'événements, peu importe –, d'une série d'informations jetées sur une page, de faits totalement dénués de structure narrative. Mon travail consiste à inscrire tout ça dans un cadre narratif, vous comprenez ? Une histoire. En face, ils ont exactement les mêmes faits, et eux aussi doivent inventer une histoire. Les faits sont identiques, mais les histoires sont toujours différentes. Deux histoires pour les mêmes faits, et celui qui raconte la meilleure emporte l'adhésion du jury. Je suis très doué pour les histoires, Elvis. Je peux prendre une liste de faits, n'importe lesquels, et en tirer des histoires merveilleuses. Je fais ça mieux que personne.

Je commençais à m'impatienter. Il me sortait une théorie du discours narratif, et j'étais le demeuré qui n'arrivait pas à suivre.

— Quel rapport avec Lionel Byrd ?

— Je n'ai pas dit que je ne pourrais pas reprouver la même chose. J'ai dit que je ne reprendrais pas l'affaire. Marx et Pinckert ont fait preuve d'ouverture d'esprit avec moi tout à l'heure. Je n'ai pas toujours été poli, mais ils ont su rester patients. Ils m'ont convaincu.

— Ils vous ont convaincu que Byrd était coupable de ces meurtres.

— Oui.

— Parce qu'il avait les photos.

— Ils ont été très complets dans leur présentation. Pour tout vous dire, ils m'ont impressionné.

— J'ai vu un double de l'album des mortes. Je sais comment ils l'ont analysé et ce qu'ils ont retrouvé sur l'appareil, les pellicules. La possession de cet album ne fait pas automatiquement de lui un meurtrier.

Levy haussa les sourcils.

— Je ne suis pas le seul à avoir vu du monde, apparemment.

— Tout ce que prouve l'album, c'est que Byrd et l'auteur des photos ont été en contact.

— J'ai émis la même objection. Ces gens ne sont pas stupides, Elvis. Ils ont enquêté sur la piste d'un deuxième tueur ou d'une forme quelconque d'association criminelle, mais ils n'ont rien découvert qui puisse accréditer cette thèse – aucun suspect potentiel n'est désigné par les relevés téléphoniques de Byrd, aucun indice n'a été retrouvé à son domicile ni dans son véhicule, et ils n'ont recueilli aucune trace biologique d'une tierce personne, que ce soit sur l'album ou sur les photos.

— Ils n'ont pas été fichus non plus de localiser Angel Tomaso. Leur position n'est tenable qu'à condition d'ignorer ce qu'il a déclaré sous serment, et c'est ce qu'ils sont en train de faire. Ils partent du principe que Tomaso s'est trompé.

— Peut-être que c'est le cas.

— À l'époque, vous l'avez cru.

— Si Tomaso me redisait la même chose aujourd'hui, je le croirais encore, mais je ne tiendrais pas compte de sa déposition. Une personne peut dire la vérité telle qu'elle la perçoit tout en se trompant sur les faits. Ça arrive régulièrement.

Je m'étais attendu à voir Levy s'indigner du rôle de méchant auquel le réduisait le cirque médiatique de Marx, et au lieu de ça nous nous prenions le bec.

— Bref, vous me dites qu'il y a trois ans, quand on a prouvé que ce type ne pouvait pas avoir tué Yvonne Bennett, on s'est plantés.

Un sourire gêné ourla le coin de ses lèvres, comme s'il ne pouvait pas se résoudre à l'admettre.

— Non, nous avons vu juste. Nous avons vu juste compte tenu des informations dont nous disposions. Il y a une nuance.

— Ils vous ont parlé des six autres victimes ?

Il hocha la tête.

— D'accord. Vous vous souvenez de Lionel Byrd ?

Il fronça les sourcils, ne sachant pas trop où je voulais en venir.

— Bien sûr que je m'en souviens.

— Ça fait à peine quelques heures que je travaille là-dessus, Alan, mais voilà ce que j'ai trouvé : aucune de ces femmes n'a été violée, mordue ou abusée sexuellement. Aucun contact physique direct, ce qui veut dire pas d'ADN. Les meurtres ont été commis aux quatre coins de la ville, avec à chaque fois une arme du crime différente. Six victimes sur sept ont été assassinées pendant la nouvelle lune – c'est-à-dire quand il n'y a pas de lune du tout.

— Je sais ce que c'est.

— Tous ces éléments sont de nature à empêcher la police de faire le lien entre les crimes, ce qui suggère une préméditation, une planification. Réfléchissez, Alan : n'importe qui peut multiplier les meurtres à court terme, mais il faut être méthodique pour traquer des êtres humains sur sept ans sans se faire prendre. Nous avons affaire à un prédateur qui se situe tout en haut de la chaîne alimentaire. Byrd n'avait pas la carrure. Il ne correspond pas au profil.

Levy sourit comme s'il était fier de moi.

— Ça me plaît. Les mêmes faits, une autre histoire. Vous avez créé une histoire qui vous convient.

— Ce n'est pas une histoire.

— C'est trop complexe. Le problème est là, voyez-vous. Byrd avait les photos et l'appareil. Il n'a pas pris de cheveux ni de bijoux à ses victimes – il les a prises en photo. Les histoires simples passent toujours mieux. La vérité gît dans la simplicité.

— Vous croyez qu'ils sont dans le vrai ou juste qu'ils ont la meilleure histoire ?

— La vraie histoire est toujours la meilleure.

Levy considéra les portraits de sa femme et de ses filles en fronçant les sourcils. Elles étaient vêtues de blanc sur presque tous les clichés. Je ne l'avais pas remarqué jusque-là. Derrière lui, les quartiers centraux de Los Angeles s'étiraient vers l'est à perte de vue, nettoyés par les vents brûlants du désert.

— Je comprends que vous soyez perturbé, Elvis. C'est la même chose pour moi. Je me suis battu pour M. Byrd il y a trois ans, et j'ai gagné, mais ce n'est plus mon combat.

— Vous vous êtes battu parce que vous pensiez pouvoir porter l'affaire devant la Cour suprême.

— Euh, oui, mais tout de même. La dernière fois, c'est nous qui étions dans le vrai, et cette fois-ci c'est leur tour. Les faits changent, l'histoire aussi. C'est comme ça.

Je me levai et marchai vers la porte.

— Vous savez quoi, Alan ? Quand j'aurai parlé à Tomaso, l'histoire changera peut-être encore.

J'eus droit au même froncement de sourcils que celui dont il venait de gratifier ses photos de famille.

— Eh bien, faites comme vous voudrez, mais vous ne réussirez qu'à vous mettre dans l'embarras. Vous passerez pour un mauvais perdant.

Alan Levy, avec son taux d'acquittement de quatre-vingt-dix-huit pour cent et ses sept appels devant la Cour suprême de Californie, craignait de passer pour un mauvais perdant.

— Vous vous êtes mis d'accord avec Marx pour rester bouche cousue, Alan ?

— Qu'est-ce que vous racontez ?

— Marx et Wilts ont eu beau s'époumoner à dire que les charges contre Byrd n'auraient jamais dû être levées, ils n'ont pas une seule fois cité votre nom.

Son visage se rembrunit.

— N'oubliez pas de faire valider votre ticket de parking à l'accueil.

John Chen me rappela au moment où j'émergeais de l'immeuble. Plus parano que jamais.

10

Chen m'avait donné rendez-vous sous le pont de la Quatrième Rue. La Los Angeles River coulait dans un canal de béton bordé d'entrepôts dans ce quartier industriel en déshérence, surtout connu pour ses campements de fortune en carton installés sous les ponts. Vingt minutes plus tard, alors que j'observais de loin les SDF, un fourgon de la division d'investigation scientifique se gara devant moi. Chen était un grand type efflanqué, et quand il émergea de son fourgon j'eus l'impression de voir se déployer un point d'interrogation. Il scruta les façades comme s'il cherchait à repérer des espions puis me rejoignit en hâte dans ma voiture.

— Je connais au moins dix mille endroits plus simples que ça pour se donner rancard, dis-je.

— Dix mille endroits où on pourrait être vus. Je suis attendu sur un meurtre à la hachette du côté d'El Monte.

Il me fourra une enveloppe brune entre les mains et la reprit brusquement ; ses immenses lunettes lui donnaient l'air d'un perroquet suspicieux.

— Vous avez parlé à quelqu'un de notre rendez-vous ?

— Bien sûr que non. Vous avez des consignes ?

— Dix minutes après notre coup de fil, Harriet m'a attiré dans le couloir. Elle m'a dit de ne rien vous dire.

— Elle vous a parlé de moi ? Nommément ?

— Non, pas nommément, mais de qui d'autre aurait-elle pu parler ? C'est comme ça depuis le début de la semaine. On nage dans le top secret et le mégazarbi.

Il inspecta de nouveau les environs, et je me surpris à l'imiter.

— En quoi le cas Repko est-il traité différemment des autres ?

— J'ai planché dessus il y a six semaines, juste après le meurtre, avant que Byrd refasse surface.

— D'accord.

— Là-dessus, on reçoit l'album, OK ? Je ne m'attends pas à grand-chose de nouveau ; c'est moi qui me suis farci la scène de crime et toutes les analyses. Et voilà que la semaine dernière Harriet vient m'annoncer qu'ils vont avoir besoin de prélèvements complémentaires sur les fringues de Repko.

— Vous avez dû l'exhumer ?

Chen prit une mine contrariée.

— Non, mec, ses autres fringues. Et ses meubles. On l'a découverte morte dans un passage, mais ils insistent pour m'envoyer chez elle. Pourquoi on retrouverait des traces de Byrd là-bas ? je dis. Et Harriet me répond : pas de discussion, allez passer ses foutus vêtements à l'aspiro.

— Et ?

— Cette nana est morte il y a près de deux mois. Des gens ont repris son appart. Ses parents ont tout vidé et ses affaires sont stockées chez eux. Le cauchemar du criminaliste, mec : je me suis retrouvé avec mon aspirateur à microparticules dans la baraque de ces pauvres gens, entre la mère qui pleurait et ses trois connards de frangins qui mouraient d'envie de me casser la gueule.

— Vous avez découvert des traces de Byrd ?

— Aucune idée. L'analyse en aveugle, vous connaissez ?

— Non.

— Ils nous ont refilé d'autres prélèvements à analyser en plus de ceux que j'avais recueillis là-bas, sauf que ceux-là ne portaient pas de nom – juste un numéro. En aveugle. Quand on a demandé pourquoi on faisait des analyses en aveugle, Harriet nous a ordonné de la boucler. Elle a dit que si on répétait à qui que ce soit qu'on travaillait en aveugle elle nous mettrait le cul en compote. Je ne peux pas vous dire s'ils ont trouvé des concordances. Tout passait par Harriet, et c'est elle qui se chargeait des comparaisons finales.

Un peu comme Marx quand il avait demandé à Poitras de mettre sous scellés le bungalow de Byrd.

— Vous avez analysé quoi ?

— Des poils, des fibres, les trucs habituels.

— Et à la criminelle, qu'est-ce qu'ils vous ont dit ?

Chen ricana.

— Ils n'ont jamais voulu en discuter avec nous. On devait remettre nos conclusions à Harriet, qui en faisait ce qu'elle voulait. À mon avis, ça remontait direct à la cellule interservices. Les mecs de la cellule ne disaient rien aux flics divisionnaires, et ça leur foutait les boules.

Chen était en train de me décrire une entorse majeure à la procédure. Les inspecteurs entretenaient en général des liens étroits avec les criminalistes tout au long de leurs investigations, et ceux qui participaient à une cellule interservices travaillaient presque toujours main dans la main avec leurs collègues des différentes divisions qui étaient en contact direct avec les témoins et victimes.

— C'est Byrd qui a tué ces femmes ? demandai-je après un temps de réflexion.

Il parut surpris.

— Euh, oui. On n'a rien trouvé qui puisse suggérer autre chose. Tenez, voyez vous-même.

Il me remit enfin son enveloppe. Chen m'avait photocopié les conclusions de la SID sur les affaires Repko et Byrd, ainsi que les deux comptes rendus de scène de crime signés par l'inspecteur médico-légal et les deux rapports d'autopsie.

Je feuilletai d'abord le dossier Debra Repko. La description de l'état et de la position du corps corroborait tout ce que j'avais entendu et lu jusque-là sur Internet, et me rappela à quel point j'en savais peu sur elle. Les analyses sanguines révélaient un taux d'alcoolémie de 0,2 g, signe qu'elle avait consommé un à deux verres d'alcool dans les dernières heures de sa vie. Ce taux plaidait en faveur d'un apéritif ou d'un verre de vin pris au cours du dîner, mais je n'avais aucun moyen de le vérifier. Contrairement à la police, j'ignorais tout de la vie de Debra Repko, ce qui rendait mes déductions inutiles.

Je passai aux documents relatifs à Lionel Byrd. Leur contenu ne fit que confirmer ce que m'avaient déjà dit Starkey et Lindo – jusqu'à ce que je découvre la liste des objets recensés à son domicile. Un comprimé qui s'était révélé être de l'oxycodone avait été retrouvé sous son fauteuil.

— Il prenait de l'oxy ?

— Il en avait trois doses dans l'organisme, en plus de l'alcool. Pas de quoi le mettre dans le cirage, si c'est à ça que vous pensez. Il était juste amorti.

— Il avait une ordo ?

— C'était de la dope de rue. Le comprimé que nous avons analysé venait du Mexique. Le légiste pense qu'il en prenait à cause de son pied. Il était dans un sale état.

— Son pied lui faisait mal ?

— Oui.

— Au point de l'empêcher de conduire ?

Soit il avait fallu qu'il sorte de chez lui pour s'acheter ses cachetons, soit quelqu'un était venu le livrer.

— Je ne fais que vous répéter ce que le légiste a dit. Je n'ai pas examiné son pied.

Je m'absorbai dans la lecture des pages suivantes. La plupart d'entre elles ne contenaient que des chiffres et des courbes, et je relevai la tête.

— Vous avez trouvé de quoi relier directement Byrd à Repko ?

— Non.

— Ou à une des autres victimes ?

— Non, mais je ne sais pas du tout ce que les analyses en aveugle ont donné. Je ne peux pas vous dire si elles ont permis ou non de détecter des concordances.

Alors que nous nous regardions fixement, le bip de Chen sonna. Il jeta un œil à l'écran et fronça les sourcils.

— Merde. Il faut que je file. Ils me cherchent.

Après avoir rouvert la portière, il hésita avant de descendre.

— Vous savez ce que je pense ? Ils ont bouclé leur dossier, mais le dossier n'est pas vraiment bouclé.

— Vous croyez ?

— Quoi d'autre, mec ? Vous voyez cette fille inviter Lionel Byrd à dîner chez elle ?

Chen fila vers son fourgon, et je le regardai démarrer.

11

Décidé à lire plus attentivement le dossier de Chen, je m'installai au Philippe, une sandwicherie-cafétéria proche de Chinatown. J'aurais pu faire ça sous le pont ou n'importe où ailleurs, mais même les détectives de grande classe ont parfois faim. La légende veut que le *French dip* ait été inventé au Philippe en 1908, ce qui est peut-être vrai, et en tout cas l'établissement n'a pas cessé depuis de servir ces fabuleux sandwichs poêlés. Le *double dip* à la dinde est mon préféré.

Je n'eus pas le temps de sortir le dossier. À peine eus-je pris un tabouret pour m'asseoir à une longue table rustique que Jack Eisley me rappela au sujet d'Angel Tomaso. Il se souvenait de moi bien que nous ne nous soyons vus qu'une seule fois – le jour où j'avais interrogé Tomaso chez lui.

— J'ai vu les infos hier soir, et je me suis dit : tiens, revoilà l'histoire d'Angel. Tout le truc m'est revenu en pleine poire. Et là-dessus, vous me téléphonez.

Il y avait tellement de brouhaha au Philippe à l'heure du déjeuner que je dus sortir sur le trottoir avec mon téléphone et mon sandwich. Le jus de mon double dip me coula sur l'avant-bras.

— Il faut que je lui parle. C'est important.

— De ça ?

— Oui.

— Angel est rentré au Texas. Il a laissé tomber son rêve de devenir acteur et il est reparti à Austin. Pour squatter chez sa tante. C'est pas faute de lui avoir demandé s'il était vraiment sûr.

Eisley était d'humeur bavarde.

— D'accord. Vous avez son numéro à Austin ?

— Je l'ai appelé hier soir après le journal, mais sa tante m'a dit qu'il était revenu à L.A. il y a quelques mois. C'est son démon de la comédie qui l'aurait repris. Quand on est acteur, on *est* acteur, vous comprenez ? Ce n'était qu'une question de moment.

— C'est encore mieux. Vous avez son numéro ici, à L.A. ?

— La vieille n'a pas voulu me le donner. Elle a dit qu'elle transmettrait mon message, mais qu'elle ne donnait pas le numéro sans sa permission. Ça remonte tout juste à hier soir. J'aurai sûrement des nouvelles de lui dans la journée.

Si la vieille transmettait le message.

Si Angel rappelait.

Et si Eisley daignait me communiquer ses nouvelles coordonnées.

— La police vous a contacté au sujet d'Angel, Jack ?

— Euh, non. Pourquoi ?

— Écoutez, ça vous dérangerait de me donner le numéro de sa tante, même si je sais qu'elle est censée le prévenir ? J'aimerais lui dire un mot.

Contrairement à la tante d'Angel, Eisley ne fit aucune difficulté pour partager ses sources. Je maculai mon carnet de jus de dinde en notant le numéro, puis je repartis à mon agence pour appeler cette dame. Avec un peu de chance, j'aurais retrouvé Angel Tomaso avant la fin de la journée et élucidé l'affaire d'ici le coucher du soleil.

Je laissai ma voiture au parking souterrain de l'immeuble et gagnai à pied le troisième étage.

J'étais attaché à cet immeuble et à mon agence, que je tenais depuis de nombreuses années. Le bureau voisin était occupé par une jolie femme qui vendait des produits de beauté en gros et se faisait souvent bronzer sur le balcon mitoyen. Celui d'en face appartenait à un agent d'assurances que je ne voyais que rarement, même si ses deux employées arrivaient chaque matin avec une ponctualité d'horloge.

Tout se passa bien jusqu'au moment où, arrivé devant mon agence, je remarquai que le cadre de la porte était fendu à hauteur de la poignée. Les cadres de porte ne se fendent pas tout seuls.

Je collai l'oreille contre le panneau mais n'entendis rien.

Je reculai dans le couloir et étudiai la porte sous un autre angle. Une voix de femme s'échappa du bureau de l'assureur, mais le ton était normal. Pas la moindre allusion à un boucan d'enfer venu de chez le privé d'en face.

Je revins à ma porte, j'écoutai encore une fois, puis j'ouvris.

Mes papiers, mes dossiers, mes fournitures jonchaient le sol comme des ordures balayées par le vent. Le canapé avait été tailladé dans le sens de la longueur. Mon siège de bureau et les deux fauteuils de direction qui lui faisaient face étaient renversés, et quelqu'un avait passé le pied à travers les vitres de la porte-fenêtre, dont il ne restait que quelques crocs déchiquetés sur le pourtour du cadre. Mon ordinateur, mon répondeur, mon téléphone Mickey faisaient partie des débris. L'oreille gauche de Mickey était cassée. Tout ce qui se trouvait sur mon bureau la veille au soir était par terre.

Un tic tac finit par me parvenir alors que je contemplais les dégâts. Ma pendule Pinocchio était toujours sur le mur, souriant de son sourire béat. Ses yeux basculaient d'un côté à l'autre à chaque seconde, aveugles mais rassurants.

— Dommage que tu ne puisses pas parler.

Je passai derrière le bureau pour relever mon fauteuil, mais il était mouillé et puait l'urine. Je le laissai tel quel. Mon dossier Lionel Byrd était éparpillé sur le sol avec tout le reste. Après l'avoir reconstitué, je redescendis chercher mon appareil numérique dans ma voiture et pris quelques photos pour l'assurance. J'appelai ensuite Lou Poitras, qui promit de m'envoyer une voiture de patrouille. Sur mon portable, vu l'état de Mickey.

En attendant les flics, je téléphonai à Joe Pike.

— Tu crois que ça a à voir avec les coups de fil d'hier ?

— Le timing est trop parfait pour que je te réponde non.

— C'est lié à l'affaire Byrd ?

— Aucune idée, mais je n'en suis pas sûr. Le dossier est toujours là, et vu la façon dont il a été balancé avec le reste, ça m'étonnerait que les mecs aient pris le temps de le lire. Ils ont éventré mon canapé et pété les vitres de la porte-fenêtre. Ça ressemble plutôt à du vandalisme. Quelqu'un a pissé sur mon fauteuil.

— Le vandalisme peut servir à camoufler une fouille...

— Possible. Je vais faire un petit inventaire, voir s'il manque quelque chose.

— Tu veux que je passe ?

— Inutile. La police est en route.

— Je devrais peut-être aller faire un tour chez toi. Histoire d'empêcher qu'on vienne pisser sur ton canapé.

— Ça pourrait être une bonne idée.

Je contactai mon assureur, ainsi que le gardien de l'immeuble, pour l'informer de l'effraction et organiser la réparation de mes portes et fenêtres. Nous finîmes par nous engueuler. Juste après l'engueulade, je traversai le couloir pour demander à mes voisines si elles avaient vu ou entendu quoi que ce soit. La réponse était non, mais elles mouraient d'envie de jeter un coup d'œil, aussi je les fis entrer. Deux agents en uniforme arrivèrent pendant la visite, me questionnèrent, et entreprirent de dresser un procès-verbal. Pendant qu'ils recensaient les dégâts, une des collaboratrices de l'assureur nous expliqua qu'elle était restée travailler jusque vers vingt heures trente la veille au soir : le ou les auteurs de l'effraction s'étaient donc pointés après son départ.

— Quand vous travaillez aussi tard, madame, n'oubliez pas de fermer votre porte à clé, lui conseilla le plus âgé des deux flics, qui s'appelait Bristo et était sergent-chef.

Elle tapota son petit sac à main.

— Ne vous en faites pas, j'ai de quoi me défendre.

Bristo s'abstint de répondre. Tout le monde était armé.

Une fois que les flics et les filles du bureau d'en face eurent levé le camp, j'allai chercher du savon liquide et des serviettes en papier dans les toilettes du fond du couloir. Je nettoyai mon siège, transférai tout ce qui traînait par terre sur le canapé afin de pouvoir me déplacer sans rien écraser, et me remis au travail. Je n'allais quand même pas laisser un vandale me pourrir la journée.

Trois minutes plus tard, j'étais en communication avec Mme Candy Lopez, la tante d'Angel Tomaso. Je lui exposai la nature de mes relations avec son neveu en ajoutant qu'il fallait que je lui parle d'urgence.

— Laissez-moi votre nom et vos coordonnées, répondit-elle. Je lui dirai que vous avez appelé.

— Ça irait plus vite si je l'appelais directement.

— Ça irait peut-être plus vite, mais je ne vous donnerai pas son numéro. Je ne vous connais pas. Vous êtes peut-être un détraqué.

Je ne trouvai rien à répondre.

— Et je vous ferai aussi remarquer que le crétin qui m'a appelée hier soir vous a donné mon numéro sans autorisation, alors que je ne vous connais ni d'Ève ni d'Adam et que vous êtes en train de violer mon intimité. Un type qui donne mon numéro à des inconnus pourrait aussi bien l'écrire sur un mur de W-C publics.

— Excusez-moi, madame Lopez. Je ne vous dérangerais pas si ce n'était pas important. Angel a été entendu comme témoin dans une affaire de meurtre il y a trois ans, et il se trouve que des indices contradictoires viennent de faire surface.

— Je comprends. Je lui dirai tout ça quand je l'aurai au téléphone.

— Il sait que Jack Eisley l'a appelé ?

— Je lui ai laissé un message sur son répondeur. Quand je l'appelle, je tombe toujours sur ce répondeur. Il est sûrement très pris par ses *répétitions*.

Elle articula ce dernier mot avec une outrance délibérément théâtrale.

— Angel est revenu à Los Angeles ?

— Oui. Et, au fait, Angel n'est plus Angel. C'est *Andy*.

100

Elle prononça Andy sans aucune trace d'accent hispa-
nique, comme si c'était le prénom le plus ennuyeux du
monde.

— Je vous demande pardon ?

— Angel Tomaso, il trouvait que ça faisait trop minorité
ethnique. Maintenant, c'est Andy Thom. Comme si Hollywood n'attendait que lui – le seul, l'unique, le grand Andy
Thom !

Angel n'avait vraisemblablement pas bénéficié d'un
énorme soutien artistique au sein de sa famille.

— S'il vous plaît, insistai-je, appelez-le maintenant. Il se
souviendra de mon nom. Dites-lui que j'ai besoin de lui
parler dès que possible.

— Je lui dirai que vous êtes Steven Spielberg. Comme ça,
il rappellera plus vite.

Je raccrochai en pensant au nouveau nom d'Angel et à
mes chances d'avoir de ses nouvelles dans un avenir proche.
Elles étaient minces.

Après avoir vainement épluché les annuaires de la région
de Los Angeles en quête d'un Andy Thom, je téléphonai à
Patricia Kyle, un agent de casting de ma connaissance. Pat
Kyle avait travaillé pour tous les studios et grosses chaînes
de télé de la ville, ainsi qu'avec la plupart des producteurs
de pubs et de clips vidéo. Elle nageait dans la réussite, la
prospérité et le bonheur, à la différence de l'époque où elle
m'avait engagé pour l'aider à faire face à un mari violent, qui
s'estimait en droit de fracasser son pare-brise et de la terro-
riser sur son lieu de travail. J'avais réussi à le convaincre que
ce n'était pas le cas, et Pat Kyle m'avait à la bonne depuis
ce temps-là. Si Angel Tomaso alias Andy Thom prétendait
sérieusement à devenir acteur, en trois mois il avait eu
amplement le temps de s'inscrire à un cours d'art drama-
tique, de battre le pavé pour décrocher des auditions et
d'envoyer son book à des agents.

— Jamais entendu parler, fit Pat Kyle.

— Son vrai nom est Angel Tomaso. Il vient d'Austin.

— Latino ?

— Mouais. Ça compte ?

— Pour savoir où le chercher, oui. Les acteurs sont avant tout des visages, et le visage c'est ce qu'on voit. Il y a des petites agences spécialisées dans l'ethnique. Tu sais s'il est de la SAG ou de l'AFTRA[1] ?

— Aucune idée.

— Il a déjà touché des cachets en tant qu'acteur ?

— Vu la façon dont sa tante parle de lui, j'en doute. Sa première tentative à L.A. n'a rien donné. C'est pour ça qu'il est reparti à Austin. Il n'est de retour que depuis trois mois.

Pat me promit de se renseigner. Après avoir pris congé d'elle, je m'installai tant bien que mal dans le chaos de mon agence pour lire le dossier de Chen. Je songeai à l'oxycodone mexicain. Si les douleurs de Byrd l'empêchaient de marcher et de conduire, il avait sans doute eu besoin d'en consommer régulièrement. Et s'il ne pouvait ni marcher ni conduire, il avait bien fallu que quelqu'un se charge de l'approvisionner, et ce même quelqu'un savait peut-être aussi comment Byrd s'était procuré les photos. Je décidai de me livrer à une petite enquête de voisinage.

À treize heures quatorze, mon dossier Byrd sous le bras, je fermai mon agence du mieux que je pus et je descendis récupérer ma voiture. Quand j'émergeai du souterrain, un 4 × 4 Toyota noir aux vitres teintées s'engagea derrière moi et me suivit.

---

1. La SAG est la Guilde des acteurs de l'écran, l'AFTRA la Fédération américaine des artistes de télévision et de radio.

12

Le Toyota noir prit avec moi la direction de Laurel Canyon, mais six ou sept autres véhicules firent de même. Personne ne me tira dessus ni ne se comporta de manière excessivement agressive, et je finis par me dire que je devenais parano. Quand votre bureau vient d'être vandalisé, vous avez facilement tendance à vous croire suivi.

Deux blocs plus loin, pourtant, à un feu, je passai à l'orange. Le Toyota grilla le feu rouge pour rester dans la course, puis donna un sérieux coup de patin une fois le feu franchi. Au temps pour la parano. Je crus discerner deux hommes dans la cabine, sans aucune certitude à cause des vitres fumées.

Je bifurquai brutalement sur la droite sans mettre mon clignotant, et le Toyota me suivit. Quand il pointa le nez à l'angle de la rue, je remarquai un autocollant sur son pare-chocs avant. À la gloire des Tattooed Beach Sluts, un groupe de minettes.

Je bifurquai encore et me garai le long du trottoir, mais le Toyota resta invisible. Comme au bout de cinq minutes il n'avait toujours pas reparu, je m'engageai dans la montée de Laurel Canyon. Si je ne me surveillais pas, j'étais bien parti pour devenir le nouveau Chen.

Les rues du canyon étaient jonchées de feuilles et de branchages qui s'amoncelaient comme des paquets de neige au bord des trottoirs et contre les véhicules en stationnement. Les grands cèdres et les eucalyptus étaient immobiles pour la première fois depuis des jours, un peu flapis, comme s'ils avaient besoin de souffler après leur combat contre les vents. L'odeur de sève était puissante.

Quand je stoppai devant le bungalow de Byrd, la police et le ruban jaune n'étaient plus là, mais je vis une camionnette de déménagement au pied de l'escalier. Une équipe de télé avait investi la véranda et interviewait un vieil homme aux cheveux teints en noir et à la peau piquetée de taches brunes. Une Eldorado blanche était garée devant la camionnette. L'Eldo appartenait vraisemblablement à l'interviewé, qui était vraisemblablement le propriétaire de la baraque et le bailleur de Byrd. Pendant ce temps, deux Latinos chargeaient des meubles sur le plateau de la camionnette.

J'attendais que la journaliste en ait fini quand j'aperçus la voisine d'en face dans sa maison couverte de vigne. Elle était revenue à sa fenêtre et observait l'interview. Je décidai de commencer par elle.

La fenêtre s'ouvrit avant que j'aie atteint le haut de son perron.

— Allez-vous-en. J'en ai ras le bol.

— Je suis de la Société des timbres de Pâques. Vous ferez bien un petit geste pour les enfants mourants ?

Elle me claqua la fenêtre au nez.

Je montai vers la porte et pesai de tout mon poids sur le bouton de sonnette, jusqu'à ce qu'elle vienne ouvrir. Elle m'avait paru plus vieille de loin, avec ses cheveux gris crêpelés.

— Je ne vends pas de timbres de Pâques. C'était pour rire.

— Je sais, et je sais aussi que vous savez que je le sais. Vous êtes de la police. Je vous ai vu hier, et vice versa.

Elle s'appelait Tina Isbecki. Je me présentai en prenant soin de ne pas la détromper. Les privés se laissent toujours porter par le courant. C'est-à-dire qu'ils mentent.

Je jetai un coup d'œil à l'interview par-dessus mon épaule.

— Qui est-ce ?

— Sharla Lee. On la voit aux infos.

— Pas la journaliste. Le type à qui elle parle.

— Ça, c'est M. Gladstone. Le propriétaire du bungalow.

La police avait levé les scellés, et M. Gladstone était en train d'évacuer le mobilier. Il allait devoir nettoyer sa maison, la faire repeindre, et prier pour trouver un locataire qui ne verrait pas d'inconvénient à s'installer là où un tueur en série venait de se faire sauter le caisson.

Je me retournai vers Tina Isbecki.

— Hier soir à la télé, je vous ai vue dire que vous alliez enfin pouvoir dormir tranquille. Vous aviez l'air très soulagée.

Le détective passant de la pommade à un sujet hostile.

Elle me jeta un regard mauvais.

— Je n'ai pas dit que ça. J'ai dit que j'allais enfin pouvoir dormir tranquille parce que tous ces maudits flics avaient quitté le quartier. Ils ont voulu faire croire que je parlais de M. Byrd.

— Vous le connaissiez bien ?

— Je tâchais de l'éviter. C'était un mufle. La première fois qu'on s'est croisés, il m'a demandé si j'aimais le sexe anal. Comme ça. Comment on peut dire des trucs pareils ?

Bienvenue dans le monde de Lionel Byrd.

— Il avait des amis dans le quartier ?

— Ça m'étonnerait. Il y a beaucoup de meublés et de chambres chez l'habitant par ici, et la plupart des locataires sont des jeunots. Ça tourne vite.

Ça correspondait en gros à ce que m'avait dit Starkey.

— On a dû vous poser ces questions cent fois.

— Mille fois. Alors je vais tout de suite répondre aux suivantes, ça nous fera gagner du temps à tous les deux. Non, je n'ai jamais rien remarqué de suspect. Non, il ne m'a jamais menacée. Non, je ne savais pas qu'il avait été arrêté, et je n'ai pas entendu de coup de feu. Et oui, je suis surprise qu'il ait tué toutes ces femmes – mais bon, on est à Laurel Canyon.

Elle croisa les bras avec un air arrogant, histoire de bien me faire savoir qu'elle avait répondu à tout ce que je pouvais lui demander.

— Il avait souvent de la visite ?

— Je n'ai jamais vu personne.

— Vous savez comment il se procurait sa drogue ?

Toute trace d'arrogance s'envola.

— De l'oxycodone a été retrouvé chez lui, sans prescription médicale. Vous savez ce que c'est ?

— Euh, oui, bien sûr, mais je le connaissais à peine. Je ne vois pas comment j'aurais pu savoir qu'il se droguait.

— Je comprends. Cela dit, on se demande quand même d'où venaient ses pilules.

— Pas de chez moi.

Sur la défensive.

— Le jour de l'évacuation, c'est vous qui avez signalé aux agents qu'il ne sortait pas de chez lui ?

— Exact. Je me faisais du souci. Il ne conduisait plus, à cause de son pied. Il n'arrivait plus à appuyer sur la pédale de frein.

— Quand l'avez-vous vu conduire pour la dernière fois ?

— Croyez-le ou non, j'ai autre chose à faire que d'espionner mes voisins.

— Je ne cherche pas à vous tendre un piège. J'essaie juste de me faire une idée des difficultés qu'il pouvait avoir pour se déplacer.

— Ma foi, je ne sais pas trop. Quelques semaines, peut-être. Ce que je peux vous dire, c'est que son pied lui faisait de plus en plus mal. Certains jours, il ne sortait même pas vérifier sa boîte aux lettres, et son courrier s'entassait.

N'ayant rien trouvé d'autre à lui demander, je la remerciai et redescendis dans la rue. Comme Gladstone était toujours en interview, j'entrepris de frapper aux portes voisines. Dans la plupart des cas je n'obtins pas de réponse, et les rares voisins présents soit n'avaient jamais rencontré Byrd, soit le connaissaient seulement de vue. La seule personne à avoir échangé quelques mots avec lui, une femme, me le décrivit comme un personnage grossier, vulgaire et offensant, comme Tina Isbecki. Personne n'avait jamais vu qui que ce soit lui rendre visite.

Quand j'eus fini mon porte-à-porte, l'équipe de tournage était en train de plier bagage. Je contournai la camionnette de déménagement et gravis l'escalier extérieur au moment où Gladstone ressortait du bungalow.

Il venait de fermer la porte d'entrée et fronça les sourcils en me voyant approcher.

— Lâchez-moi un peu, d'accord ? Je ne savais pas que ce connard était un fou furieux.

— Je ne suis pas journaliste. J'enquête sur l'affaire.

Je lui montrai ma carte, mais il avait vu des cartes toute la semaine et repoussa la mienne d'un revers de la main.

— Je n'ai rien à dire. Il payait son loyer et il n'a jamais fait d'histoires. Non seulement je récupère ma baraque avec des taches de cervelle au plafond, mais je me tape en prime des gens comme vous qui me font perdre mon temps. Il faut que tout soit vidé d'ici ce soir.

Il me contourna et s'empressa de rejoindre ses déménageurs.

Je m'installai dans ma voiture mais ne partis pas. Les Latinos refermèrent leur camionnette et démarrèrent bruyamment, suivis de près par Gladstone. Dès qu'ils eurent disparu, je remis pied à terre et me faufilai entre les branches de cèdre qui encombraient l'allée parallèle au garage. Une grosse poubelle en plastique noire trônait en plein milieu du chemin, au pied d'une volée de marches menant à une porte latérale.

La poubelle était pleine de serviettes, de draps, de vieux vêtements et de sacs en plastique de supermarché contenant des résidus alimentaires divers. Gladstone avait jeté tout ce qui risquait de s'abîmer – des pommes et des oranges, un melon, des steaks hachés pour hamburger, du poulet, et tous les produits qui s'accumulent habituellement dans les frigos. J'étais probablement la cinquième ou sixième personne à farfouiller là-dedans et je n'avais aucune chance d'y découvrir quoi que ce soit d'utile.

Je contournai la poubelle, montai jusqu'à la porte, l'ouvris et visitai l'ancien domicile de Byrd. Le déménagement était bien avancé.

Il restait deux ou trois petites choses dans le séjour, mais le canapé, le téléviseur et le fauteuil du suicide avaient disparu. C'était encore pire dans la salle de bains. Il n'y avait plus rien ni dans l'armoire à pharmacie ni dans le meuble bas sous le lavabo. Aucune chance de trouver une ordonnance. La chambre et le placard de la chambre étaient vides. Plus de lit, plus de vêtements, plus rien – sauf un carton contenant des chaussures, des ceintures et quelques petits objets personnels comme un vieux briquet, des stylos et une montre cassée. Je passai tout en revue sans rien trouver d'intéressant. Même pas un petit prospectus du genre : POUR TOUTE LIVRAISON GRATUITE À DOMICILE, CONTACTEZ VOTRE GENTIL DEALER DE QUARTIER.

Je retraversai le bungalow en quête d'un téléphone. Je repérai trois prises téléphoniques, mais les combinés n'y étaient plus. La police avait dû les embarquer pour faire parler leur carte mémoire.

Je finis par me retrouver dans la cuisine, où je découvris une dernière prise au niveau du plan de travail, à côté d'un petit panneau de liège tapissé de cartes de visite et de menus livrables à domicile. La carte d'Alan Levy était punaisée tout en haut, bien en évidence. Vu son aspect gris et huileux, elle devait se trouver là depuis un bail. Il y avait aussi des bons de réduction et des prospectus.

Malgré tout ce que Gladstone avait déjà éliminé, le plan de travail restait encombré de boîtes, de briques et d'autres aliments promis à rejoindre la poubelle. Ça faisait beaucoup de nourriture pour quelqu'un qui ne pouvait pas sortir de chez lui, d'autant que la plupart de ces provisions avaient l'air relativement fraîches.

Je redescendis à la poubelle et j'entrepris de vider les sacs de leurs fruits et autres déchets alimentaires. C'étaient des petits sacs en plastique de supermarché dont les gens se servent ensuite pour garnir leur corbeille à papiers. Au retour des courses, on a souvent tendance à oublier le ticket de caisse dedans.

Byrd avait gardé une flopée de sacs de ce type, et Gladstone s'en était servi pour son grand nettoyage. J'en vidai quatorze et trouvai cinq tickets. Tous provenaient du Laurel Market, en bas du canyon, et comportaient une date d'achat.

Le corps de Lionel Byrd avait été retrouvé huit jours plus tôt, et le médecin légiste avait déterminé que la date de son décès était antérieure de cinq jours. Je fis le calcul. Le ticket le plus récent avait été émis deux jours avant la mort de Byrd. Et puisqu'il souffrait trop pour conduire, on pouvait se demander comment il s'y était pris pour faire ses courses.

Après avoir remis les sacs et leur contenu dans la poubelle, je redescendis dans le canyon pour vérifier. Tina Isbecki me regarda partir. Je lui fis un signe de la main. Elle me rendit mon salut. On était en train de devenir potes.

13

L'ambiance particulière de Laurel Canyon avait fourni aux stars du folk rock des années 1960 comme David Crosby, Graham Nash et Joni Mitchell un cadre idéal pour écrire des textes cool et pacifiques, où il était question de cow-boys de la cocaïne et de très jolies maisons avec deux chats dans le jardin. Les ruelles étroites et escarpées qui serpentaient de part et d'autre des crêtes ne se trouvaient qu'à quelques blocs de Sunset Boulevard, mais, séparées comme elles l'étaient de la ville par les murailles du canyon, elles donnaient néanmoins une impression de campagne profonde. La petite colonie de commerces et de restaurants installée au pied du canyon tentait de perpétuer cet esprit rural.

Je me garai sur le minuscule parking attenant à la galerie et entrai nonchalamment dans la supérette. Quand on se sent cool et pacifique, on marche nonchalamment.

La supérette était plus vaste qu'elle n'y paraissait de l'extérieur, avec un plafond haut et des allées étroites aux présentoirs surchargés d'aliments, de produits d'entretien et de confiseries. Une jolie jeune femme tenait la caisse. Au rayon traiteur, un homme d'un certain âge portant une casquette et des gants en latex touillait une énorme salade au thon.

Je sortis une photo de Lionel Byrd découpée dans le journal du matin et la montrai à la jeune femme.

— Vous pourriez me dire si vous reconnaissez cet homme ? Un certain Lionel Byrd. Il faisait régulièrement ses courses ici.

Elle étudia la photo en cillant à plusieurs reprises, les yeux agrandis par la curiosité.

— Vous êtes de la police ?

— Pas du tout. Elvis Cole. Je suis détective privé.

Son sourire la rendit encore plus jolie.

— Vous vous appelez vraiment comme ça ?

— Quoi, Cole ?

— Non, idiot, Elvis. Moi, c'est Cass, comme Mama Cass Elliot. Elle a vécu un peu plus haut. Il y a un mec dans le coin qui s'appelle Jagger, et aussi un Morris qui dit que son prénom est un hommage à Jim Morrison, mais ça me paraît un peu tiré par les cheveux.

Les sixties n'étaient pas mortes.

— Phil, tu peux venir voir, s'il te plaît ? lança Cass par-dessus son épaule.

Phil laissa son saladier et la rejoignit par-derrière en s'essuyant les mains dans un torchon. Cass lui montra le portrait de Byrd.

— Ce type était client ?

Phil regarda la photo.

— C'est celui qu'ils ont retrouvé pendant l'incendie. T'as pas vu les infos ?

Cass était visiblement larguée.

— Ouais, ajouta Phil en me regardant, il me prenait souvent une part de poulet au curry. Toujours pareil. Du poulet au curry sur une galette de sésame. Il avait une patte folle.

Il y avait de la touche dans l'air. Peut-être qu'ils avaient discuté le bout de gras pendant que Phil préparait le sandwich de Byrd et qu'un détail utile lui reviendrait.

— Exact, dis-je. Il est venu ici il y a deux semaines, juste avant sa mort. Vous vous rappelez ce que vous vous êtes dit ?

Phil me rendit la photo en secouant la tête.

— Désolé, vieux. On ne l'a pas vu depuis deux mois, quelque chose comme ça. Ça fait un bout.

— Il est venu il y a quinze jours pile, et aussi l'avant-veille. J'ai trouvé ça chez lui.

Je lui présentai les deux tickets de caisse les plus récents. Phil les étudia en plissant les yeux comme s'ils constituaient un mystère insondable, puis secoua la tête.

— Je ne sais pas quoi vous dire. On est souvent au taquet, et je ne l'ai peut-être pas remarqué s'il n'a pas pris de poulet au curry ce jour-là.

Alors que mon excitation retombait, le visage de Cass s'éclaira tout à coup.

— On l'a peut-être livré, suggéra-t-elle. Voyons si Charles se souvient de ça.

Phil secoua la tête, les yeux toujours rivés sur les tickets.

— Regarde, il n'y a pas de frais de livraison. On ne l'a pas livré. Ça serait marqué.

— Oh, arrête d'enculer les mouches.

Elle s'éloigna jusqu'au bout du comptoir et appela le dénommé Charles. Un magasinier en tablier vert émergea d'une allée, à pas nonchalants. Il n'y avait pas que moi.

Phil reprit la photo et la lui montra.

— Tu as livré chez ce mec ? Il s'appelait Byrd. Il habitait où, au fait ?

— Anson Lane, répondis-je. En haut du canyon. La rue donne sur Lookout, après l'école.

Charles scruta l'image à son tour, puis agita l'index comme pour stimuler sa mémoire.

— La patte folle ?

— C'est ça.

— Ah, ouais, putain, j'ai lu ça dans le journal. Un truc de ouf.

— Vous avez effectué une livraison chez lui il y a quinze jours ?

— Non, je l'ai jamais livré. Je le connais pour l'avoir vu passer en caisse, mais ça fait un bout de temps qu'il est pas descendu. C'est Ivy qui venait chercher ses courses.

Cass éclata de rire.

— Oh, elle !

— Une dénommée Ivy lui faisait ses courses ?

— Il passait sa commande par téléphone, et c'est elle qui venait. Il pouvait plus conduire.

Cass souriait jusqu'aux oreilles.

— Charles l'avait dans la peau, cette nénette-là.

Charles rougit.

— Hé, arrête ! Un peu de discrétion…

— Qui est Ivy ?

Cass se toucha le milieu de l'avant-bras gauche.

— Elle avait un cœur brisé tatoué ici, sur le bras. À l'image de l'amour de Charles.

— Hé !

Ravie, Cass croisa les bras en prenant un petit air suffisant.

— Elle habitait là-haut, dans cette grosse baraque en séquoia. Un pur reliquat de l'époque des communautés hippies.

Charles lui jeta un regard noir.

— Ça n'a rien à voir avec une communauté. Ce mec a plusieurs chambres à louer, point barre. Ivy y a créché quelques semaines.

— Ça ne t'a pas suffi pour lui faire baisser culotte, rétorqua Cass en forçant sur le volume

Phil repartit en riant vers sa salade de thon.

La grosse baraque en séquoia était voisine de celle de Tina Isbecki. J'y avais sonné moins d'une heure auparavant, et un type chauve répondant au prénom de Lloyd m'avait reçu, flanqué d'une certaine Jan, qui s'était présentée comme une scénariste. Ni l'un ni l'autre ne connaissait Lionel Byrd ni ne m'avait parlé d'Ivy.

— Je viens de parler à Lloyd. Ivy n'habite plus là-haut ?

— Non. Elle est repartie chez elle.

Génial. Pour une fois que je retrouvais une personne ayant été en contact direct avec Byrd, elle s'était volatilisée.

— À cause de ce qui s'est passé ?

— Elle est partie avant les incendies. Elle avait loué cette piaule en attendant que les travaux de son appart soient

113

terminés. Ils avaient trouvé des champignons dans sa salle de bains.

Charles prit tout à coup une mine affolée.

— Hé, il ne l'a pas tuée, au moins ? Elle est morte ?

— Non, ce n'est pas ça du tout, mais j'aimerais lui parler. Vous savez où la joindre ?

— Oooooh ooouui, fit Cass, extatique. Il la harcèle.

Charles ne connaissait ni le numéro de téléphone ni l'adresse d'Ivy Casik, mais il savait comment aller chez elle. La voiture d'Ivy ayant un jour refusé de démarrer sur le parking de la supérette, il l'avait raccompagnée pour qu'elle aille chercher de quoi régler le dépannage. Elle habitait à Hollywood.

Je notai ses indications, les remerciai de leur aide, et sortis.

Quand j'arrivai sur le parking, un adolescent râblé portant un tee-shirt des Foo Fighters et des lunettes noires enveloppantes était penché sur la portière de ma voiture. Quand on roule en Corvette 1966, ce sont des choses qui arrivent. Il recula d'un pas en me voyant approcher.

— Pas mal, la caisse. Tu me la vends ?

— Non merci.

— Dommage. J'aurais bien assuré là-dedans.

Il alluma une cigarette et s'éloigna à pas traînants vers une Mustang bleue. Il continua de fumer en lorgnant ma bagnole. Jaloux.

Après avoir rejoint Sunset, je filai à l'est et j'entrai dans Hollywood en suivant les indications de Charles. La situation s'améliorait. Je tenais enfin une piste concrète, susceptible de déboucher sur quelque chose d'utile. Bon, j'avais à peu près autant de chances d'obtenir quoi que ce soit d'utile de cette fille que de me prendre un météore sur le coin de la figure, mais l'espoir fait vivre.

Je me sentais tellement bien que je faillis ne pas voir le 4 × 4 Toyota noir s'insérer derrière moi dans le trafic. C'était le même qu'auparavant, avec son autocollant des Tattoed Beach Sluts. Une poignée de secondes plus tard, la Mustang bleue du Foo Fighter apparut dans son sillage, à une certaine distance.

Au lieu de prendre la direction des contreforts voisins de l'Hollywood Bowl comme j'aurais dû le faire, je bifurquai vers le sud et traversai Hollywood Ouest en dessinant une espèce de boucle autour du Farmers Market, avec toujours un œil sur mon rétroviseur.

La Mustang se rapprocha du Toyota, et le Toyota disparut. À quelques blocs de là, je le repérai à nouveau, arrêté à l'angle d'une rue perpendiculaire, devant moi. Quand je l'eus dépassé, le Toyo me reprit en filature, et ce fut au tour de la Mustang de décrocher. La partie de saute-mouton se poursuivit ainsi un bon moment à travers la ville : j'en avais toujours un derrière moi, mais jamais longtemps le même. Ils communiquaient par talkie-walkie ou par portable pour synchroniser leurs mouvements.

Quand j'eus la certitude d'être filé, je sortis le pistolet planqué sous mon siège, le calai le long de ma cuisse et j'appelai Pike. Il était toujours en train de surveiller ma maison.

— Tu as leurs plaques ?

— Ils ont mis de la boue dessus. Une ruse d'enfer, vu qu'il n'est pas tombé une goutte de pluie depuis cinq mois.

— Tu crois que ce sont des flics ?

Le Foo Fighter m'avait paru trop jeune pour être flic, mais beaucoup d'hommes de vingt ans et des poussières faisaient moins que leur âge.

— Possible. Bastilla s'est énervée quand je lui ai dit que je cherchais Tomaso. Ce sont peut-être eux qui ont fouillé l'agence.

Pike émit un grognement.

— Un flic n'aurait pas pissé sur ton fauteuil.

— Crimmens a extorqué des aveux à un suspect dans une affaire passible de la peine capitale ; il n'hésiterait sûrement pas à pisser sur un fauteuil si ça pouvait l'aider à maquiller une perquise en acte de vandalisme.

— OK.

— Je m'apprête à aller voir une certaine Ivy Casik, dans le quartier du Bowl. Dès que tu les auras dans le collimateur, je les sèmerai, et tu pourras les suivre jusque chez eux.

— Je ne les lâcherai plus.

— Je m'en doute.

Je repartis vers le nord et les collines en slalomant tranquillement dans le trafic. Je les voyais entrer et sortir de mon rétroviseur. Il arrivait que je les perde sur quelques blocs, mais l'un d'eux finissait toujours par réapparaître.

J'enfilai mon holster et je le couvris d'une veste en coton léger. Il faisait beaucoup trop chaud pour porter une veste, mais elle dissimulait mon calibre.

Seize minutes plus tard, Pike me rappela.

— Je suis sur la Mustang.

— Bonne chasse.

Je refermai mon portable et pris de la vitesse.

14

Je montai par Hillcrest jusqu'à un quartier résidentiel ancien, aux rues sinueuses et aux trottoirs surélevés, planté de palmiers trapus. Je n'eus aucune peine à semer le 4 × 4 et la Mustang dans les lacets. Ils tourneraient sans doute en rond un bon moment en s'accusant mutuellement d'avoir perdu ma trace, après quoi ils rebrousseraient chemin vers chez eux, sans se douter que Pike leur filait le train. Je comptais d'ailleurs le rejoindre dès que j'en aurais fini avec Ivy Casik ; mais ça non plus, ils ne le savaient pas. À ce moment-là, on pourrait discuter.

Je laissai ma Corvette sous un jacaranda en face de l'immeuble d'Ivy et me dirigeai à pied vers son appartement. Ivy vivait au numéro quatre, c'est-à-dire au rez-de-chaussée et en fond de cour. Je sonnai à deux reprises, je frappai, mais elle n'était pas là. Parfait.

Ivy n'était peut-être pas la piste du siècle, mais comme je n'en avais pas d'autre je retournai l'attendre dans ma voiture. Vingt-deux minutes plus tard, une Ford Neon poussiéreuse s'immobilisa le long du trottoir opposé. Une grande jeune femme au regard sérieux et aux cheveux lisses en émergea. Ses épaules larges et ses jambes bien découplées lui donnaient un air athlétique, d'autant qu'elle portait un short, un tee-shirt fin et des Saucony bleues comme si elle venait de courir. Le petit cœur tatoué qui ornait son avant-bras se détachait comme une framboise.

Je la rattrapai dans la cour en allongeant le pas.

— Ivy Casik ?

Elle fit un bond de côté comme si j'avais crié « Bouh ! » et je crus qu'elle allait prendre ses jambes à son cou.

— Désolé. Je ne voulais pas vous faire peur.

Elle jeta des coups d'œil éperdus aux appartements voisins, prête à appeler à l'aide.

— Vous m'avez fichu une de ces trouilles !

— Excusez-moi.

Je lui tendis une carte de visite.

— Elvis Cole. J'aimerais vous poser quelques questions sur Lionel Byrd, l'homme que vous avez connu sous le nom de Lonnie Jones.

Elle recula, toujours à l'affût de renforts potentiels.

— Qui êtes-vous ?

— Je suis détective privé. C'est écrit sur ma carte, tenez.

— N'importe qui peut se faire faire une carte.

Je lui servis mon plus beau sourire.

— Je pourrais vous montrer mon flingue, dis-je en écartant les bras.

Elle eut un temps d'hésitation, mais je sentis qu'elle se calmait. Je rempochai ma carte et sortis ma licence.

— Licencié de l'État de Californie, vous voyez ? Excusez-moi de vous avoir fait peur.

— Vous êtes de la police ?

— Je suis privé, mais les flics viendront sûrement vous trouver. Je vous aurais téléphoné avant de passer si j'avais eu votre numéro.

Elle fixa longuement ma licence, comme si elle avait du mal à la déchiffrer.

— Vous êtes bien Ivy Casik, non ?

Elle releva vivement la tête, mais paraissait commencer à s'habituer à ma présence.

— Que me voulez-vous ?

— C'est au sujet de Lionel Byrd, que vous avez connu sous le nom de Lonnie Jones.

— Oui ?

Sa réaction ne me permit pas de juger si ce nom lui disait ou non quelque chose.

— Des employés du Laurel Market m'ont dit que vous le connaissiez. Charles, un manutentionnaire. Vous avez lu le journal de ce matin ?

— Charles...

— Oui. Vous voyez de qui je parle ? Vous avez connu cet homme sous le nom de Lonnie Jones, c'est ça ?

Elle fit mine de réfléchir, ramena ses cheveux derrière ses oreilles.

— Excusez-moi. Tout ça me paraît tellement dingue... C'était vraiment Lonnie, dans le journal ?

— Je vous comprends. Ça fait froid dans le dos.

— Oui. Vous entrez un moment ? On sera mieux à l'intérieur.

L'appartement était petit et ordonné, avec seulement un canapé et une table basse dans le séjour, plus une petite table ronde près de la kitchenette. Le mobilier semblait fonctionnel et neuf, et donnait l'impression d'avoir été fourni avec l'appartement. La kitchenette était immaculée. Idem pour les sols et la table. Le seul objet qui n'était pas à sa place était un journal posé sur cette table, et ouvert à la page de l'article sur Byrd.

Ivy m'offrit une bouteille d'eau, en prit une pour elle et s'assit sur le bord du canapé. Je tirai une des chaises de la table ronde pour m'installer face à elle.

— Quelqu'un est déjà venu vous en parler ?

— La police, vous voulez dire ?

— Ils ont interrogé vos ex-voisins la semaine dernière. Ils ont pratiquement passé la semaine à faire du porte-à-porte sur Anson.

— Je n'en savais rien. J'ai lu le journal et je me suis dit : oh là là, c'est Lonnie, mais la photo était hypermauvaise. J'ai cru à un canular.

— Ce n'est pas un canular.

— C'est surréaliste.

— Vous le connaissiez bien ?

— Je lui ai ramené ses courses deux ou trois fois. Ce n'est pas comme si on avait couché ensemble, ajouta-t-elle d'un ton presque plaintif.

Elle était à nouveau sur la défensive, comme si je venais de l'accuser d'être l'âme damnée d'un tueur en série.

— Ça va, Ivy. Vous ne pouviez pas savoir.

— Il était là, avec sa béquille, et il m'a demandé un coup de main. Il n'a eu aucun propos déplacé. Et je partais justement à la supérette. Qu'est-ce que vous auriez voulu que je réponde ? Non ? Ce n'était qu'un vieil estropié !

Elle rejeta la tête en arrière, et ses cheveux ondulèrent comme des rideaux sous la brise.

— Il vous a demandé de lui ramener des médocs ?

— Non. J'ai juste fait deux ou trois sauts à la supérette. Il n'y a pas de pharmacie.

— Je ne vous parle pas de médocs sur ordonnance. Il prenait de l'oxycodone importé du Mexique. Il devait se l'acheter sous le manteau.

Elle se redressa et arrondit les lèvres. Ma question était brutale, mais je tenais à voir sa réaction.

— Je ne lui ai pas acheté de drogue.

— D'accord. Il fallait que je vous pose la question.

— Vous me prenez pour un dealer ou quoi ?

— Vous auriez pu ne pas savoir ce que vous transportiez. Il aurait pu vous demander d'aller chercher un paquet sans que vous sachiez ce qu'il contenait.

— Je ne suis allée qu'à la supérette.

— S'il ne conduisait plus, quelqu'un a dû le livrer. Je ne dis pas que c'est vous.

— On dirait que si. J'essaie de vous recevoir du mieux que je peux, et vous m'accusez de trafic de drogue. C'est vraiment blessant.

— Je ne vous accuse pas. Je peux comprendre que vous le preniez comme ça, mais ce n'est pas mon intention.

— Si vous le dites... Il va falloir que je répète tout ça à la police ?

— Il y a des chances, mais ils sont nettement moins marrants que moi.

Sa bouche se plissa de plus belle, ce qui est presque toujours le signe que mon capital sympathie est en voie d'épuisement.

Mon portable vibra, et je m'excusai pour jeter un coup d'œil à l'écran. C'était Pike. J'ouvris l'appareil après avoir dit à Ivy que j'attendais un appel urgent.

— Tu es chez la fille ? fit Pike.

— Exact. Ils sont allés où ?

— Nulle part. La Mustang s'est garée dès que tu les as semés. Je suis derrière eux sur Franklin, en bas de Hillcrest.

— Et son pote ?

— Le 4 × 4 a disparu. Il y a au moins quatre ou cinq rues qui descendent de ces collines ; il doit être posté ailleurs.

— OK.

— Si la Mustang s'en va, tu veux que je la suive ?

— Absolument.

Je refermai mon téléphone.

— Excusez-moi, dis-je à Ivy. J'ai presque fini.

— Ah bon.

— Vous est-il arrivé d'avoir peur de quelque chose que cet homme aurait dit ou fait ?

— Je ne serais pas allée lui chercher ses courses si j'avais eu peur de lui.

— D'accord. Est-ce qu'il vous a proposé de vous prendre en photo ?

Un frisson ostensible la parcourut. Elle savait que je parlais de l'album.

— Beurk. Non. Je l'aurais envoyé paître.

— Bon. Un dernier point. Y a-t-il quoi que ce soit dans ce que vous l'avez entendu dire ou vu faire qui vous ait portée à soupçonner chez lui — ou qui vous y porte maintenant, avec le recul — une tendance suicidaire ?

Soudain distante, elle s'approcha du journal. Elle le toucha mais s'abstint de le prendre.

— Il ne m'a jamais rien dit du genre « Je vais me foutre en l'air », mais il était en dépression. Et il avait une peur bleue des flics. Il était persuadé de les avoir à ses trousses.

— Ah bon ?

— La police l'avait forcé à avouer un meurtre. Il en parlait souvent.

J'inspirai lentement.

— Il vous parlait d'Yvonne Bennett ?

— De la façon dont les flics l'avaient piégé, oui. Il les détestait. Il disait qu'ils cherchaient toujours à l'avoir. Ce pauvre petit vieux se trimballait un énorme complexe de persécution, et il avait l'air de raconter n'importe quoi.

— Ce n'était pas n'importe quoi.

— Ça va vraiment se faire, ce livre sur lui ?

Je secouai la tête. Je ne comprenais pas.

— Quelqu'un est venu lui parler du traquenard que lui avait tendu la police, poursuivit Ivy. Le mec lui a laissé entendre que son histoire pourrait donner un livre ou un film, ce genre-là, et du coup Lonnie s'est mis à frimer en me disant qu'il serait bientôt riche, mais je trouvais ça totalement absurde.

Mes lèvres étaient si sèches que je dus les humecter, ce qui n'améliora pas grand-chose.

— Qui était cet homme ?

— Je n'en sais rien. Un journaliste, à ce qu'il paraît. Il préparait un papier sur la façon dont les flics avaient baisé Lonnie.

Ivy Casik était une jeune femme séduisante. J'imaginais sans peine que Byrd ait pu inventer des histoires de livre et de film pour lui en mettre plein la vue.

— Vous avez vu cette personne ?

— C'est juste un truc que Lonnie m'a dit : que ce mec se pointait avec un petit magnéto et lui posait un tas de questions.

— Ça se passait chez lui ?

— Ouais. Vous croyez qu'il mentait ?

— Je n'en sais rien.

— J'ai cru qu'il racontait des bobards jusqu'à ce que je lise le journal de ce matin. Lonnie a réellement été accusé de meurtre. Les poursuites ont réellement été abandonnées. Ces choses-là étaient vraies.

— Oui. Ces choses-là étaient vraies.

Un nouvel acteur venait de faire son entrée sur la scène du crime. Un personnage sans nom qui avait peut-être approché Lionel Byrd pour lui reparler du meurtre d'Yvonne Bennett, et qui pouvait être réel autant que fictif. Si cet individu avait bel et bien contacté Lionel Byrd, je me demandais comment il s'y était pris pour le trouver. Sur Anson Lane, on ne le connaissait que sous le nom de Lonnie Jones.

Je me demandai comment découvrir si cette histoire de journaliste était véridique. Les enquêteurs avaient certainement épluché ses relevés téléphoniques et vérifié les numéros de tous ses correspondants, donc Bastilla devait déjà être au courant – mais il y avait peu de chances qu'elle m'en parle. Peut-être le jeune de la Mustang saurait-il quelque chose.

Après avoir pris congé d'Ivy Casik, je rappelai Pike pour le mettre au parfum et prendre des nouvelles.

— Où en est la Mustang ?
— Toujours à la même place.
— Des nouvelles du 4 × 4 ?
— Aucune.
— J'arrive.

À peine avais-je parcouru trois blocs que le Toyota noir émergea d'une ruelle devant moi. Je ne fus sûr que c'était le même que quand je le vis mettre brusquement la gomme et s'éloigner en trombe. Il devait avoir tourné dans le quartier pendant que la Mustang faisait le guet en contrebas – et il devait être aussi surpris de tomber sur moi que moi sur lui.

Des flics m'auraient intercepté pour mettre un terme à une filature aussi foireuse, mais ce 4 × 4 avait choisi de se carapater. Je m'attendais à le voir foncer vers la plaine, les autoroutes et ses potes en Mustang, mais il s'engouffra en dérapage dans un raidillon et repartit vers l'amont. Il devait croire que plus il monterait haut plus ses chances de me semer augmenteraient, mais je me lançai à ses trousses et comblai peu à peu mon retard.

Au fil de notre ascension, les virages se resserrèrent. J'aurais bien rappelé Pike mais ça roulait trop vite, et j'avais les mains constamment sur le volant et sur le levier de vitesse. À mon avis, ce type ne savait ni où il allait, ni sur quoi donnaient ces rues : il se contentait d'avaler du bitume en espérant que ça suffirait pour me larguer. Nous grillâmes quelques stops, reprîmes plusieurs rues que nous avions déjà empruntées, plongeâmes dans une descente – et tout à coup ce fut fini. Il s'était fourré dans un cul-de-sac : il était pris au piège.

Le conducteur avait baissé sa vitre et dardait sur moi ses yeux brillants et encore écarquillés par notre course-poursuite, attendant de voir comment j'allais réagir. Ses avant-bras épais comme des jambons et ses épaules lourdes lui donnaient l'aspect d'un costaud, mais entre son duvet clairsemé et les boutons qui lui grêlaient le menton, il faisait encore plus jeune que le Foo Fighter. Dix-sept ou dix-huit ans à tout casser. Un môme.

Un jour, j'avais vu trois hommes adultes se faire buter par un gamin de onze ans armé d'un AK-47. Je dégainai sans le mettre en joue. Il était à moins de dix mètres.

— Descends, dis-je. Garde les mains bien en vue.

La portière s'ouvrit. Il leva les mains et descendit lentement du 4 × 4. Il me sembla encore plus jeune une fois dehors, comme ces avants à bouille de bébé qu'on voit dans les équipes de lycéens. Je m'attendais à le voir détaler parce que c'est la réaction classique des mômes, mais non.

— Referme-la, ordonnai-je.

Il referma sa portière d'une poussée.

Je sortis à mon tour, en gardant mon flingue le long de ma cuisse parce que je ne savais toujours pas s'il allait tenter un truc, ni ce que je devrais faire dans ce cas-là.

— À genoux. Les mains sur la tête, les doigts croisés.

Il obtempéra. Nous étions face à face dans cette petite impasse résidentielle, et à tout moment quelqu'un pouvait nous surprendre en allant chercher son courrier ou en ramenant ses gosses de l'école. Je rengainai mon pistolet, remis en place la languette de sûreté du holster et m'avançai vers lui.

— Qu'est-ce que tu cherches, bon sang ?

— Ça, dit une voix derrière moi.

Quelque chose de dur s'écrasa sur ma nuque et m'expédia au tapis. Je compris alors que le môme n'avait pas essayé de me semer. Je n'avais pas piégé le Toyota noir. C'était le contraire.

15

Le nouveau venu était un jeune homme musculeux, aux cheveux en brosse rasés sur la nuque et les tempes ; il avait les yeux gris délavé et la peau burinée des gens qui passent leur vie au soleil. Il avait empoigné l'arrière de ma chemise et me faisait tourner en rond pour m'empêcher de me relever ; quand je fis une roulade pour tenter de lui échapper, il me pilonna de coups de poing.

Mon agresseur connaissait son affaire. Il se déplaçait vite pour rester toujours dans mon dos, me contrôlait par-derrière en me frappant à la tête. Je ne cherchai ni à récupérer mon flingue, ni à me remettre d'aplomb. Quand vous avez un flingue dans ce genre de situation, il faut être en mesure de le protéger ; si le mec d'en face met la main dessus, il vous abattra comme un chien. Et quand on essaie de se relever, on ne peut pas se défendre, donc je me battis au sol. Imaginez le détective comme un crabe sur le dos.

Après avoir braillé quelque chose que je ne compris pas, le môme du 4 × 4 s'approcha pour me rouer de coups de pied, mais il n'était pas aussi doué que son pote. Il restait planté au-dessus de moi comme un poteau électrique, sans se donner la peine de bouger. Ma balayette au niveau des chevilles lui décolla les deux pieds du sol. Le môme nous retomba dessus à l'instant où la Mustang bleue apparaissait dans mon champ de vision.

Dès que le môme se fut écroulé, je l'attirai à moi et tentai de le faire basculer sur l'autre. Celui-ci tira de plus belle sur ma chemise, mais les contorsions du môme nous séparèrent.

Au moment où je me retournais pour lui faire face, il me rentra dedans tête baissée, comme un avant. Le Foo Fighter courait vers nous pour se jeter dans la mêlée.

Je repartis en arrière, mais réussis cette fois à entraîner dans ma chute le mec aux yeux gris. Il aurait mieux fait de se laisser porter par son élan, mais il tenta de se dégager en effectuant un bond sur le côté. Il mit une telle énergie à rester debout que, à la seconde où je le lâchai, il m'offrit une cible parfaite. Je le frappai à la gorge, à la bouche, et je décochai un bon coup de coude dans la pommette du môme. Le mec aux yeux gris était en train de se relever quand le Foo Fighter le percuta dans le dos, lancé à l'horizontale comme un bélier d'assaut. Le mec aux yeux gris s'écroula la tête la première, mais le Foo Fighter poursuivit son vol plané. Pike l'avait projeté contre son comparse ; il décrivit un gracieux arc de cercle et alla s'encastrer dans le flanc de ma Corvette. Sa clavicule émit un crac.

Pike sortit son 357, je ramassai mon pistolet, et tout s'arrêta d'un seul coup.

— À mon avis, dit Pike, ce ne sont pas des flics.

Je respirais goulûment, le souffle coupé. Mon cœur tambourinait. J'avais très mal au dos, à la nuque et au genou droit. Le Foo Fighter se tenait l'épaule, grinçant des dents comme s'il s'était brûlé. Le môme était à quatre pattes ; son œil saignait et enflait à vue d'œil. Le mec aux yeux gris se releva sur un genou en lorgnant Pike comme s'il en redemandait. C'était le plus âgé des trois.

— Ça va ? me demanda Pike.

— Hum hum…

— Tu as l'air essoufflé.

— Hum…

— Je vois.

Pike les neutralisa comme il l'avait fait cent fois quand il était agent en uniforme : il les plaqua au sol et distribua des ordres.

— À plat ventre. Les doigts croisés derrière la nuque.

Ils obéirent. Le Foo Fighter et le môme se laissèrent palper sans problème, mais le plus âgé repoussa ma main dès que je fis mine de l'approcher.

— Bas les pattes, fils de pute.

— C'est vous qui avez saccagé mon agence ?

— Va te faire foutre.

Je lui plantai un genou dans la nuque et le fouillai quand même. Aucun d'eux ne portait d'arme. Je récupérai leurs portefeuilles et les identifiai grâce aux photos de leurs permis de conduire. Le môme s'appelait Gordon Repko. Il avait dix-huit ans. Le Foo Fighter s'appelait Dennis Repko et il en avait vingt. Le plus âgé était Michael Repko, vingt-quatre ans. Tous trois avaient fourni la même adresse à Pasadena, Californie. Michael Repko possédait aussi une carte d'identité militaire qui le décrivait comme sergent réserviste de l'armée des États-Unis. D'où les cheveux en brosse, la nuque rasée et les yeux de rat du désert. Ils avaient fait peur à John Chen quand il s'était rendu chez eux, et ils venaient de me faire peur à moi.

Je revins à ma voiture en boitillant et pris appui sur l'aile. La fatigue qui m'accablait n'avait pas grand-chose à voir avec le fait que je venais de me battre pour survivre dans un cul-de-sac des collines de Hollywood.

— Debra Repko était leur sœur.

Pike baissa son Colt mais ne le rangea pas.

— Tu l'as fait tuer, enculé ! gronda Dennis Repko. Elle est morte par ta faute.

— Hum, fit Pike.

Je regardai chaque frère l'un après l'autre, de plus en plus accablé par le mélange de haine et de peur qui se lisait sur leurs traits. Leur adresse à Pasadena était une bonne adresse. Ces trois gamins n'avaient sans doute jamais manqué de rien, ils devaient être issus d'une famille solide et avoir fréquenté des écoles dignes de ce nom. Trois jeunes Blancs en colère, avides de passer leur rage sur la personne qu'ils tenaient pour responsable de leur deuil.

— Vous avez saccagé mon agence et vous m'avez suivi dans l'intention de vous venger de moi. C'est ça ?

— Et tu vas faire quoi ? riposta Michael Repko. Nous buter ? Va te faire foutre ! Je te prends quand tu veux – là, tout de suite. D'homme à homme.

— C'est déjà fait, remarqua Pike. Et tu es sur le cul.

Je revins vers Michael et m'accroupis devant lui.

— J'aurais pu te descendre. J'aurais pu descendre tes frères et je peux encore vous faire coffrer. Vous avez eu une très mauvaise idée.

— C'était notre *sœur*, s'écria Gordon.

Gordon était le plus jeune – et il pleurait.

J'inspirai un bon coup et je revins à ma voiture. La première menace de mort m'était parvenue avant même que Bastilla et Crimmens débarquent à mon agence, et plusieurs heures avant la conférence de presse de Marx. Dans la mesure où ni la télé, ni la presse écrite n'avaient parlé avant cela de mes liens avec Lionel Byrd, j'avais déjà une idée assez précise de la façon dont ces trois zozos s'étaient procuré mon nom.

— La police vous a dit que j'avais travaillé pour Byrd ?

— Ils auraient pu le faire condamner, dit Dennis, mais vous l'avez fait libérer avec l'autre lèche-cul.

— Qui vous a dit ça ? Crimmens ?

— C'est vous, oui ou merde ? fit Michael. L'avocat aussi, je lui démonterais bien la gueule.

Levy.

Pike glissa son 357 sous son sweat-shirt.

— Qu'est-ce que tu comptes faire ? me demanda-t-il.

Je retournai voir Gordon, puis Dennis. Le coquard de Gordon continuait d'enfler. Dennis avait du mal à bouger le bras.

— Casse-toi, salope, grommela Dennis.

Je me tournai vers Michael.

— Gordon devrait pouvoir éviter les points de suture, mais un peu de glace lui fera du bien. Dennis a besoin de voir un médecin.

— On t'emmerde, fit Michael. Tu peux dire ce que tu veux, on s'en bat les couilles.

Je leur jetai leurs portefeuilles.

— Je suis désolé que vous ayez perdu Debra. Je suis désolé qu'elle soit morte et que vos parents et vous enduriez cette épreuve, mais je ne crois pas que Lionel Byrd ait assassiné votre sœur.

Ils se relevèrent. Dennis resta penché sur le côté à cause de sa clavicule. Gordon se toucha l'œil, et la vue du sang sur ses doigts parut le décontenancer. L'un et l'autre regardèrent leur frère aîné, guettant un signal.

— C'est du pipeau, lâcha Michael. Les flics m'ont dit que c'était lui.

— Marx a torché son enquête pour pouvoir faire un max d'effet à la télé. Beaucoup d'éléments sont passés à la trappe dans la précipitation générale.

— C'est des conneries.

— Tu crois ?

Je leur expliquai que le meurtre de Debra se différenciait des autres, qui avaient tous été commis en début d'automne et par une nuit sans lune. Je leur dis que Byrd avait tellement souffert à cause de son pied pendant les dernières semaines de sa vie qu'il pouvait à peine marcher, et qu'il était défoncé à l'oxycodone la nuit de sa mort. Je leur racontai que Marx avait déclaré l'enquête close avant même que tous les résultats du labo soient tombés, et que personne ne s'était encore donné la peine de reparler au témoin-clé du meurtre d'Yvonne Bennett, Angel Tomaso. Je leur parlai à peu près de tout, sauf des analyses en aveugle de la SID : ils répéteraient sûrement ce que j'étais en train de dire, peut-être aux flics, d'ailleurs. Or certaines personnes ne devaient surtout pas savoir que j'étais au courant de ces analyses.

Dès que j'eus fini, le plus jeune, Gordon, se mit à ricaner.

— Comment ça se fait que vous soyez plus malin que les flics ?

— C'est peut-être juste une question de chance.

— Les flics ne nous ont rien dit de tout ça, fit observer Dennis.

— OK, je suis peut-être plus malin qu'eux.

Michael fronça les sourcils.

— Ou alors vous essayez de vous défausser.

— Byrd n'est pas mort après le premier crime, ni après le quatrième ou le sixième. Il est mort après le meurtre de Debra. Il se pourrait donc qu'un élément lié au meurtre de votre sœur ait déclenché tout le reste.

Michael jeta un coup d'œil à ses deux frères et humecta ses lèvres.

— Comme quoi ?

— Je l'ignore, mais je suis le seul à chercher de ce côté-là, et j'ai besoin de votre aide.

Dennis secoua la tête.

— Vous voudriez qu'on vous aide ?

— Je ne vois qu'une seule solution pour tirer tout ça au clair, c'est de partir de votre sœur. Si j'avais davantage d'informations sur Debra, j'arriverais peut-être à comprendre ce qui distingue son meurtre des six autres.

— Quelles informations ? fit Gordon.

— Le rapport d'autopsie stipule qu'elle avait absorbé un peu d'alcool le soir du crime. Elle est allée boire un pot avec quelqu'un après le travail ?

Les trois frères me regardaient fixement.

— Si oui, poursuivis-je, où a-t-elle retrouvé cette personne ? S'agissait-il d'un homme ou d'une femme ? Debra était-elle seule quand elle a bu ce verre ?

Dennis chercha le regard de son aîné et secoua la tête, mais je sentis qu'il réfléchissait.

— On n'en sait rien, dit-il.

— Moi non plus, et j'ai besoin de votre aide pour découvrir ce genre de détail.

À présent, Dennis et Gordon fixaient tous deux Michael.

— Je crois qu'on devrait l'aider, Mikie.

J'écartai les mains, signe que la balle était dans leur camp.

— C'est à vous de voir, Michael. Soit vous vous contentez de la version de la police, et l'affaire est close, les jeux sont faits, soit vous continuez à creuser un peu pour voir si oui ou non j'essaie de me défausser.

Michael consulta du regard ses cadets. Dennis l'encouragea d'un hochement de tête. L'œil intact de Gordon luisait d'espérance.

— Nos parents en ont salement bavé.

— Ils me croient responsable, eux aussi ?

Michael opina.

— Alors ce sera dur.

— Il faut qu'on en discute avec eux.

Je lui remis une carte avec mes numéros de portable et de domicile. Il la regarda longuement.

— Vous nous donnez votre numéro perso ?

— Je suis persuadé de ce que je vous ai dit. À vous de décider si vous voulez m'aider, et de me le faire savoir, mais dans un cas comme dans l'autre j'ai l'intention d'aller au bout.

Michael hésita. Peut-être envisagea-t-il un instant de me tendre la main pour toper là, mais il s'abstint. Tout était dit.

Il rejoignit la Mustang avec Dennis et prit le volant. Gordon remonta dans le 4 × 4. Les deux véhicules démarrèrent, nous laissant seuls dans le cul-de-sac silencieux.

Pike soupira profondément.

— Ses frères.

— Oui.

16

Mon pantalon était ouvert aux genoux, ma chemise déchirée avait perdu deux boutons, mes mains et mon avant-bras droit étaient couverts d'écorchures pleines de terre. J'aurais dû m'acheter un kilo de glace et rentrer directement chez moi, ou même passer aux urgences, mais je décidai de me rendre d'abord dans un Best Buy d'Hollywood. J'y achetai un ordinateur et un téléphone sans fil pour remplacer ceux de l'agence. Je me serais bien payé aussi un fauteuil de bureau, mais il n'aurait pas tenu dans ma Corvette. Ma pommette et mon arcade droites étaient tuméfiées, et c'était encore pire côté nuque. La caissière enregistra mes achats en me regardant fixement.

— Vous saignez.

— J'ai trébuché sur le parking.

— Il faut que je prévienne le gérant si vous souhaitez faire une réclamation.

— Ça va aller. Je suis costaud.

Je me mis tout de même un mouchoir sur l'avant-bras pour cacher le sang.

Après le Best Buy, je fis un saut dans une quincaillerie True Value pour acheter deux grands pots de peinture acrylique d'intérieur, un rouleau et une bâche en plastique jetable. J'optai pour la teinte coquille d'œuf. Le montant total de mes emplettes, en comptant le Best Buy, s'éleva à 1 868,52 dollars. Les meurtriers, les flics véreux et les psychopathes bouleversaient tout le monde, mais j'étais encore plus secoué par ces trois frères en colère qui pleuraient leur sœur.

De retour chez moi, je remplis de glaçons deux sacs en plastique, m'allongeai avec sur le canapé et téléphonai à un journaliste expérimenté qui s'appelait Eddie Ditko. Eddie avait travaillé pour tous les journaux de Californie du Sud, souvent plusieurs fois. Il connaissait la presse locale sur le bout des doigts.

— Mettons qu'un de tes confrères enquête sur un sujet donné et que je connaisse le sujet, mais pas le nom du journaliste. Il y aurait moyen de savoir qui c'est ?

— Quel canard ?

— Aucune idée. Je n'ai que le sujet.

— Accouche, merde.

La patience n'avait jamais été le fort d'Eddie.

— Lionel Byrd.

— Tu n'as pas l'ombre d'une chance. Tous les journaux de la ville sont sur Byrd.

Eddie fut pris d'une violente quinte de toux. Eddie fume trois paquets par jour depuis près de soixante ans. À mon avis, il est né avec une clope au bec. Il se racla la gorge et cracha.

— Ça va ?

— Saletés d'allergies.

Le déni du fumeur.

— Le journaliste en question s'est intéressé à Byrd avant tout le monde. Il disait préparer un article sur les aveux forcés qui lui ont valu d'être inculpé du meurtre d'Yvonne Bennett il y a trois ans. Il a raconté à Byrd que ça pourrait déboucher sur un livre ou un film.

— Tu ne sais pas où il travaille ?

— Non.

— Le *L.A. Times* emploie à peu près huit cent cinquante pisse-copies, et ce n'est que le *Times*. Si tu ajoutes à ça le *Daily News*, le *L.A. Weekly*, *La Opinión* et tous les petits titres, tu vois ce que ça peut donner ?

— Les journalistes ne choisissent pas leurs sujets tout seuls, si ? Son rédacteur en chef doit bien être au courant ?

— Ce n'est pas parce que ton mec s'intéressait à cette affaire qu'on la lui a forcément attribuée. On appelle ça renifler une info. Tu creuses toi-même un sujet et tu te démerdes ensuite pour le vendre à ton rédac chef si ça te paraît valoir le coup. Il y a des chroniqueurs et des éditorialistes qui n'ont même pas besoin de vendre leur soupe.

— Bref, il n'y aurait pas moyen de se renseigner là-dessus. Même si ça pouvait déboucher sur le scoop de l'année.

Eddie resta silencieux. J'entendis cliqueter son briquet. Je l'entendis tirer sur sa clope. Il reniflait l'info.

— Quel genre de scoop ?

— C'était peut-être un journaliste, mais peut-être pas. Il est possible que cette personne ait joué un rôle dans ce qui est arrivé à Lionel Byrd ou dans la série de meurtres.

— Je t'écoute.

— Si je te disais que tout en ayant déclaré l'enquête officiellement close, les flics continuent à effectuer des comparaisons d'ADN en aveugle ?

— Ces analyses sont toujours en cours ?

— Ces analyses sont toujours en cours.

Eddie tira une bouffée.

— On va voir ce que je peux dégotter.

J'allai chercher la carte de Bastilla. Sa cellule avait sûrement vérifié les numéros de tous les appels entrants et sortants de la ligne personnelle de Byrd, en particulier dans les derniers jours de sa vie. Les coups de fil d'un journaliste ou d'un reporter auraient donc fatalement été repérés, et dans ce cas Bastilla connaissait sûrement déjà cette histoire. Je ne lui faisais pas assez confiance pour croire qu'elle me dirait la vérité, mais il fallait que j'entende sa réaction.

— Bastilla, ici Cole.

— Ah, oui, merci pour le dossier. Levy nous l'a fait parvenir par coursier.

— Il n'y a pas de quoi. Cela dit, j'ai une question pour vous : avez-vous trouvé les coordonnées d'un journaliste, d'un reporter ou d'une agence de presse quelconque dans les relevés de Byrd ?

Bastilla hésita.

— Pourquoi vous me demandez ça ?

— Byrd s'est fait plusieurs fois apporter ses courses par une certaine Ivy Casik. Il lui a confié qu'un journaliste projetait d'écrire un bouquin sur les aveux qu'on lui avait extorqués après le meurtre d'Yvonne Bennett. Selon elle, ce journaliste serait venu le voir au moins deux fois avant sa mort.

Bastilla hésita encore plus longtemps.

— Qui est cette Ivy Casik ?

— Elle louait une chambre sur Anson Lane, juste en face de chez Byrd. Elle lui a donné quelques coups de main quand il s'est retrouvé dans l'incapacité de conduire. Vous devriez peut-être aller la voir.

— Vous épelez ça comment ?

Je lui donnai le nom et l'adresse d'Ivy Casik.

— Une dernière chose, Bastilla.

— Il est tard et je veux m'en aller. L'enquête est close, Cole. C'est fini. Terminé.

— Ah bon ? Avez-vous trouvé dans les relevés de Byrd des coups de fil à un dealer ou à toute autre personne susceptible de le fournir en oxy ?

— Comment êtes-vous au courant de ça ?

— Alors ?

— Bonsoir, Cole. Vraiment.

— J'ai l'impression que votre cellule a été dissoute un peu vite.

— Allez vous faire foutre.

Je pris une bonne douche et nettoyai mes plaies à l'eau oxygénée. Je me sentis un peu mieux après avoir enfilé des vêtements propres, mais je nageais encore en pleine incertitude : pourquoi des échantillons aveugles étaient-ils actuellement comparés à ceux que Chen avait reçu l'ordre d'aller recueillir plusieurs semaines après l'assassinat de Debra ? Les résultats de ces analyses auraient certainement été rendus publics s'ils avaient mis en évidence un contact physique entre Debra et Byrd, d'où il s'ensuivait que la culpabilité de celui-ci n'était pas encore établie.

Michael Repko me téléphona à huit heures vingt. D'une voix sourde, comme s'il ne souhaitait pas être entendu.

— Vous vouliez qu'on vous parle de Debra. Je crois que c'est d'accord.

— Vous croyez ou vous êtes sûr ? Les croyances ne servent à rien.

— Ce n'est pas facile, ici. Tout le monde vous en veut.

— Je comprends, Michael. Alors, qu'est-ce qu'on fait ?

Il me donna l'adresse de ses parents et me demanda de passer le lendemain à dix heures du matin.

— OK. Demain dix heures.

— Vous avez intérêt à ce que ça aboutisse, sans quoi on reprendra la discussion où on l'a laissée.

Et il raccrocha.

Dur jusqu'au bout.

En me rasseyant dans mon canapé, je me sentais mal, et surtout en colère. La moutarde me monta même tellement au nez que je rappelai Bastilla, mais personne ne répondit.

— C'est encore Cole, bougonnai-je après le bip de sa boîte vocale. Dites à votre pote Crimmens que la prochaine fois que je le vois je lui mets mon pied au cul.

Je me sentis encore plus mal après avoir raccroché.

Après avoir avalé deux Tylenol et deux Aleve, je repartis pour l'agence avec ma peinture et le matériel que je venais d'acheter. À cette heure tardive, il n'y avait plus personne à l'étage. Le gardien de l'immeuble avait fait preuve de diligence. Ma porte avait été remplacée, ce qui était très bien, sauf qu'elle était munie d'une serrure neuve dont je n'avais pas la clé. Il me fallut près d'un quart d'heure pour en venir à bout, mais je réussis à faire céder le pêne à force de patience et de minutie.

Je branchai l'ordinateur neuf et remisai le vieux dans un carton, que je sortis dans le couloir. Je rassemblai le canapé, l'armoire à dossiers et mon petit frigo au centre de la pièce, je recouvris le tout de ma bâche en plastique et mis Pinocchio à l'abri. Je repeignis les murs en moins d'une heure, en ouvrant en grand la porte-fenêtre pour accélérer le séchage. L'indispensable seconde couche attendrait le week-end.

Je retirai la bâche, remis les meubles en place, balayai puis passai l'aspirateur. Une fois que l'agence fut aussi rangée que possible, je m'assis au bureau devant mon téléphone Mickey. Le socle était éventré. L'oreille gauche de Mickey avait été sectionnée, et son bras pendouillait. Il aurait été plus simple d'acheter un appareil neuf, mais Mickey et moi étions ensemble depuis une éternité.

Je passai plus de temps à réparer ce téléphone qu'à repeindre mon agence. Après avoir recollé le socle à la Super Glue, je reconstituai mon Mickey. Plusieurs petits morceaux manquaient à l'appel, mais ce n'était pas trop mal. L'oreille vint en dernier : j'étalai de la colle dessus, la remis en place et la maintins jusqu'à ce qu'elle ne bouge plus. Mickey avait l'air assez en forme quand tout fut fini, même si ses fissures faisaient à présent partie de lui, même si désormais je les verrais toujours.

Troisième partie

Ce qu'on ne vous dit jamais

17

Le lendemain matin, j'avais des contractures musculaires partout et le visage talé comme une tomate trop mûre. Quelques étirements plus une douche brûlante réchauffèrent mes muscles mais ne purent pas grand-chose pour mon visage. J'essayai de manger, mais la perspective de rencontrer les Repko me nouait l'estomac.

Je relus tout ce dont je disposais sur Debra. Je n'avais pas eu accès au rapport d'enquête de la police, mais dans celui du coroner, celui que m'avait remis Chen, les noms des deux inspecteurs originellement chargés du dossier étaient mentionnés : Robert Darcy et David Maddux. Je me demandai s'ils avaient participé à la cellule interservices et s'ils y étaient retournés lorsque Chen avait été envoyé au charbon pour recueillir une nouvelle série de prélèvements.

Le rapport du médecin légiste avait beau signaler un faible taux d'alcoolémie, aucune mention n'était faite des activités de Debra Repko le soir de sa mort ou les jours précédents. Or j'avais besoin de ces informations. En relisant les articles consacrés à l'affaire, je fus à nouveau frappé par les similarités existant entre Repko et la première victime, Sondra Frostokovic. Toutes deux étaient blanches, instruites, et employées dans le centre de L.A. par des structures liées à la politique municipale. Un détail qui pouvait avoir son importance, même si je n'avais encore aucun moyen de le vérifier.

Je relus le dossier jusqu'à me rendre compte que je tournais en rond. Si je n'avais aucune envie d'affronter les

Repko, la seule chose que je pouvais encore faire pour découvrir des indices était pourtant de mettre le cap sur Pasadena. Je rassemblai mes affaires et partis.

La famille Repko se partageait une charmante maison de style ranch à l'est du Rose Bowl, dans un quartier résidentiel de la classe moyenne supérieure. Je laissai ma voiture le long du trottoir, remontai à pied une longue allée de briques patinées et appuyai sur la sonnette. Ces quelques mètres me furent pénibles ; je me rendais chez des gens qui me tenaient pour responsable de la mort de leur fille. J'avais le cœur au bord des lèvres. J'essayais de respirer profondément, ce qui ne m'aidait pas beaucoup. Il y avait un risque que je gerbe sur leur moquette.

Michael m'ouvrit sur-le-champ, à croire qu'il m'attendait. Ses yeux s'écarquillèrent quand il me vit, et nous nous dévisageâmes mutuellement. Une entaille rouge vif lui barrait la joue droite ; sa lèvre supérieure était enflée et marbrée.

— Vous êtes pas mal amoché, dit-il.

— Vous aussi.

L'odeur de lilas était entêtante. La maison ressemblait à un salon funéraire, ce qu'en un sens elle devait être. Michael me fit entrer et, baissant le ton :

— Allez-y doucement avec maman.

— Je n'ai l'intention de buter personne.

Michael me conduisit à un salon spacieux où Dennis et Gordon m'attendaient avec leurs parents. L'œil de Gordon était violet et Dennis avait le bras gauche en écharpe. Il y avait des photos de famille un peu partout dans la pièce, mais un portrait géant de Debra était accroché au-dessus de la cheminée. D'autres photos de Debra encombraient le manteau de cette même cheminée, accompagnées d'animaux en peluche, d'albums scolaires et de souvenirs. Sa famille s'était constitué un autel.

Michael baissa la tête dès que nous fûmes face à ses parents. Il n'avait plus rien en commun avec le baroudeur de la veille qui avait tenté de me tuer à mains nues avec ses frères.

— C'est lui, souffla-t-il.

142

Lui.

Mme Repko m'étudia avec un dégoût manifeste, calée dans son fauteuil à oreilles telle une statue de marbre. Elle approchait de la soixantaine et était de constitution aussi trapue et massive que ses fils. M. Repko faisait dix ans de plus que son épouse : un homme fluet aux yeux chassieux trahissant une propension à trop boire tous les soirs sans le regretter le matin. Avec son front haut et ses lunettes, il ne ressemblait absolument pas à ses fils. Debra, en revanche, tenait beaucoup de lui. Il fronça les sourcils en découvrant mes traits contusionnés, jeta un coup d'œil à ses fils comme s'il avait envie de dire quelque chose, mais resta muet.

— Merci de me recevoir, dis-je. Je sais que c'est difficile.

— Michael dit que vous pensez que la police se trompe.

— Je me pose des questions, c'est tout. Je vais tâcher d'être bref.

— Allez-y. Faisons en sorte de rendre ça le moins désagréable possible.

Je sortis mon calepin. M'abriter derrière un rectangle de huit centimètres sur douze était pour moi le meilleur moyen d'éviter la condamnation de leurs regards.

— J'aurais besoin de savoir deux ou trois choses sur Debra, mais je souhaite aussi me faire une idée du travail effectué par les enquêteurs et des questions qu'ils vous ont posées.

Mme Repko croisa les bras.

— On dirait qu'il cherche à leur faire porter le chapeau.

M. Repko se tourna brièvement vers sa femme puis me dévisagea comme s'il me soupçonnait de vouloir les rouler.

— Les policiers se sont bien comportés avec nous. Ils ont été très aimables. Nous ne dirons pas de mal d'eux.

— Je vous demande ça pour comprendre sous quel angle ils ont abordé leur enquête. Ça me donnera une orientation générale et je gagnerai du temps. Vous comprenez ?

— Allez, maman, plaida Michael.

— On y va, s'il vous plaît ? dit Gordon.

M. Repko lissa son pantalon. Il était toujours aussi mal à l'aise, mais il s'était laissé convaincre par ses fils de me recevoir et pouvait difficilement reculer à présent.

— Bon, d'accord. Eh bien ?

Je me réfugiai à nouveau derrière mon calepin. Les trois cents Spartiates des Thermopyles m'auraient désapprouvé.

— J'ai cru comprendre que vous aviez reçu la visite d'un criminaliste la semaine dernière.

— En effet. Il a regardé dans les affaires de Debra.

— On vous a expliqué ce qu'il cherchait ?

— Le criminaliste n'a pas dit grand-chose. C'était quelqu'un de très étrange.

— Pas le criminaliste. Les enquêteurs. Darcy et Maddux, c'est bien ça ?

— Darcy et Maddux, c'est fini, dit Michael. Maintenant, on a affaire à d'autres flics – Bastilla et Munson. On a aussi vu passer un certain Crimmens, mais pas longtemps. Darcy et Maddux n'ont pas donné signe de vie depuis un bon bout de temps.

Munson était un nouveau venu. J'inscrivis son nom sur mon calepin.

M. Repko acquiesça aux propos de son fils.

— Les inspecteurs Munson et Bastilla font partie de la cellule interservices qui a été mise en place. On n'a plus de nouvelles de Darcy et Maddux.

— Hum hum. Munson et Bastilla vous ont expliqué ce qu'ils cherchaient ?

— Ils ont parlé de prélèvements. C'est à peu près tout ce qu'ils nous ont dit, en fait, qu'ils avaient besoin d'effectuer des prélèvements complémentaires sur les vêtements de Debra. Ils nous ont demandé si on les avait lavés, mais à part ça ils ne sont pas entrés dans les détails.

— Je vois. Vous ont-ils posé des questions sur quelque chose ou sur quelqu'un en particulier ?

Mme Repko plissa les yeux et se raidit encore un peu plus, comme une corde de violon au bord du point de rupture.

— Ils nous ont parlé de l'assassin et de ses saletés de photos de tordu, répondit-elle. Ils tenaient à nous mettre au courant avant que ça passe à la télé. Ils n'ont pas voulu nous les montrer, mais ils nous ont prévenus. J'ai demandé à voir ma fille. Je voulais voir la photo qu'il a prise d'elle, mais ils n'ont pas voulu me...

Ses yeux rougirent, et elle battit plusieurs fois des cils. Gordon lui toucha le bras.

— M'man...

Elle clignait toujours des yeux, mais le geste de Gordon eut un effet apaisant. Bien qu'ayant encore des questions à poser sur Bastilla et Munson, je décidai de les interroger d'abord sur Darcy et Maddux.

M. Repko expliqua que Darcy et Maddux s'étaient présentés à leur porte le matin de la découverte du corps de Debra. Les deux inspecteurs avaient cru que Debra résidait toujours à Pasadena car son permis de conduire était à l'adresse de ses parents. En apprenant qu'elle avait pris un appartement en ville, Darcy et Maddux avaient demandé à le visiter, aussi Dennis et M. Repko avaient-ils pris leur voiture pour les y conduire. Michael et Gordon étaient restés auprès de leur mère.

— J'aimerais questionner ses voisins sur les visites qu'elle pouvait recevoir là-bas, notamment masculines. Ce genre de chose. Je suis sûr que la police l'a déjà fait, mais j'aimerais entendre leurs réponses moi-même.

— D'accord, dit M. Repko en hochant la tête.

— Elle avait un petit ami ?

— Plus depuis Berkeley, répondit Dennis. Elle a fréquenté quelques garçons au lycée, mais c'étaient plus des copains qu'autre chose.

— Et du côté de ses collègues ? Est-ce que vous l'avez entendue parler de quelqu'un dont elle se serait sentie proche au travail ?

Mme Repko s'était détendue pendant que son mari me répondait, mais je la vis se crisper à nouveau.

— Depuis qu'elle travaillait, elle n'avait plus le temps de s'amuser. Ils les font trimer comme des esclaves dans cette boîte.

— Chez Leverage & Associés ?

Michael opina.

— Ouais. Debra travaillait dur, mais elle adorait ça. Elle avait la politique dans le sang. C'était le job de ses rêves.

Mme Repko serra les bras contre ses côtes.

— C'était un job affreux, tu as vu le nombre d'heures qu'on lui faisait faire ?

— Elle adorait son travail, m'man, fit Gordon.

— Ça m'est égal.

Je m'éclaircis la gorge pour attirer de nouveau leur attention.

— Est-ce qu'elle a vu quelqu'un le soir où c'est arrivé ?

— Aucune idée, répondit Mme Repko. Elle a travaillé. Elle travaillait tous les soirs.

— Le rapport médico-légal indique qu'elle avait bu un peu d'alcool dans la soirée.

Mme Repko se pencha en avant, et ses traits s'adoucirent pour la première fois depuis mon entrée dans la pièce.

— Ah ?

— Oui, madame. Un apéritif ou un verre de vin. Le taux était très bas.

Mme Repko cligna des yeux. De plus en plus vite, ce qui ne les empêcha pas de rougir à nouveau.

— Eh bien, je ne suis pas au courant, voilà tout. Comment aurait-on pu le savoir ? Nous savions ce qu'elle faisait tant qu'elle vivait ici, mais pas après. Je n'ai jamais compris pourquoi elle tenait tant à s'installer par là-bas alors qu'elle travaillait dans le centre. Si elle n'avait pas pris ce maudit appartement, rien ne serait arrivé.

— Elle avait vingt-six ans, m'man, intervint doucement Gordon.

— Oh, tais-toi. Je t'en prie.

Elle frotta ses paupières et agita la main comme pour se débarrasser de quelque chose qu'elle ne pouvait chasser. On l'imaginait aisément refaisant ce même geste terrible cent fois par jour, en boucle. La mort de Debra se résumait pour elle à cet appartement et au fait que sa fille avait grandi et décidé de partir ; si cette dernière était restée à la maison ses parents auraient su la protéger.

M. Repko me donna brusquement l'adresse de Debra et le nom du gardien de l'immeuble, Toler Agazzi, mais le chagrin de Mme Repko était en train de se propager dans toute la pièce et d'atteindre ses occupants comme une onde de chaleur. Les fils gardaient les yeux rivés au sol, M. Repko n'osait plus croiser ceux de sa femme. Je me tournai vers le portrait de Debra. Il devait dater de son année de terminale. C'était une jolie fille aux traits réguliers et au regard vif.

Je m'éclaircis la gorge et changeai de position. Je tenais à ce que Mme Repko me voie regarder sa fille. Je tenais à ce qu'elle sache que sa fille était réelle à mes yeux. Quand je sentis qu'elle m'observait, je lui fis face.

— Et en ce qui concerne ses copines, madame Repko, Debra avait sûrement beaucoup d'amies proches au lycée. Elle avait dû rester en contact avec certaines.

Le regard de Mme Repko dériva vers la photo avant de revenir sur moi. Elle s'humecta les lèvres, et nous étudiâmes tous deux à nouveau le portrait. Les Repko avaient un excellent niveau socioculturel, ils étaient très proches des familles peintes par Norman Rockwell, à ceci près que l'une des leurs avait été assassinée. Rayée du tableau, Debra. Les yeux hachurés.

— Oui. Oui, c'est exact. Des filles formidables.

— Vous pourriez me donner leurs noms et leurs numéros ? Il serait peut-être utile que je leur parle.

— D'accord. Bien sûr, je vais vous donner ça.

Et, pour une fois, quand Mme Repko me répondit, je ne sentis pas chez elle cette insoutenable tension.

— Quand c'est arrivé, repris-je, Darcy et Maddux ont-ils emporté quoi que ce soit de chez elle ?

M. Repko, pensif, lissa son pantalon avant de hocher la tête.

— Ils ont pris son ordinateur et son téléphone, je crois, et quelques autres objets.

— Son téléphone fixe ou son portable ?

— Euh, le portable était dans son sac, donc ils l'avaient déjà. Il n'y a pas eu vol, voyez-vous ; tout était encore dans son sac à main, même son argent. Par contre, elle avait un sans-fil chez elle. Ils m'ont signé un récépissé. Je l'ai toujours, si ça vous intéresse.

— Ça m'aiderait, oui. Et aussi, si vous avez les relevés téléphoniques de Debra, j'aimerais les voir.

— Je les ai. J'ai tout gardé dans un dossier.

Pendant que M. Repko partait chercher son dossier, je revins à Mme Repko.

— La police vous a restitué ce qui avait été pris chez elle ?

Elle acquiesça.

— L'inspecteur Maddux a rapporté un certain nombre de choses, oui.

— Son téléphone aussi ?

Mme Repko se leva tout à coup, et ses fils l'encadrèrent aussitôt, comme s'ils s'attendaient à la voir partir à la renverse.

— Venez, dit-elle, je vais vous montrer. Vous avez sûrement envie de voir tout ça, alors venez. Je veux que vous voyiez ce que vous avez fait.

Michael croisa le regard de Gordon et lui souffla :

— Va chercher papa.

18

Mme Repko n'attendit ni ses fils ni son mari. Elle m'entraîna à travers la maison jusqu'à une chambre de fille décorée de fanfreluches et de collages qui devaient remonter aux années de lycée de Debra. J'y entrai avec elle, mais Michael et Dennis s'arrêtèrent sur le seuil.

La pièce était impeccable : lit fait au cordeau, oreillers au galbe parfait, bureau bien rangé et prêt à l'emploi. C'était une chambre de petite taille, mais mignonne comme tout avec son mobilier pour adolescente et ses rideaux pimpants. Les seuls objets incongrus étaient le grand carton posé au pied d'un mur et un fauteuil capitonné à rayures de zèbre.

Mme Repko s'approcha du fauteuil.

— Son appartement était un meublé. Presque tous les meubles appartenaient au propriétaire, qui les a récupérés. Mais elle s'était acheté ce fauteuil – Dieu sait pourquoi, une horreur pareille ! –, et nous l'avons gardé.

Mme Repko promena une main sur le tissu puis l'empoigna violemment, enfonçant ses ongles dedans comme si sa vie en dépendait. Ses yeux s'embuèrent et un sanglot lui échappa. Michael et Dennis faillirent me renverser en se précipitant vers elle. Prise de spasmes, elle se laissa ramener en douceur vers la porte.

— Viens, maman, lui chuchota Michael au creux de l'oreille. M. Cole a besoin de cette liste. On va lui écrire ça.

M. Repko réapparut avec une grande enveloppe au moment où sa femme et ses fils s'en allaient. Après leur avoir glissé quelques mots que je n'entendis pas, il me remit son enveloppe.

— Le dernier mois, comme vous le souhaitiez. Il y a là-dedans les relevés de son portable et de sa ligne fixe. C'est ce que j'ai donné aux policiers. Vous trouverez aussi le récépissé qu'ils m'ont laissé en emportant ses affaires.

Il avait fait des photocopies des relevés pour la police. Il avait lui-même passé tous les numéros en revue, notant ceux qu'il reconnaissait et différenciant les appels personnels de ceux qui étaient liés au travail de Debra, puis il avait composé chacun de ces numéros pour demander à ses interlocuteurs de s'identifier et de lui expliquer comment ils avaient connu sa fille. De brèves notes manuscrites étaient griffonnées dans les marges. Les enquêteurs lui avaient demandé de faire ce travail, et je lui aurais probablement demandé la même chose. Le récépissé dressait l'inventaire de tout ce que les inspecteurs avaient réquisitionné :

1 ordinateur portable Apple
1 téléphone sans fil Panasonic 5,8 GHz
1 téléphone mobile Samsung
1 carnet d'adresses relié cuir rouge
1 chéquier bleu
(+ papiers divers)

Les papiers divers étaient vraisemblablement des relevés bancaires, des factures, et tout ce qui avait pu leur tomber sous la main, notes et autres. Le récépissé était signé *Insp. R. Darcy*.

Je montrai du doigt le carton.

— C'est ce que vous ont rapporté Darcy et Maddux ?

— Pas seulement. Ils nous ont rendu ce qu'ils avaient pris, c'est-à-dire ce qui est marqué sur le récépissé. Le reste, nous l'y avons mis nous-mêmes.

— Et Bastilla et Munson ? Ils ont pris quelque chose ?

M. Repko réfléchit un instant.

— Non. Le criminaliste s'est installé ici pour travailler, mais les inspecteurs qui l'accompagnaient ont passé quasiment tout leur temps avec nous dans le salon. Mes fils sont restés dans les parages, histoire de le tenir à l'œil.

— Et c'est ce jour-là que Bastilla et Munson vous ont parlé de Byrd.

— En effet.

— Donc c'était une visite d'information. Ils ne vous ont pas posé de questions.

— Quelques-unes, je dirai. Les mêmes que vous et les autres inspecteurs. À mon avis, ils cherchaient surtout à meubler la conversation en attendant que le criminaliste ait terminé.

— Il y a des chances.

Le carton contenait quelques livres de poche et magazines divers, ainsi qu'un lot de casseroles et de poêles que Debra avait dû s'acheter pour cuisiner. Son ordinateur était sur le bureau, à la place qu'il occupait sans doute déjà avant qu'elle déménage, et le haut de son téléphone portable dépassait du petit bol à monnaie où elle l'avait vraisemblablement toujours posé. Mme Repko avait remis les vêtements de Debra dans le placard et ses affaires de toilette et de maquillage dans la salle de bains. Ils avaient tout réarrangé comme si elle n'était jamais partie. C'était triste à pleurer.

Après avoir fouillé le carton et le bureau, je m'approchai du placard et passai en revue ses vêtements. Ceux qu'elle portait le soir de son meurtre n'étaient pas là. Le contenu de ce placard se trouvait chez elle, à l'abri, au moment des faits ; il semblait donc parfaitement inutile d'y rechercher des fibres, sauf si Bastilla et Munson soupçonnaient que quelqu'un d'autre pouvait être impliqué.

— Sacrée garde-robe, fis-je. Le criminaliste a dû mettre du temps.

— Oui, il a fait un long séjour ici.

— Et vous avez parlé avec les inspecteurs pendant tout ce temps ?

— C'est exact. Nous étions sous le choc.

— J'imagine. Excusez ma curiosité, monsieur Repko, mais Bastilla et Munson vous ont-ils posé des questions, en dehors de ce qu'ils avaient à vous annoncer sur Byrd ?

— Sur Debra, vous voulez dire ?

— Oui, monsieur. Sur Debra. Vu le temps que vous avez passé ensemble, ils ont dû vous en poser quelques-unes.

Il réfléchit.

— Sur les hommes qu'elle fréquentait. Ses petits amis. Ce genre de chose. Son travail.

— Chez Leverage ?

— S'il y avait des personnes qu'elle appréciait plus particulièrement, dont elle était l'amie, si on l'avait entendue citer des noms. Ce genre de question. À mon avis, on ne leur a pas appris grand-chose. D'autant que je ne voyais pas quel rapport il pouvait y avoir avec cet homme, ce Byrd.

— Donc ils se sont intéressés au cabinet Leverage ?

— Je crois qu'on peut dire ça mais, comme je vous le disais, il me semble qu'ils cherchaient surtout à meubler la conversation, et…

Il fronça soudain les sourcils.

— Euh, il y a juste une petite chose qui m'a étonné, mais je ne sais pas si c'est ce que vous entendez par…

— Quelle chose ?

— Mme Bastilla nous a demandé la liste des invités aux funérailles de Debra. Pour en faire une photocopie.

— Elle vous a laissé entendre que Byrd aurait pu venir à l'enterrement de Debra ?

— Ça paraît assez improbable, quand on y pense, vous ne trouvez pas ?

Je m'abstins de lui dire que je trouvais l'idée totalement absurde.

— C'est une information intéressante, monsieur Repko. Vous pourriez me montrer cette liste ?

— Ils ne nous l'ont pas encore rendue. Vous voulez que je vous prévienne quand on l'aura ?

— Volontiers. Ce serait une bonne chose.

Nous revînmes au salon. Les trois frères levèrent la tête à l'unisson comme s'ils s'attendaient à ce que je leur annonce une avancée décisive, mais je dus me contenter de leur promettre que je les rappellerais dès que j'aurais du nouveau. Mme Repko n'était plus là ; Michael me remit une brève liste de noms et de numéros de téléphone et fit mine de nous suivre quand M. Repko s'offrit de me raccompagner jusqu'à la porte, mais son père l'intercepta.

— Je m'occupe de M. Cole. J'aimerais lui dire un mot seul à seul.

Michael croisa brièvement mon regard, et je partis derrière M. Repko. Dans l'entrée, celui-ci marqua un temps d'arrêt avant d'ouvrir la porte.

— Je ne sais vraiment pas quoi vous dire, lâcha-t-il.

— Il n'y a rien à dire.

Il regarda le sol, puis releva la tête au prix d'un effort colossal. Il me dévisagea. Ses fils m'avaient sérieusement arrangé.

— Michael m'a raconté ce qui s'est passé hier. J'imagine que vous auriez pu les faire arrêter. Et que vous pourriez encore porter plainte.

— Je ne vois pas ce que vous voulez dire.

Il détourna de nouveau les yeux, comme si mon regard alourdissait son fardeau et qu'il ait eu besoin de s'en délester avant de poursuivre.

— Les premières semaines, je n'ai pensé qu'à ce que je ferais une fois que la police l'aurait pris. On est traversé par toutes sortes de fantasmes terribles – lui tirer dessus pendant son procès, payer un membre de la pègre pour l'exécuter en prison...

— Bien sûr.

— Ensuite, voyant qu'il ne se passait rien, j'ai eu terriblement peur qu'il ne leur échappe, et puis ils l'ont retrouvé, mais maintenant...

Il laissa sa phrase en suspens, et je le sentis littéralement broyé par le poids de son chagrin. Ses traits s'affaissèrent, ses épaules descendirent d'un cran, son dos se voûta. C'était un spectacle affreux, mais j'avais déjà vu pire et je le reverrais sans doute.

— Je vous demande pardon pour ce que mes fils vous ont fait, monsieur Cole. Je n'aurais jamais permis ça. Je vous en prie, permettez-moi de vous dédommager.

— Il faut que j'y aille, monsieur Repko.

Je le quittai sans un regard et sans un mot. Je redescendis leur charmante allée jusqu'à leur charmante rue puis, arrivé à hauteur de ma voiture, je fis halte en me demandant ce qui avait bien pu pousser Connie Bastilla à réclamer la liste des invités aux funérailles. Il n'était pas rare que les assassins assistent à l'enterrement de leurs victimes – certains allaient même parfois jusqu'à déposer des fleurs ou une carte de condoléances. Peut-être Bastilla avait-elle tenu à vérifier si le nom de Byrd figurait sur cette liste pour respecter la procédure standard, mais peut-être l'avait-elle fait parce qu'elle recherchait une autre signature – celle d'une personne dont l'ADN n'était pour le moment rien qu'un échantillon anonyme soumis à une batterie d'analyses en aveugle.

J'étais encore en train de m'interroger là-dessus quand une Crown Victoria grise apparut en bas de la rue et remonta vers moi à faible allure, ce qui lui prit un temps infini. Quand elle s'immobilisa enfin à mon niveau, je vis deux types à lunettes noires me regarder fixement. Le passager et le conducteur avaient tous deux une trentaine d'années et les cheveux bruns coupés court ; ils arboraient l'un et l'autre une cravate sur leur chemise à manches courtes, et affichaient l'expression morne et résignée des mecs qui doivent porter de sales fringues dans une sale bagnole. La vitre du passager s'abaissa.

— Soit vous êtes flics, soit vous êtes les Men in Black, tentai-je. Alors ?

Le passager me montra son insigne avant de l'orienter vers la banquette arrière.

— Je m'appelle Darcy, dit-il. Lui, c'est Maddux. On veut vous parler de Debra Repko.

Je n'avais aucune envie de monter dans cette Crown Vic.

— Allez-y, parlez. Je suis tout ouïe.

154

Darcy loucha vers son rétro extérieur comme s'il craignait d'être suivi. Maddux se pencha vers son coéquipier pour me voir.

— Vous êtes Cole, hein ? Le mec qui a fait relâcher Lionel Byrd ?

— Vous savez quoi, Maddux ? Je vous emmerde.

— On ne croit pas à la culpabilité de Byrd. Allez, montez, on va en parler.

Je montai – et nous parlâmes.

19

Maddux stoppa à l'ombre d'un orme gigantesque, mais laissa le moteur en marche et mit la clim à fond. Darcy, le plus grand des deux, avait des mains comme des battoirs et les gestes lents d'un homme habitué à se donner le temps de la réflexion. Maddux était très différent. Il gigotait et s'agitait comme s'il était rongé par la rancœur. Une fois à l'arrêt, ils se tournèrent tous les deux vers moi, un coude sur le dossier de leur siège. Darcy me regardait en face, mais les yeux de Maddux étaient en mouvement perpétuel, comme s'il craignait qu'on ne nous repère.

— Jolies bosses, dit Darcy. Les frangins ont eu la main lourde, on dirait.

— Je fais une poussée d'acné.

— Bien sûr. Mme Repko nous a avertis ce matin de votre visite. Elle voulait qu'on fasse quelque chose.

— Et c'est ce que vous appelez faire quelque chose ?

Maddux cessa de se trémousser le temps de me fusiller du regard.

— On appelle ça prendre un risque. Marx et sa bande de branleurs nous ont ordonné de laisser tomber l'enquête, et une semaine plus tard les voilà qui élucident sept meurtres.

— Si ça se trouve, ces branleurs sont meilleurs que vous.

— Et si ça se trouve, ils ont sorti Byrd de leur trou de balle.

Darcy et Maddux m'observaient. Ils n'auraient pas dû être là avec moi sous cet orme de Pasadena. Probablement des inspecteurs de niveau 2, mais qui n'émargeaient pas à la

Crim depuis plus de sept ou huit ans. Ils pouvaient être encore en pleine ascension ou avoir déjà basculé dans la descente, ou alors ils roulaient pour Marx. Si tel n'était pas le cas, ils avaient d'ores et déjà franchi la ligne jaune en venant me trouver.

— Si les conclusions de la cellule interservices vous posent problème, vous feriez mieux d'en parler à vos collègues.

— On a essayé. Ils nous ont envoyés chier.

Darcy sourit à son coéquipier.

— Pour être précis, ils nous ont dit que l'affaire n'était plus de notre ressort. Ça ne nous a pas plu. Et ensuite, ils ont refusé de nous rendre notre rapport d'enquête. Ça nous a encore moins plu.

— Il s'agit donc de ce qu'il est convenu d'appeler une conversation officieuse ?

— Quelque chose comme ça. Bref, on est d'avis qu'ils n'auraient pas dû clore le dossier.

Leur regard de flics curieux reposait sur moi, content d'attendre sous cet orme que la terre tourne, que les saisons se succèdent et que l'air fraîchisse. Je finis par lâcher :

— Et si je vous disais que le dossier n'est pas clos ? Si je vous disais que la cellule interservices a refait prélever des fibres sur les vêtements de Debra le jour où Marx a donné sa conférence de presse sur Byrd ?

Les yeux de Darcy se réduisirent à des fentes minuscules.

— Je vous demanderais de poursuivre. Je vous répondrais que si votre démarche nous plaît on serait prêts à vous donner un coup de main.

Je commençai par leur parler de l'affaire Bennett, puis j'esquissai un portrait de Byrd et je résumai ce que je savais des autres meurtres, en insistant sur ce qui différenciait le cas Repko des autres. Je leur appris l'existence d'Ivy Casik et du journaliste qui n'en était peut-être pas un. Darcy et Maddux ne savaient quasiment rien de Byrd et des six crimes précédents, mais ils avaient travaillé sur le meurtre de Debra Repko pendant près de cinq semaines avant d'être

157

dessaisis de l'enquête et ne demandaient rien de mieux que de m'en parler.

Après avoir passé toute la journée à s'acquitter de ses tâches chez Leverage & Associés, Debra Repko avait accompagné ce soir-là cinq autres consultants du cabinet à un banquet politique assorti d'une séance d'interviews qu'elle avait contribué à préparer. Après les interviews, Debra était repartie à pied vers le parking avec une certaine Casey Stokes, sa responsable hiérarchique. Casey Stokes était donc la dernière personne connue à avoir vu Debra Repko en vie.

Darcy et Maddux s'étaient vu confier l'affaire le lendemain même et avaient cru qu'ils allaient décrocher le gros lot d'entrée.

— Un des commerçants de la galerie derrière laquelle le corps a été découvert nous a téléphoné pour dire que sa caméra de surveillance avait filmé la scène. On a cru que l'assassin était dans la boîte.

— Attendez un peu – vous avez une cassette ?

— Un DVD. C'était du numérique.

Maddux agita la main comme pour chasser une mouche.

— De la daube, ajouta-t-il. Le mec avait installé lui-même un système en kit pour piéger les petits tagueurs du coin, sauf qu'il s'était complètement planté dans son paramétrage. Il n'y avait que des ombres.

— On voyait quand même quelque chose du crime ?

— Que dalle. Le fichier a passé deux semaines à la SID, mais les techniciens ont conclu à l'absence d'informations numériques exploitables, et c'est là que notre ami Darcy a refilé le bébé à son beauf.

— Mon beau-frère travaille dans une boîte de CIS, à Hollywood. Vous savez ce que c'est ?

— Bien sûr.

La création d'images de synthèse était l'une des principales sources d'effets spéciaux de l'industrie du cinéma.

— Il m'a dit qu'il pouvait jeter un œil sur le fichier, mais c'était un plan d'ensemble, et entre-temps on a eu d'autres pistes...

Maddux l'interrompit.

— Le gardien de son immeuble, un certain Agazzi, avait le bon profil. Je le serrais de près. Je persiste à croire que c'est lui qui a fait le coup, surtout qu'il pouvait entrer chez elle quand il voulait. Si Bastilla et Munson ont redemandé des prélèvements de fibres, c'est peut-être pour retrouver son empreinte biologique.

Darcy secoua la tête.

— On n'est pas d'accord sur ce point. Maddux a un faible pour Agazzi, alors qu'une voisine de Repko, Sheila Evers, nous a dit que Debra sortait avec un homme marié.

Ce fut au tour de Maddux de secouer la tête.

— Encore faudrait-il qu'il existe. Personnellement, je pense que cette meuf a tout inventé. On n'a trouvé personne pour confirmer son histoire d'amant.

Je leur montrai la liste de noms que Mme Repko venait de me fournir.

— Vous avez vérifié auprès de ses anciennes copines ?

Darcy parcourut la liste avant de la tendre à Maddux.

— Ouais. Elles ne savaient rien. Apparemment, Debra n'a jamais fait allusion à un petit ami ou à un amant, et encore moins à un homme marié. Mais bon, une belle nana comme ça aurait facilement pu rencontrer quelqu'un au boulot.

L'hypothèse me parut d'autant plus plausible que je venais d'entendre les récriminations de Mme Repko quant à la charge de travail supportée par sa fille. Si Debra était accaparée par ses obligations professionnelles, elle n'avait sans doute guère eu d'autres occasions de rencontrer des hommes que dans l'exercice de son métier.

— M. Repko m'a dit que Bastilla et Munson avaient posé des questions sur le cabinet Leverage. Il pense que c'était juste pour meubler la conversation, mais ils s'intéressaient aux gens avec qui travaillait Debra.

Darcy et Maddux échangèrent un regard.

— Quand on s'est pointés chez Leverage pour parler de la dernière soirée de Debra, dit Darcy, ses collègues ont tous été très coopératifs. Là-dessus, la piste de l'amant a surgi. Mais le jour où on est revenus leur dire qu'on voulait entendre tous les clients de sexe masculin dont elle s'était occupée au cabinet, ça a coincé d'un seul coup.

— Ils n'ont pas voulu vous dire pour quels clients elle avait travaillé ?

— Ça ne leur posait aucun problème de nous laisser interroger les employés de sexe masculin du cabinet, mais ils ont bloqué net dès qu'il s'est agi de donner les noms de leurs clients. On s'est permis d'insister, et on a reçu l'ordre de laisser tomber.

— Leurs clients sont des politiciens, Cole. On nous a expliqué par téléphone que les pontes allaient s'en occuper, et qu'on nous tiendrait au courant.

— Les pontes. Parker Center ?

— Le coup de bigo est venu de Parker, mais Dieu seul sait d'où c'était parti. Leverage nous a recontactés deux semaines plus tard, et ce sont eux qui, en gros, ont choisi à qui on pouvait parler.

— Vous croyez qu'ils ont quelque chose à cacher ?

D'instinct, Maddux se fendit d'un petit sourire narquois, mais son collègue eut une réaction plus pondérée.

— Je ne sais pas, Cole, dit Darcy. Peut-être qu'ils ne voulaient pas que leurs clients soient mêlés à une enquête pour meurtre. Je peux le comprendre. Mais la plupart des meurtres sont commis par des connaissances de la victime. Quand une femme mariée se fait suriner, on regarde d'abord du côté du mari. Même si c'est le type le plus sympa du monde, on se rencarde sur lui parce que c'est comme ça que ça se passe. On commence par mettre hors de cause les personnes les plus proches de la victime, et ensuite seulement on élargit le spectre. On ne nous a pas laissés mettre Leverage hors de cause.

— Agazzi était sur place, fit Maddux. Il créchait au bout du couloir.

Darcy soupira, manifestement fatigué d'entendre parler d'Agazzi. Il devait soupirer comme ça depuis qu'ils avaient commencé à faire équipe.

— On sait qu'elle a quitté le banquet seule, mais on ne sait pas si elle s'est arrêtée quelque part en rentrant chez elle. Il

160

est possible qu'elle soit passée prendre quelqu'un, mais je suis plutôt d'avis que ce type l'attendait.

— Parce qu'ils ont fait un tour à pied.

— Exact. Si elle avait ramené un gus chez elle, ils seraient entrés direct. Donc je crois plutôt qu'elle a trouvé quelqu'un qui l'attendait devant chez elle. L'un des deux a dû proposer de ressortir faire un tour. Sans doute le mec, parce qu'il avait déjà le projet de la tuer et qu'il voulait l'entraîner dans la bonne direction. Ils n'avaient aucune raison de partir vers le sud à cette heure de la nuit. Maddux et moi, on s'est tapé la balade, mec. Toute l'animation se concentre au nord de Melrose. Je pense qu'elle connaissait ce type, qu'elle se sentait à l'aise avec lui et qu'elle s'est laissé mener à l'abattoir.

Un coin de la bouche de Maddux se souleva.

— Vous voyez cette fille se promener de nuit avec un pouilleux comme Byrd, vous ?

Je souris.

— Non, Maddux. J'ai du mal.

— Ce qui veut dire que si c'est Byrd qui a fait le coup, soit il l'a suivie, soit elle l'a croisé par hasard. Et si on admet l'une ou l'autre de ces deux hypothèses, il faut aussi admettre qu'elle est ressortie faire un tour seule, en talons aiguilles, dans la mauvaise direction parce qu'il n'y a rien d'ouvert de ce côté-là et rien d'autre à voir que la nuit noire. En talons aiguilles, bordel de Dieu ! Ça ne tient pas la route !

Darcy dévisagea son coéquipier comme s'il se faisait la même réflexion pour la millième fois, et finit par hausser les épaules.

— C'est là qu'on en était quand ils nous ont coupé le jus, Cole. On pense qu'elle connaissait son meurtrier. Je pense qu'elle voyait quelqu'un en douce. S'ils nous avaient laissés faire, on aurait mis le paquet sur Leverage. Surtout sachant ce que vous nous avez dit.

Nous restâmes tous trois silencieux dans la Crown Vic, sous notre orme. Je récapitulai tout ce que je venais d'entendre en m'efforçant d'organiser ces informations de manière fonctionnelle.

— Qu'est devenu le DVD ?

161

— Je ne sais pas. Un connard de la cellule interservices est venu le récupérer avant que mon beau-frère ait pu travailler dessus.

— Dans quel but ?

Darcy haussa les épaules.

— Je ne sais pas.

— Qu'est-ce qu'ils en ont fait ?

— Je ne sais pas. On leur a posé la question, mais ils n'ont rien voulu dire.

— Ils n'ont jamais rien lâché, Cole, ajouta Maddux.

Darcy regarda sa montre et gratifia son binôme d'un petit coup de coude.

— C'est bon. On le ramène.

Maddux enclencha la marche arrière et effectua un demi-tour au ralenti. Ils allaient me déposer devant chez les Repko.

Darcy avait toujours un coude sur son dossier et regardait dans le vague. Je voyais les maisons et les arbres défiler comme des images de film dans ses lunettes réfléchissantes. C'était un joli film. Il ressemblait au rêve américain.

— Pourquoi vous me dites tout ça, les gars ? demandai-je.

Maddux m'observa dans le rétroviseur. Darcy sortit de son film et dit :

— Les Repko sont des gens bien. Ils méritent de savoir ce qui est arrivé à leur fille.

— Ce qui signifie que vous avez poussé votre enquête aussi loin que vous le pouviez.

— Quand ils nous disent de décrocher, on décroche. Vous, par contre, vous faites ce que vous voulez.

Maddux me jeta un nouveau coup d'œil.

— Moi, je veux juste niquer cet enfoiré de Marx.

Darcy ôta son coude du dossier.

— Oui, ça aussi.

Ils me laissèrent devant la maison des Repko avant de se fondre dans un tunnel d'ombres mouchetées.

20

Darcy et Maddux s'étaient retrouvés sur la touche. Poitras, McQue et Starkey aussi, tandis que Chen et ses collègues criminalistes avaient été contraints de travailler en aveugles. Des gens qui auraient dû être les collaborateurs de Marx et de sa cellule interservices avaient été jugés indignes de confiance. Qu'est-ce qui avait bien pu pousser Marx à les écarter ?

Assis dans ma voiture devant chez les Repko, je repensai au DVD récupéré par Marx avant que le beau-frère de Darcy ait pu tenter de décrypter les potentielles informations qu'il contenait. Le LAPD faisait depuis longtemps appel à des créateurs d'effets spéciaux pour agrandir et analyser des photos ou des vidéos. Quand on avait à portée de main des spécialistes aussi compétents que ceux de Hollywood, il semblait logique d'utiliser leurs services. La décision de Marx me gênait d'autant plus que les techniciens de la SID étaient eux aussi très compétents : s'ils disaient qu'il n'y avait rien à tirer de ce fichier, c'était probablement vrai, d'où l'incohérence de la réaction de Marx. Puisque ce DVD avait été considéré comme sans intérêt, la police n'aurait rien eu à perdre à laisser un professionnel de la création d'images de synthèse voir ce qu'il pouvait lui faire dire – et tout à y gagner.

Je retrouvai le numéro de Lindo dans mes notes et lui passai un coup de fil. Il me sembla moins nerveux que l'autre fois. Peut-être parce qu'il s'était remis à enquêter sur ses réseaux d'allumés de la bombinette.

— Qu'est-ce qui vous turlupine, Cole ?

— Vous savez ce qu'est devenu le DVD du meurtre de Debra Repko ?

— Un DVD ? répéta-t-il, visiblement surpris.

— Un des commerçants de la galerie derrière laquelle Repko est morte a remis aux enquêteurs une vidéo filmée par sa caméra de surveillance. Comment pourriez-vous ne pas le savoir ?

Lindo hésita un instant.

— Attendez voir – j'en ai peut-être entendu parler. Il était vierge ou inutilisable, c'est ça ?

— C'est ça. Un spécialiste de la création d'images de synthèse s'apprêtait à l'analyser quand vos collègues sont venus le reprendre.

— La SID n'avait pas dit qu'il n'y avait rien à en tirer ?

— Les inspecteurs chargés de l'enquête ont décidé de tenter leur chance auprès d'un professionnel. Marx a récupéré le DVD sans lui laisser le temps de finir. J'essaie de comprendre ce qu'il en a fait.

— Aucune idée, mec. Je vous l'ai dit, mon équipe s'occupait de l'album. Je ne sais que ce qu'il y avait dans l'album.

— Qui s'est occupé de Repko ?

— Bastilla et Munson. Ouais, je suis à peu près sûr que Munson a travaillé là-dessus.

Encore Munson.

— Qui est ce Munson ?

— Une pointure de la brigade spéciale des homicides, comme Bastilla. Une vieille connaissance de Marx. Je crois qu'ils ont fait équipe dans le temps.

— Vous pourriez leur demander ce qu'est devenu le DVD ?

— Pas question, mec. Je n'ai pas accès à ce niveau-là. C'est le premier cercle.

— Dites-leur seulement que vous vous posez la question. Ce n'est pas la mer à boire.

— Vous n'y êtes pas du tout, Cole. Nos ordres venaient de ces gens-là, et un de ces ordres consistait à nous occuper de nos oignons. Si je leur parle du DVD, ils se demanderont pourquoi. On n'avait même pas le droit d'interroger les collègues sur leur travail alors qu'on bossait sur la même affaire.

— Je croyais que les ordres venaient de Marx.

— Nos rapports remontaient jusqu'au sommet de la hiérarchie des inspecteurs, et ce sont eux qui se chargeaient ensuite de les présenter à Marx. C'est pour ça qu'on les appelait le premier cercle. Il fallait passer par eux pour arriver à Marx.

— Bref, chaque équipe se concentrait sur un aspect spécifique de l'enquête, et ceux d'en haut synthétisaient le tout.

— C'était la seule façon d'assurer la coordination d'une telle masse de recherches menées en parallèle. Regardez ce que nous avons accompli en une semaine.

— Crimmens faisait partie de ce premier cercle ?

— Non. Il a été appelé en renfort, comme moi. Cette enquête a mobilisé un paquet de monde, mec. J'ai entendu dire qu'on avait été trente-deux à bosser dessus, mais je ne peux rien affirmer. Je n'ai jamais vu la plupart des autres.

Je pensais toujours au DVD. Il s'agissait d'un indice matériel. Comme tous les indices matériels, il aurait dû être enregistré, numéroté, classé et mis sous scellés. Même si ce n'était qu'une rondelle de plastique parfaitement inutile, il devait y avoir quelque part une trace écrite de sa localisation géographique et de son inutilité.

— D'accord, dis-je. Oublions ça. Vous pourriez peut-être jeter un coup d'œil au registre des pièces à conviction, histoire de voir ce qu'il pourrait nous apprendre ?

— Sûrement pas. Impossible.

— Ça ne vous prendrait pas plus de trente secondes. Dites-moi seulement où Marx a mis ce DVD.

— Ça m'est physiquement impossible. Les dossiers d'enquête sont sous scellés. La pièce est fermée à clé. Nous n'avons le droit de consulter que ceux qui concernent spécifiquement notre travail. Et vu que je n'ai pas travaillé sur Repko, je n'ai pas accès à ce type de document. Il me faudrait la permission écrite d'un des cadors.

165

— Vous ne trouvez pas ça un peu extrême, Lindo ?

— Je trouve que ça relève de la maniaquerie obsessionnelle, mais personne ne me demande mon avis. Faites fonctionner votre cervelle, Cole. Si ce disque avait eu la moindre valeur, les images seraient passées au flash de dix-huit heures.

— Je ne comprends toujours pas pourquoi ils sont allés le récupérer avant que le spécialiste des images de synthèse ait fini son boulot.

— C'est peut-être justement pour ça qu'ils le lui ont repris, Cole. Ce disque est resté combien de temps entre ses mains sans qu'il en tire quoi que ce soit ? Marx ou un autre a dû l'envoyer au labo du FBI. C'est ce que j'aurais fait.

L'explication de Lindo ne me plaisait guère, et pourtant elle se tenait. Le LAPD ne pouvait rien demander à une entreprise civile sans la rétribuer en échange de ses services, et Darcy n'avait pas versé un centime à son beau-frère – il lui avait juste demandé un coup de main.

Après avoir raccroché, je m'efforçai de définir un plan d'action. Il était évident que j'allais devoir reprendre l'enquête de Darcy et Maddux là où elle s'était arrêtée : chez Leverage, même si les membres du cabinet n'avaient aucune raison de me montrer patte blanche. Ils avaient réussi à tenir en échec deux inspecteurs chevronnés du LAPD et ne se donneraient vraisemblablement même pas la peine de me rappeler.

J'en étais là de mes réflexions lorsque j'aperçus Michael Repko. Posté derrière la fenêtre du salon familial, il m'observait. Peut-être depuis un bout de temps.

Je composai son numéro et le vis sortir son portable de sa poche pour prendre mon appel. J'aurais pu remonter les quinze mètres d'allée mais je ne tenais pas à me retrouver face à sa mère. Il parla le premier.

— Vous étiez avec Darcy et Maddux ?

— Ouais. Votre mère les a prévenus.

— Merde. Je n'étais pas au courant.

— Ils m'ont dit certaines choses que je dois vérifier, mais je vais avoir besoin de votre aide.

166

— D'accord.

— Il faut que je parle de votre sœur à Casey Stokes, mais elle ne voudra pas me recevoir si je débarque de nulle part.

— Hum hum. Bien sûr, je comprends.

— Je voudrais que votre père lui dise que je représente votre famille. Sans entrer dans les détails. Il lui suffira de dire que votre mère et lui se posent encore quelques questions. Vous pensez qu'il sera d'accord, Michael ?

Michael passa une main dans ses cheveux en brosse. C'était un signe d'anxiété ; il se retourna vers quelque chose ou quelqu'un dans les profondeurs de la maison avant de me faire à nouveau face.

— Je pourrais peut-être l'appeler moi-même. Elle a été très gentille à l'enterrement.

— Pas vous, Michael. Il faut que ce soit votre père. Il faut qu'elle sente tout le poids de la famille de Debra quand il fera sa demande. Il faut que ce soient les questions des parents de Debra, pas les miennes. C'est la seule solution pour qu'elle accepte de me répondre.

— Je ne sais pas. Je peux toujours lui demander.

— Il faut qu'il le fasse, Michael. Si je travaille pour votre famille, je représenterai Debra. Sinon, cette femme ne voudra pas entendre parler de moi.

Michael me fixait, une main toujours sur la tête.

— Je suppose qu'en un sens vous travaillez pour nous.

— Oui. Je travaille pour Debra.

— Vous n'êtes pas celui que je croyais.

— Débrouillez-vous pour qu'il l'appelle.

— Je regrette que ma mère ait prévenu ces flics. Je n'avais pas l'intention de vous piéger.

— Dites à votre mère qu'elle ne s'est pas trompée sur Darcy et Maddux. Ce sont des gens bien. Ils ont fait leur maximum pour votre sœur.

— Ils croient que c'est Byrd qui a tué Debbie ?

C'était la première fois que j'entendais quelqu'un l'appeler Debbie.

— Demandez à votre père de téléphoner à Casey Stokes. Je compte aller la voir dans la foulée ; refaites-moi signe dès qu'il lui aura parlé.

— Je vais essayer.

— Encore une chose. Vous étiez proche de votre sœur ?

— Euh, oui, je crois. Ça dépend de ce que vous entendez par « proche ».

— Si elle avait eu quelqu'un dans sa vie, elle vous en aurait parlé ?

Michael m'observa encore un moment et finit par laisser retomber sa main.

— Ma sœur n'était pas du genre à se confier.

Il était toujours à la fenêtre quand je démarrai.

21

Le cabinet Leverage & Associés occupait dans le centre des affaires non loin du City Hall deux étages d'un haut immeuble de verre relativement ancien. À moins d'un quart d'heure de la maison des Repko à Pasadena. Michael me rappela vingt minutes plus tard, alors que je faisais le tour du bloc en voiture.

— Mon père l'a eue au téléphone. C'est arrangé.

— OK. Génial.

— Il est resté dans le flou, comme vous le vouliez. Il lui a juste dit que vous travailliez pour nous. Ça ne l'emballait pas, mais il l'a fait.

— Ça va nous faciliter la tâche, Michael. Je vous tiens au courant.

Je refermai mon portable, trouvai une place payante devant l'immeuble et montai au seizième en ascenseur. L'immeuble avait de l'allure ; l'étage aussi, décoré à l'ancienne et avec goût. Après m'être présenté à la réceptionniste en disant que Casey Stokes m'attendait, je pris place dans un fauteuil.

Je n'y restai pas longtemps. Une jolie Afro-Américaine en tailleur gris apparut dans le couloir. Elle me tendit la main avec un bref sourire professionnel et une expression de condoléance.

— Monsieur Cole ? Casey Stokes. J'étais la responsable de Debra.

— Merci de me recevoir. Les Repko apprécient votre geste.

— J'ai été surprise d'apprendre qu'ils se posaient encore des questions. Je croyais que l'enquête était close.

Je tâchai de rester évasif.

— Ce sont des choses qui arrivent, les familles s'interrogent toujours. J'espère que vous les comprenez.

— Oh, bien sûr. Venez, allons parler de ça dans mon bureau.

Elle me précéda dans un couloir aux murs tapissés de photographies en noir et blanc de hauts lieux et d'illustres personnages de Los Angeles : le funiculaire d'Angels Flight sur Bunker Hill, Chavez Ravine à l'époque où il n'y avait là-bas que des élevages de chèvres et un quartier latino, William Mulholland inaugurant l'aqueduc destiné à amener l'eau de l'Owens Valley. Il y avait aussi un certain nombre de portraits d'anciennes figures de la politique locale ou californienne. La plupart d'entre eux ne me disaient rien, mais quelques-uns de ces messieurs avaient percé sur la scène nationale, deux d'entre eux ayant même accédé à la magistrature suprême. Un véritable Who's Who de l'élite politique de la Californie.

— Vous savez ce que nous faisons, monsieur Cole ?

— Vous organisez des campagnes électorales.

Elle me gratifia d'un sourire bienveillant d'institutrice confrontée à un élève un peu lent.

— Une campagne est un événement ponctuel. Une carrière politique exige des efforts de longue haleine. Nous construisons des carrières politiques.

— Ah. Les magiciens de l'ombre.

— Seulement quand nous réussissons. Nous définissons des stratégies électorales, mais nous sommes aussi conseillers en relations publiques et nous aidons nos clients à affiner ou à perfectionner leur identité politique.

— Si je décide de devenir gouverneur, mon premier coup de fil sera pour vous.

Elle rit. Elle avait un rire adorable, et des manières délicieusement naturelles.

Un bourdonnement discret mit un terme à sa gaieté ; elle sortit un assistant personnel de sa poche et en consulta l'écran sans ralentir le pas.

— Excusez-moi – un changement de programme. Dans notre métier, on passe sans cesse d'une crise à l'autre.

— Je comprends.

Elle répondit au message en quelques coups de pouce et rempocha son PDA quelques mètres avant la porte de son bureau vitré, alors que nous dépassions la salle de réunion attenante. À l'intérieur, plusieurs personnes échangeaient des poignées de main et des sourires. De l'autre côté du bureau de Casey Stokes, je vis des box occupés par des hommes et des femmes qui étaient soit au téléphone, soit en train de taper sur leur clavier d'ordinateur. La plupart semblaient avoir l'âge de Debra. L'un d'eux l'avait peut-être remplacée.

Casey Stokes m'indiqua un siège et contourna son bureau. Elle croisa ses doigts sans se départir de son sourire professionnel.

— Bon, en quoi puis-je vous aider ?

— Nous nous posons quelques questions sur certains aspects de l'enquête.

Nous. La famille et le fantôme de Debra Repko venaient de prendre place dans le bureau de Casey Stokes, laquelle me fit l'impression d'être sincèrement peinée.

— Quand je repense à cette soirée et à ce qui s'est passé quelques heures plus tard... c'est affreux.

— Oui, mademoiselle. Affreux. Si j'ai bien compris, vous êtes la dernière personne à l'avoir vue.

— En effet. Nous avons participé à un dîner au Bonaventure en l'honneur de M. Wilts, le conseiller municipal. C'est un de nos clients.

— Vous êtes restées ensemble du début à la fin ?

— Plus ou moins. Debra était chargée de faire en sorte que chaque journaliste ait droit à ses cinq minutes d'entretien avec M. Wilts avant le dîner. Debra et moi. En fait, nous étions cinq membres du cabinet sur place, mais avec des responsabilités différentes. Debra et moi devions nous

171

occuper de la presse, donc nous nous sommes retrouvées ensemble.

— C'était votre assistante ?

— Debra était ce que nous appelons une « première année ». Tous nos « première année » passent de service en service pour se familiariser avec les différents aspects du métier. J'ai pris Debra avec moi ce soir-là pour qu'elle ait affaire aux médias. Notre mission s'est achevée à la fin de la séance d'interviews. Nous sommes reparties ensemble au parking.

— Debra vous a-t-elle fait part de projets pour la suite de la soirée ?

— Non, pas du tout.

— Peut-être envisageait-elle de retrouver des amis ou d'aller prendre un verre quelque part ?

Mlle Stokes m'observa en inclinant la tête.

— Qu'est-ce que ça a à voir avec le fait de croiser la route d'un psychopathe ?

— Ça a à voir avec sa vie privée.

Une émotion qui ressemblait à de la tristesse glissa dans son regard.

— Ah, je comprends. Encore cette rumeur selon laquelle elle aurait eu une liaison avec un homme marié.

— Ses parents ont besoin de savoir. Surtout sa mère.

Casey Stokes soupira, et quelque chose dans son soupir me fit regretter ce que je venais de dire.

— Monsieur Cole, je ne sais pas quoi vous répondre. Si Debra avait quelqu'un dans sa vie, marié ou pas, elle ne m'en a jamais parlé, ni à personne d'autre ici. J'ai cru comprendre que la rumeur était partie de son immeuble.

— Exact, mademoiselle, ça vient de là.

— Dans ce cas, vous devriez peut-être interroger la personne en question. Debra et moi ne parlions que de politique. C'était une passionnée. Elle rêvait de responsabilités à l'échelle nationale. Elle aurait pu y arriver. Elle prenait sa carrière à cœur.

Le téléphone sonna. Elle regarda sa montre, me pria de l'excuser et décrocha. Pendant qu'elle était au bout du fil, j'observai les occupants de la salle de réunion. Deux types en costume trois pièces faisaient un exposé avec visionneuse pour les cinq personnes installées autour de la table. L'homme assis en tête de table était dégarni et bedonnant ; il avait retroussé jusqu'aux coudes les manches de sa chemise blanche. Il avait vingt ans de plus que tout le monde.

Pendant que les deux costards récitaient leur topo, un jeune type assis à côté du vétéran en bras de chemise se mit à taper un message sur son assistant personnel, ce dont personne ne parut s'émouvoir. Il effleura le bras de l'homme aux manches de chemise remontées et lui montra l'écran. Celui-ci sortit son propre PDA et rédigea un message. Les costards plantés de part et d'autre de la visionneuse avaient l'air de ne plus trop savoir s'ils devaient continuer ou non.

Stokes raccrocha et jeta un nouveau coup d'œil à sa montre.

— Je suis désolée de ne pas pouvoir vous aider davantage, mais vous aurez peut-être plus de chance avec les voisins de Debra. S'il vous plaît, dites bien à ses parents que je suis personnellement persuadée qu'il s'agissait – et qu'il s'agit toujours – d'une rumeur infondée.

Elle se leva pour me raccompagner, mais je ne bougeai pas. Elle se rassit.

— Je suis désolée. Je ne vois pas quoi vous dire de plus.

— C'est à vous que je m'adresse, pas aux voisins de Debra, à cause d'une information qui nous a été donnée par la police. Ça me gêne un peu d'aborder ce sujet, mais sa famille souffre terriblement. Nous avons besoin de clarifier les choses.

Elle attendit la suite en silence.

— Les Repko ont récemment appris qu'à l'époque où a commencé à courir le bruit d'une possible liaison entre Debra et un homme marié votre cabinet a cessé de coopérer. Pour tout dire, les inspecteurs ont même eu le sentiment que vous cherchiez à entraver leur action.

Pinçant les lèvres, elle tapota sur le bord de la table d'un ongle parfaitement manucuré.

— Ce n'est pas tout à fait vrai.

— Il vaudrait mieux que ce soit vrai ou pas vrai, made-moiselle Stokes. Sans « tout à fait ».

Le tapotement reprit.

— Mettez-vous à notre place. En tant que « première année », Debra a assisté à des réunions avec la plupart de nos clients. Les enquêteurs voulaient entendre toutes ces personnes. Je les comprenais. Nous les comprenions tous. Mais nos clients sont des gens qui vivent leur vie sous le regard permanent de l'opinion publique, et ces policiers voulaient les entendre au sujet d'une jeune femme dont la plupart devaient avoir oublié l'existence. Le seul fait de devoir répondre à leurs questions aurait pu être utilisé contre eux par leurs ennemis.

— Il s'agissait d'une enquête pour meurtre. Certaines questions doivent être posées.

Gênée, Mlle Stokes changea de position.

— Elles l'ont été. Vous pouvez assurer aux Repko que nous avons coopéré.

— Bloquer l'enquête pendant deux semaines, ce n'est pas ce que j'appelle coopérer.

— Personne ici n'a bloqué quoi que ce soit. Nous avons simplement fait appel à la structure de commandement de ces deux inspecteurs. Leur hiérarchie a très bien compris notre préoccupation.

— Quelle structure de commandement ? demandai-je en la regardant dans le blanc des yeux.

— Eh bien, celle du LAPD. Nous avons fait part de notre embarras au chef adjoint Marx. Il s'est efforcé de rendre nettement plus tolérable ce qui aurait pu devenir – et qui était déjà – une situation délicate.

— En créant sa cellule interservices ?

— Non, non. C'était pendant l'enquête originelle. Le chef adjoint Marx a personnellement veillé à ce que les investigations soient menées à leur terme, et je peux vous assurer qu'il a bénéficié de notre coopération pleine et entière. Il a interrogé lui-même certains de nos clients.

Je la fixais toujours avec une telle intensité qu'elle finit par froncer les sourcils.

— Monsieur Cole ?

— Le chef adjoint Marx a supervisé l'enquête ?

— C'est exact. Il fait partie de nos clients.

Je me forçai à sourire. Je me forçai à faire comme si c'était la meilleure nouvelle que la famille puisse entendre.

— Ah. Ça change la donne.

— Je suis désolée de ce malentendu, dit Casey Stokes, visiblement soulagée.

— Bien sûr. La famille sera contente d'apprendre ça.

— Surtout, dites aux Repko de m'appeler. S'ils ont la moindre question, qu'ils m'appellent.

J'acquiesçai. Je souris.

— Le chef adjoint Marx entre en politique ?

— Il est tenté. Nous pensons qu'il pourrait postuler à la succession du conseiller Wilts quand celui-ci prendra sa retraite, l'année prochaine. M. Wilts est un soutien enthousiaste du chef adjoint Marx.

Mon sourire s'élargit.

— J'imagine.

— Je vous en prie, dites bien à M. et Mme Repko que la police a bénéficié de notre coopération totale. Nous avons simplement préféré travailler à un niveau permettant de garantir une certaine discrétion.

Son PDA vibra. Elle consulta le message affiché sur l'écran et se leva.

— Il faut vraiment que j'y aille, monsieur Cole. Nous sommes tous terriblement affectés, mais je sais que c'est encore pire pour les Repko. S'il vous plaît, dites-leur que jamais nous n'aurions fait quoi que ce soit pour entraver la progression de l'enquête.

— Je le leur dirai, mademoiselle Stokes. Merci.

Son PDA vibra de plus belle ; elle le fit taire d'un coup de pouce. Ce gadget était apparemment très en vogue chez Leverage.

— Vous êtes tous équipés de ces trucs ?

— Ça nous permet de rester en contact. C'est à la fois un avantage et un inconvénient : nous sommes joignables vingt-quatre heures sur vingt-quatre et sept jours sur sept.

— Debra aussi en avait un ?

De l'autre côté de la cloison vitrée, la réunion s'achevait. Le jeune type qui avait montré son PDA au vétéran en bras de chemise s'était remis à pianoter dessus.

— Oui, répondit Mlle Stokes. Nos consultants en ont tous un, les dirigeants aussi. Ils sont fournis par l'entreprise.

— Elle l'avait avec elle ce soir-là ?

Elle haussa les épaules sans conviction.

— Bien sûr. Nous nous en sommes servies pour coordonner les interviews.

Son PDA vibra encore, et elle ne le regarda même pas. Elle me prit le bras et m'entraîna vers la porte.

— Encore une chose au sujet de cette rumeur, et j'espère que cela apportera un peu de réconfort à sa famille. Je ne peux pas affirmer de façon catégorique que Debra ne voyait personne, mais elle n'en a jamais rien laissé paraître et n'a jamais eu le comportement d'une jeune femme amoureuse. Elle n'a jamais parlé d'une liaison quelconque, ni à moi, ni aux autres « première année ». Je le sais d'autant mieux que je leur ai posé la question, et le chef adjoint Marx aussi.

Casey Stokes me reconduisit mais oublia de me dire au revoir. Moi aussi. J'étais trop occupé à penser à Marx.

22

Dès que je fus dans ma voiture, je feuilletai les documents que m'avait remis M. Repko. Le récépissé établi par Darcy et Maddux au moment d'emporter les possessions de Debra qu'ils souhaitaient examiner était bien là. Son téléphone mobile et un ordinateur portable apparaissaient sur la liste, mais pas d'assistant personnel, et je ne me souvenais pas d'en avoir vu un chez les Repko.

Je ressortis la carte de Darcy et l'appelai pour lui demander si le PDA de Debra avait été retrouvé sur elle.

— Bien sûr. Il était dans son sac. On l'a rendu à la famille.

— Je ne vous parle pas de son portable. Ce serait plutôt un ordinateur de poche.

— Du genre BlackBerry, vous voulez dire ?

— Oui. Ça vous évoque quelque chose ?

— Ne quittez pas.

Je l'entendis parler à quelqu'un à l'arrière-plan, puis il revint en ligne.

— Non, rien du tout. Juste son portable. Maddux me dit que c'était un Samsung.

— Je viens de quitter Casey Stokes. Le cabinet Leverage fournit un PDA à tous ses employés. Debra s'est servie du sien ce soir-là au banquet.

— Nous, on n'a eu que le Samsung. On a épluché tous les appels de son portable et de son fixe perso. Si on avait vu passer un PDA, on aurait fait pareil avec. Peut-être qu'il est chez ses parents.

— Pour ça, il faudrait que vous le leur ayez rendu. Ce PDA était soit sur elle, soit chez elle, soit dans sa voiture.

— Je ne sais pas quoi vous dire. Vous pensez sûrement que l'assassin le lui a piqué, mais comment voulez-vous qu'on le sache ou qu'on le prouve ? Si ça se trouve elle l'a paumé.

— Une seconde, Darcy. Réfléchissez : si la boîte fournit les PDA, elle doit aussi régler les factures.

— Je vois où vous voulez en venir, mais je ne peux rien faire. Si ça ne tenait qu'à moi, je demanderais un mandat pour accéder à tous leurs relevés téléphoniques et j'exigerais que son fournisseur d'accès me refile tous les e-mails de la petite. Mais cette enquête ne nous appartient plus. Elle appartient à Marx, et il l'a déclarée close.

— Marx est client de Leverage, vous saviez ça ?

Darcy resta muet.

— Darcy ?

— Vous rigolez ?

— Tout en jouant l'obstruction avec vous, Leverage négociait en coulisse avec Marx. C'est lui qui s'est chargé d'interroger la clientèle pour éviter une mauvaise pub.

— L'enfoiré.

— Hum hum.

— C'est pour ça qu'on s'est pris toute cette pression ?! Il aurait pu nous prévenir.

— Le nom de Marx n'a jamais été cité ?

— Pas jusqu'à maintenant. Maddux va en chier dans son froc.

J'appelai Michael Repko dans la foulée. Michael se souvenait d'avoir vu sa sœur avec un assistant personnel mais ne savait pas où il était passé. Il accepta de poser la question à son père et à ses frères. Nous étions encore en ligne quand j'entendis un bip : mon écran me signalait un double appel en provenance de Pat Kyle. Je pris congé de Michael et basculai sur Pat.

— Je suis la meilleure, oui ou non ?

— Je me tue à te le dire depuis des années, et ce n'est pas seulement pour énerver ton mari.

178

— Ça ne lui fait pas de mal de s'énerver. Tu as de quoi noter ?

— Ouaip. Tu as localisé Tomaso ?

— Il travaille pour l'agence Figg-Harris. Figg a essayé de le joindre pour lui demander l'autorisation de me communiquer ses coordonnées, mais le gamin ne répond pas à ses appels. Il a fallu que je mette le paquet.

— Pigé. Vas-y, envoie les stats.

— OK. Voilà son portable.

Elle me donna un numéro à préfixe 818 et une adresse à Hollywood Nord. Je la remerciai et appelai immédiatement Angel, sans plus de succès que son agent. Un message enregistré se déclencha à la cinquième sonnerie.

— Salut, ici Andy, la sensation de demain, laissez-moi un message et je vous rappellerai. À plus.

« Andy. » « La sensation de demain. »

Je laissai un message, mais je n'attendis pas que la sensation de demain me rappelle. Je repartis plein nord vers la vallée.

L'hallucinante limpidité dont nous avions profité pendant le déchaînement des vents de Santa Ana avait cessé en même temps qu'eux. L'air était stagnant, diaphane. Un voile laiteux enveloppait les lettres géantes de HOLLYWOOD, et les gratte-ciel du corridor de Wiltshire semblaient flotter dans une espèce de brouillard.

Il était presque treize heures quand je quittai le freeway à Universal pour aller casser la croûte au Henry's. Quatre tacos plus tard, je ralliai une rue résidentielle proprette de la vallée, entre le lac de Toluca et Studio City. Je me garai devant une petite maison de style Art nouveau flanquée d'une ample véranda, avec un panneau À VENDRE dans le jardin. Une étroite allée passant le long de la maison filait jusqu'à un garage reconverti en logement au fond du jardin.

Je descendis de voiture et remontai l'allée à pied.

La porte basculante du garage avait été remplacée par deux portes-fenêtres agrémentées de rideaux en tissu afin d'assurer un minimum d'intimité au locataire. Une table et des chaises de jardin occupaient l'allée devant cette entrée, préservées du soleil par une tonnelle envahie de bougain-villées cramoisies. Je toquai au carreau d'une des portes-fenêtres.

— Angel ? C'est Elvis Cole.

Angel ne répondit pas.

Après avoir frappé une seconde fois, je quittai l'allée pour contourner le bâtiment. Deux fenêtres et une porte avaient été percées dans le flanc de l'ancien garage, sans doute à l'époque de sa transformation. Le jardin arrière était séparé de celui des voisins par un grillage recouvert d'un mélange de bignones et de bougainvillées. Les trompettes violines des bignones semblaient jouer des coudes pour se faire remarquer.

La porte latérale était verrouillée, les vitres masquées par des rideaux. Je revins à l'avant, frappai à nouveau à la porte-fenêtre, puis décidai d'aller parler aux propriétaires. Au pire, je les prierais d'avertir Angel de mon passage.

Je redescendis l'allée, montai sur la véranda et actionnai la sonnette. Il n'y avait personne non plus dans la maison principale. Les mains autour du visage, je collai le nez à une fenêtre et réussis à distinguer le salon, la salle à manger et un début de couloir. Il n'y avait plus de meubles. Les habitants de cette maison avaient déménagé. Peut-être Tomaso était-il parti en même temps qu'eux et ne s'était-il pas donné la peine de prévenir son agent, mais il y avait peu de chances qu'il en soit ainsi. En général, les acteurs en galère étaient prêts à camper dans le pantalon de leur agent s'ils en avaient la possibilité.

Je retournai au garage pour lui laisser un mot. Après l'avoir écrit, je décidai de retenter ma chance au téléphone. Angel pouvait être aussi bien au coin de la rue que parti en virée à Vegas pour des semaines avec ses potes.

Quand la sonnerie s'éleva au creux de mon oreille, je l'entendis aussi à l'intérieur du garage. J'éloignai le combiné et écoutai. Elle retentit à cinq reprises puis cessa. Le message d'Angel se déclencha dans mon appareil.

— Angel ?

Rien.

Je rangeai mon portable et frappai. Après avoir frappé, je testai les poignées. La première porte-fenêtre était fermée à clé, mais l'autre s'ouvrit en douceur.

La pièce avait été transformée en studio, avec une table à manger bas de gamme, un téléviseur et un clic-clac. Il y avait un téléphone portable, un portefeuille et un jeu de clés sur la table. Des bouquins sur le métier d'acteur et de réalisateur étaient empilés à même le sol, et plusieurs affiches non encadrées de films noirs récents comme *The Big Lebowski* et *Gone Baby Gone* ornaient les murs. Il y avait très peu de meubles, mais Angel avait truffé son appartement de grigris typiques d'un comédien en herbe. Il n'aurait plus jamais l'occasion de les voir.

Angel Tomaso gisait à plat ventre sur le canapé, et le côté visible de sa tête était tellement recouvert de sang croûté qu'il semblait noir dans la pénombre. Il portait un tee-shirt et un bermuda. Ses membres nus étaient violacés là où son sang s'était accumulé. Quelqu'un avait tracé sur un mur, en lettres rouges grossières, les mots suivants : JE T'AIMAIS.

Je tendis l'oreille, même si je savais déjà qu'Angel était seul. Dans le minuscule appartement régnait un silence de plomb à peine rompu par la mouche solitaire qui voletait en cercles au-dessus du corps. D'autres mouches profitèrent de mon temps d'arrêt sur le seuil pour se joindre à elle.

Je me faufilai à l'intérieur et m'approchai du corps. Sous la nuque, le canapé était imbibé de sang noir, et au-dessus du corps le plafond portait des traces d'éclaboussures laissées par les mouvements de l'arme du crime. Le côté droit de la tête, derrière l'oreille, avait subi l'impact d'un objet lourd, et plus d'une fois. Cet objet, quel qu'il ait été, n'était plus présent.

Le message me sembla d'abord avoir été écrit en lettres de sang, mais je m'aperçus à y regarder de plus près que c'était du rouge à lèvres.

Les portes et fenêtres ne montraient aucune marque d'effraction. Le studio paraissait en ordre et ne donnait pas l'impression d'avoir été fouillé. Je pris soin de ne laisser aucune empreinte et de ne rien déranger. Le portefeuille d'Angel contenait soixante-deux dollars, une carte Visa et une MasterCard. Une lettre encore cachetée de sa tante attendait toujours sur le bar de la kitchenette. Mon cœur se serra à l'idée qu'il aurait dû l'ouvrir sans attendre.

Après avoir examiné un certain temps le corps et les traces de sang, je ressortis pour appeler la police. Je m'assis à la petite table de jardin sous les bougainvillées et m'emplis les poumons du bon air qui n'avait pas la même odeur que celui du garage autour du cadavre. J'aurais dû refermer la porte-fenêtre – mais je ne le fis pas. Angel était resté assez longtemps seul. Je pensai à sa tante et je sentis que ç'allait être dur pour elle et pour ce qui leur restait de famille à Austin. C'est toujours dur quand ça se termine comme ça.

À peine m'étais-je assis que deux agents en uniforme franchirent le portail, remontèrent l'allée et me virent. Ils aperçurent le corps d'Angel par la porte-fenêtre ouverte et m'ordonnèrent de mettre les mains en l'air.

23

— Du calme, les gars. J'allais justement vous appeler.

— Celle-là, on me l'a faite mille fois, grommela le plus âgé des deux flics.

Ils s'appelaient Giardi et Silbermann ; Giardi était un P3 – c'est-à-dire un officier instructeur. Silbermann était un bleu de première année, encore en stage, et il y alla de bon cœur pour ce qui était de beugler des ordres. Giardi le pria de la mettre en sourdine. Tous deux me dévisagèrent mais ne posèrent aucune question sur mes ecchymoses.

Après m'être présenté, je leur expliquai pourquoi j'étais armé et ce que je faisais là. Ils ne me mirent pas les menottes et ne m'annoncèrent pas que j'étais en état d'arrestation, mais ils contrôlèrent mes papiers et me délestèrent de mon pistolet, après quoi je les suivis jusqu'au seuil de la porte-fenêtre.

— Oups, fit Silbermann.

— Il s'appelait Angel Tomaso et se faisait aussi appeler Andy Thom. Il a été témoin dans une affaire de meurtre il y a trois ans.

— Vous feriez mieux de ne rien dire sans la présence d'un avocat, me conseilla Giardi.

— Je ne suis pas en train d'avouer, Giardi, je vous explique. J'étais à la recherche de ce garçon. Connie Bastilla, de la brigade spéciale des homicides, est au courant.

— Elle sait qu'il est mort ?

— Elle sait que j'essayais de le retrouver. La semaine dernière, elle aussi a essayé.

Silbermann se remit à lorgner mes bleus.

— Vous vous êtes battu avec lui avant de le tuer ?

Giardi le pria d'arrêter. Il communiqua sa position par radio puis me ramena à leur voiture de patrouille pour attendre les renforts. Silbermann resta en position devant le garage, au cas où quelqu'un s'aviserait de le prendre d'assaut après nous avoir criblés de balles, Giardi et moi.

— Comment vous avez su qu'il fallait rappliquer, les mecs ? demandai-je une fois assis à l'arrière de l'auto.

— Un coup de fil anonyme nous a signalé un macchab. Une voix masculine. C'était vous ?

— Non. Comme je vous l'ai dit, je m'apprêtais à vous appeler quand vous vous êtes pointés.

— Gardez ça pour les inspecteurs. Ils sont en route.

Deux autres voitures de patrouille arrivèrent, avec notamment à leur bord un sergent-chef qui entreprit aussitôt de faire barrer la rue ; un duo d'inspecteurs en civil fit son apparition peu après. L'un d'eux était Crimmens.

Giardi alla les accueillir au portail puis tendit le doigt dans ma direction. Crimmens ne cessa pas un instant de me fixer pendant que l'agent en uniforme lui rendait compte de la situation. À la fin de son laïus, Giardi entraîna le coéquipier de Crimmens vers le garage mais Crimmens, lui, se dirigea vers moi. Il sourit à belles dents en découvrant mes bleus.

— Qu'est-ce qui vous arrive, Cole, vous avez encore trop ouvert votre grande gueule ?

— Je croyais que vous travailliez dans le centre.

— La cellule interservices, c'est fini. Ils m'ont renvoyé à Hollywood Nord. C'est vraiment Tomaso, là-dedans ?

— Voyez vous-même.

— Vous l'avez tué ?

— Il était déjà mort quand je suis arrivé.

— Vous êtes arrivé quand ?

— Cinq minutes avant Giardi et Silbermann.

— C'est ce qu'on va voir.

184

— Dommage que je ne l'aie pas retrouvé la semaine dernière, pendant que vous le cherchiez avec Bastilla. Il serait peut-être encore en vie.

— Ne bougez pas votre cul d'ici, sac à merde. Vous risquez d'en avoir pour un moment.

Crimmens me quitta pour aller examiner le corps au moment où Silbermann, qui venait de nous rejoindre, se glissait à côté de moi dans la voiture.

— C'est vous qui avez tué ce mec ?

— Bien sûr que non.

— Moi, je crois que si.

— Permettez-moi de vous poser une question. À quelle heure le macchab vous a-t-il été signalé ?

— Ta gueule, assassin. Je n'ai rien à te dire.

Silbermann ne m'adressa plus la parole pendant les vingt minutes suivantes. Je vis Crimmens et son coéquipier regagner leur banalisée. Crimmens passa l'essentiel de son temps au téléphone jusqu'à l'arrivée de l'inspecteur médico-légal, après quoi les trois hommes repartirent voir le cadavre. Crimmens réapparut presque instantanément quand une voiture de commandement noir et blanc s'immobilisa devant l'allée. Bastilla et Marx en descendirent.

Silbermann tendit le cou, les yeux écarquillés.

— Ouah, carrément un chef adjoint !

— Il enfile son pantalon exactement comme vous.

— Pauvre taré !

Marx me gratifia d'un bref coup d'œil puis se retourna en voyant arriver une autre banalisée. Un inspecteur grand et maigre, la cinquantaine bien tassée, en émergea et rejoignit Marx dans l'allée. Les deux hommes échangèrent quelques mots en m'observant de-ci, de-là, puis s'approchèrent de Bastilla et de Crimmens. Le nouveau venu était sûrement Munson. Je faillis agiter la main et lui sourire, mais j'eus le bon sens de m'abstenir.

Marx et Munson finirent par disparaître au fond de l'allée, mais Bastilla et Crimmens revinrent vers moi.

— Pour une cellule spéciale qui a cessé d'exister, je trouve que vous passez beaucoup de temps ensemble, les gars.

Bastilla se planta sur le trottoir en croisant les bras.

— Comment l'avez-vous retrouvé ?

— Vous ne vous moquez pas de la tête que j'ai ? Vos collègues ne s'en sont pas privés.

— Il faut croire que ça les amuse. Comment l'avez-vous retrouvé ?

— L'ancien colocataire de Tomaso m'a donné le numéro de sa tante au Texas. C'est elle qui m'a appris qu'il était revenu ici tenter sa chance en tant qu'acteur. J'ai eu l'adresse par son agent.

Il n'était pas question pour moi d'impliquer Pat Kyle sans son accord.

— Vous lui avez parlé ?

— Je l'ai trouvé mort.

— Avant ça, Cole. Avez-vous eu une conversation avec lui avant qu'on l'assassine ?

— Il y a à peine deux heures que j'ai ses coordonnées. Je lui ai d'abord téléphoné mais je suis tombé sur sa boîte vocale, et j'ai décidé de passer. Je ne m'attendais pas à le trouver mort. Je n'avais aucune raison de le croire en danger.

— Vous avez retiré quoi que ce soit de son appartement ?

— Voyons, Bastilla... Vous croyez que je suis venu chercher des souvenirs ?

Silbermann sauta sur l'occasion.

— La porte-fenêtre était ouverte quand on est arrivés. Il était à côté, tout seul. C'est un flag en béton.

— Vous vous appelez Silbermann ? dit Bastilla.

— Oui, madame. Giardi et moi, on est intervenus à...

Bastilla leva une main.

— Vous pouvez nous laisser, agent Silbermann. Merci de votre aide.

Silbermann sortit de l'auto, déconfit.

— Qu'est-ce que vous faites ici avec Marx ? demandai-je. Je croyais que l'enquête était close.

— Pourquoi voudriez-vous que la mort de ce malheureux gamin ait un rapport avec l'enquête ?

Je la fixai intensément, mais elle me présentait toujours un masque indéchiffrable.

— Parce que vous le cherchiez avec Crimmens et qu'il est mort. Parce que c'était le principal témoin de l'affaire Bennett et qu'il ne parlera plus.

— Vous avez vu ce qui était écrit sur le mur ?

— Vous vous fichez de moi ?

— Les indices plaident en faveur d'un crime passionnel. Vous avez pénétré dans son appartement ?

— Un homme qu'on recherche tous depuis des semaines est découvert assassiné, et vous vous contentez d'une affaire passionnelle ?

— Vous êtes entré, oui ou non ?

— Non. J'ai vu qu'il était mort depuis le seuil.

En reconnaissant être entré dans le studio, je lui aurais donné le feu vert pour m'agrafer.

— Avez-vous déplacé des indices ?

— Comment aurais-je pu le faire si je ne suis pas entré ?

— Vous savez qui a fait ça ? Vous avez des soupçons ?

— C'est vraisemblablement la personne qui a tué ces sept femmes. Où en êtes-vous avec Ivy Casik ? Vous avez creusé la piste de l'homme qu'elle a vu entrer chez Byrd ?

Bastilla secoua la tête comme si je lui faisais de la peine.

— Vous avez tout faux, Cole.

— Qu'est-ce que ça veut dire ?

Bastilla s'écarta en adressant un signe de tête à Crimmens. D'un petit geste de l'index, il m'ordonna de descendre de voiture.

— Allez, on y va.

Crimmens me fit pivoter sur moi-même et me plaqua contre la portière.

— Prenez la position.

— Qu'est-ce que vous foutez ?

187

— On vérifie que vous n'avez rien soustrait de la scène de crime, répondit Bastilla. Si vous refusez de coopérer, nous vous arrêterons pour violation de propriété privée, cambriolage et présomption de meurtre.

— Un peu plus vite, ajouta Crimmens. Laissez-vous faire.

Crimmens me fit les poches ; il déposa mon portefeuille, mon portable, trente cents et un mouchoir sur le coffre de la voiture pie. Il prit aussi mon calepin et mon stylo-bille noir. Pendant qu'il me fouillait, Bastilla monta à l'arrière, à l'endroit où je m'étais assis. Elle passa une main entre les coussins, souleva les tapis de sol et regarda sous les sièges avant. Après avoir inspecté toutes les cachettes possibles, elle redescendit. Je me demandai ce qu'elle espérait trouver.

— Vérifiez ses chaussettes et ses pompes. Voyez s'il n'a rien dans le slip.

— Vous devriez faire ça vous-même, Bastilla. Crimmens risque de passer à côté de ma poche kangourou.

Bastilla s'empourpra mais ne dit rien.

Marx et Munson revinrent et attendirent à côté d'elle, sur le trottoir, que Crimmens ait terminé sa palpation. Ils discutèrent un moment tous les trois à voix basse, puis Munson repartit vers sa voiture, son portable collé à l'oreille. Marx et Bastilla se retournèrent vers nous au moment où Crimmens s'écartait.

— RAS, patron.

— Vous l'avez interrogé ?

— Non, monsieur.

— Laissez-nous un moment, mais ne vous éloignez pas. Je vous le rends dès que j'ai fini.

Crimmens remonta aussitôt l'allée en direction de son coéquipier et de l'inspecteur médico-légal, déjà accompagnés de Silbermann et de Giardi.

— Vous allez devoir rouvrir votre dossier, Marx.

Le chef adjoint me fixa avec une moue appuyée, les poings sur les hanches.

— Vous êtes pathétique, Cole. Vous devriez avoir honte.

— D'avoir fait votre boulot à votre place ?

Il contracta les mâchoires mais poursuivit sur sa lancée.

— D'avoir anéanti ce qu'il restait de tranquillité aux Repko. Mme Repko m'a dit que vous aviez agressé ses fils. Qu'est-ce qui vous a pris, bon Dieu ?

— Parlez-en à M. Repko. Il aura peut-être une histoire un peu différente à vous raconter.

— À quoi jouez-vous, Cole ? Vous essayez de grappiller quelques dollars d'honoraires en poussant les familles de victimes à s'attacher vos services ?

— J'essaie de grappiller des voix pour me faire élire. J'ai besoin de thune pour m'attacher les services de Leverage & Associés. Vous me les recommandez ?

— Doucement, Cole, fit Bastilla.

— Allez, Marx, je vous demande si ces gens-là sont à la hauteur. Je sais qu'ils roulent pour vous. Ce sont eux qui vous ont conseillé de boucler l'enquête sur Byrd pour faire un tabac aux infos ?

— Petit connard prétentieux, gronda Marx, cramoisi.

— Les Repko savent que vous êtes intervenu dans l'enquête sur le meurtre de leur fille pour protéger vos dresseurs ?

— Remontez dans la voiture, Cole, dit Bastilla.

J'aurais dû obéir, mais j'étais en colère et je cherchais un moyen d'enfoncer le clou avec Marx.

L'allée et le devant de la maison principale grouillaient de flics. Les voisins commençaient à sortir pour voir ce qui se passait, et un journaliste du *Times* était déjà à l'affût. Marx recula d'un pas et promena son regard sur le décor jusqu'à ce qu'il repère Crimmens dans l'allée.

— Revenez, inspecteur.

Crimmens rappliqua au trot.

— Cet homme est suspect du meurtre d'Angel Tomaso. Notifiez-lui son arrestation et emmenez-le au commissariat de votre division pour l'interroger.

— Allez vous faire foutre, Marx.

Un sourire déchiqueté ourla les lèvres de Crimmens, mais Bastilla toucha le bras du chef adjoint.

— Monsieur, juste un mot, s'il vous plaît.

Marx partit à grandes enjambées vers Munson, suivi par Bastilla. Crimmens vint se planter devant moi, nez à nez, toujours avec son sourire déchiqueté.

— Résistez, Cole. Je vous en supplie. Résistez.

— Je sais ce que vous avez raconté aux Repko, Crimmens. On en reparlera quand tout ça sera fini.

Crimmens me fit retourner dans un grand éclat de rire. Après m'avoir passé les menottes, il me glissa au creux de l'oreille :

— C'est encore mieux que le sexe, mec. Je prends mon pied.

Il me fit rasseoir dans la voiture de patrouille et s'en alla retrouver son coéquipier pendant que Giardi et Silbermann rassemblaient mes objets personnels dans une pochette en plastique.

— Je savais que c'était vous, me dit Silbermann.

Bastilla s'entretint avec Marx et Munson à côté du véhicule de commandement, puis appela Giardi. Après quelques minutes de conciliabule, Munson s'en alla dans sa voiture. Marx monta dans le véhicule de commandement et Bastilla revint vers moi.

— Calmez-vous, dit-elle.

— C'est de la connerie pure. Vous n'avez rien.

Elle me fit signe de baisser le ton.

— Je m'en occupe, Cole. Respirez.

— Interrogez Casik.

Dès que Crimmens et son coéquipier furent revenus, Bastilla leur distribua de nouvelles consignes.

— Interrogez-le ici. On ne l'embarque plus.

— Le chef nous a dit de l'embarquer.

— Le chef a changé d'avis. Interrogez-le et passez-moi ensuite ce putain de quartier au peigne fin. Faites votre boulot. Vous avez un meurtre à élucider.

Elle repartit vers le véhicule de commandement et s'embarqua à côté de Marx ; eux aussi démarrèrent.

Je souris à Crimmens.

— C'est toujours aussi bon ?

Ils me cuisinèrent pendant près de deux heures à l'arrière de la voiture de Giardi, d'abord Crimmens et son coéquipier, puis l'un, puis l'autre, puis à nouveau tous les deux. Ils me bombardèrent de questions sur Tomaso, sur le coup de fil que je lui avais passé avant de me présenter chez lui, et sur tout ce que j'avais vu, fait et constaté une fois sur place. Je ne fis aucune mention de Pat Kyle. Je reconnus avoir recherché des traces d'effraction sur l'extérieur des portes et fenêtres parce que je savais qu'ils y trouveraient mes empreintes, mais je refusai obstinément d'admettre que j'étais entré dans le studio. Dans le cas contraire, Marx aurait eu une occasion en or de me coffrer pour violation de propriété privée, et je n'étais pas sûr qu'il s'abstiendrait de la saisir. Sur tout le reste, je leur dis la vérité. Leurs questions étaient directes et pertinentes ; ils auraient posé les mêmes à n'importe quel individu retrouvé sur les lieux d'un crime de ce genre. Un technicien nous interrompit au beau milieu de l'interrogatoire pour relever mes empreintes.

Alors que nous revenions pour la troisième fois sur les mêmes questions, Crimmens reçut un appel sur son portable. Il écouta un certain temps avant de répondre :

— Bien sûr, patron. On est encore avec lui.

Il écouta quelques secondes de plus puis me tendit l'appareil.

— Le chef Marx.

J'approchai le téléphone de mon oreille.

— Écoutez-moi bien, Cole, dit la voix de Marx, et ne vous méprenez surtout pas. Le lieutenant Poitras m'a dit que vous étiez amis. Si j'ai bien compris, vous seriez même le parrain d'un de ses enfants.

En plus de ma colère et de ma perplexité, je ressentis soudain de la peur.

— Ça ne vous regarde pas, Marx.

— J'ai donné au lieutenant Poitras un ordre formel et légitime en lui demandant d'interdire l'accès au domicile de Byrd et de ne répondre à aucune question. Et pourtant je vous ai trouvé là-bas, vous, un civil, sur cette scène de crime que j'avais fait condamner, en compagnie dudit lieutenant

– il s'agit d'une violation caractérisée de mes ordres, commise devant plusieurs témoins. Vous m'entendez, Cole ?

Un goût acide me monta dans la gorge.

— Je vous entends.

— Je pourrais convoquer un conseil de discipline et demander des sanctions administratives contre le lieutenant Poitras. Ce qui, de fait, mettrait un terme à sa carrière.

— Où voulez-vous en venir ?

— Restez à l'écart des Repko. Restez à l'écart des braves gens de Leverage et restez à l'écart de mon enquête. Est-ce qu'on se comprend ?

— Oui.

— Repassez-moi Crimmens.

Je me sentais aussi vide que quelqu'un qui n'a rien mangé depuis plusieurs jours et qui ne mangera plus jamais. Crimmens écouta encore un peu puis referma son portable.

— Du balai, Cole. Il dit que vous pouvez partir.

24

Le châle sombre du crépuscule était en train de tomber quand je quittai la scène de crime au volant de ma voiture. Marx prenait un risque énorme en menaçant Lou Poitras. Il s'attendait certainement à ce que je prévienne Lou, ce qui signifiait qu'il se sentait assez sûr de lui pour rester maître de la situation quelle que soit la réaction de l'intéressé – et qu'il n'hésiterait probablement pas à mettre sa menace à exécution. Or les gens ne prennent des risques énormes que quand ils y sont obligés, donc Marx avait quelque chose d'important à cacher. Il cherchait à me mettre à l'écart, mais ça me donnait envie de le serrer d'encore plus près.

Je me garai dans une station-service de Ventura Boulevard et appelai Joe Pike, puis un avocat nommé Abbot Montoya. Malgré l'heure tardive, j'étais certain que Me Montoya prendrait mon appel.

— Comment va, fiston ? Ça fait du bien de vous entendre.

Le sourire de sa voix me mit du baume au cœur.

Abbot Montoya était un gentleman septuagénaire et raffiné, mais il n'avait pas toujours été raffiné, et personne autrefois n'aurait eu l'idée de le décrire comme un gentleman. Me Montoya avait été membre d'un gang de Los Angeles Est avec le meilleur ami qu'il ait gardé de ce temps-là, un autre jeune voyou du nom de Frank Garcia. Ils avaient réussi ensemble à sortir du barrio, Abbot Montoya en faisant son droit à l'UCLA et Frank Garcia en fondant un empire agro-alimentaire qui pesait désormais plus d'un

milliard de dollars. Le conseiller municipal Henry Maldenado lui mangeait dans la main. Ce n'était probablement pas
le seul.

— À moi aussi, maître. J'ai un service à vous demander.

— Ce que vous appelez service est pour nous une marque
d'amour. Demandez-nous n'importe quoi, ce ne sera jamais
assez.

Frank Garcia nous avait engagés quelques années auparavant, Pike et moi, pour retrouver l'assassin de sa fille unique.
Nous l'avions fait, et ils étaient comme ça depuis avec nous.

— Avez-vous entendu parler du cabinet de conseil en
stratégie politique Leverage & Associés ?

— Je connais. C'est une boîte qui a pignon sur rue.

— J'aurais besoin d'informations sur quelques-uns de
leurs clients. Je pense notamment à Thomas Marx, un chef
adjoint du LAPD. Et aussi à Nobel Wilts.

— Le conseiller municipal Wilts ?

— Oui, maître. Le conseiller Maldenado est-il client de
ce cabinet ?

— Non, mais ça ne changerait rien s'il l'était. Vous
souhaiteriez lui parler de ces personnes ?

— Oui, maître. S'il accepte.

Me Montoya pouffa, comme si l'idée même d'un refus de
Maldenado était risible.

— Il sera ravi de vous recevoir.

— Il ne faudrait surtout pas que Leverage en soit
informé, maître. Les gens sur lesquels je me renseigne ne
doivent rien savoir.

— *Para siempre.* Faites-moi confiance.

Je refermai mon téléphone mais restai là, dans cette
station-service, à méditer sur la facilité avec laquelle j'avais
retrouvé Angel Tomaso. Le fait d'avoir noté l'adresse de
Jack Eisley m'avait bien aidé, mais je m'étais contenté de
passer deux ou trois coups de fil. À croire que Bastilla et
Crimmens ne l'avaient pas vraiment cherché. J'avais eu à
peine plus de mal à dénicher Ivy Casik, et je me demandais
maintenant si Bastilla s'était seulement donné la peine

d'explorer cette piste-là. Elle m'avait superbement ignoré quand je lui avais posé la question.

Je me frayai un chemin à travers la Cahuenga Pass pour rallier Hollywood, remontai ensuite dans les collines en pente douce qui entourent le Hollywood Bowl et m'arrêtai devant chez Ivy Casik. Avec ses appartements aux issues calfeutrées, le petit immeuble était aussi calme que l'autre jour. Je sonnai puis frappai ; mes coups résonnèrent dans la cour silencieuse.

— Je peux vous aider ?

Un homme chauve taillé en poire s'avança dans la cour, un verre à cocktail à la main. Il flottait dans son bermuda et dans son maillot de corps. À en croire la petite plaque fixée à côté de sa porte, c'était le gardien.

— Je cherche Mlle Casik.

Il agita son verre. La cour déserte amplifia le tintement des glaçons.

— Elle n'est pas là. Vous n'y allez pas de main morte, vous. C'est pas la peine de frapper aussi fort.

Il fit à nouveau tinter ses glaçons.

— Excusez-moi. Je vais lui laisser un mot.

Je sortis une carte de visite et la plaquai contre le mur pour rédiger un message priant Ivy de me rappeler.

— C'est au même sujet que les flics ? Ils en ont fait du barouf, eux aussi.

Je cessai d'écrire pour le regarder. Il fit tinter sa glace et sirota une gorgée.

— Vous parlez de l'inspectrice Bastilla ?

— Elle m'a pas dit son nom.

Elle.

— À peu près grande comme ça, fis-je en levant une main. La quarantaine. Latina.

— C'est elle. Ce matin.

Nouvelle gorgée. Tintement.

— Vous savez s'ils lui ont parlé ?

— Ivy n'était pas là.

Il tendit la main vers ma carte.

— Si vous voulez, je lui donnerai.

195

— Merci quand même. Je vais la déposer dans sa boîte.

Après avoir glissé mon mot dans la boîte aux lettres d'Ivy, je redescendis des collines en slalom pour rentrer chez moi. Le trajet me parut long, sans doute parce que mes pensées se bousculaient sans que j'arrive à leur donner un sens.

Je garai ma voiture sous l'auvent, j'entrai par la cuisine et je bus une bouteille d'eau. C'était au moins la dix millième fois que je garais ma voiture sous cet auvent, que j'entrais par la cuisine et que je buvais la même bouteille d'eau. Le chat n'était pas là, mais je remplis sa gamelle comme je l'avais fait dix mille fois. Dix mille bolées d'eau fraîche. Un cadre rassurant.

Je me déchaussai et me déshabillai dans la cuisine, laissai mes vêtements dans la buanderie et montai à l'étage prendre une douche, comme chaque fois que je rentre chez moi après avoir approché un cadavre. Mon cadre était toujours en place, mais Angel Tomaso, lui, avait eu moins de chance. Son cadre se réduisait désormais à un événement unique que rien ne pourrait jamais effacer.

Je me lavai du mieux que je pus, enfilai des vêtements propres, redescendis – et trouvai Pike dans le salon. Il tenait le chat dans ses bras, comme un bébé. Le chat avait les yeux clos. Et les quatre fers en l'air, à croire qu'il était saoul.

— Je vais préparer le dîner, dis-je. Tu veux une bière ?

— Oui.

Je sortis deux bières du frigo, les déposai sur le bar et lui appris la mort d'Angel Tomaso.

— Les flics ont été prévenus par un coup de fil anonyme. Ils ont débarqué pendant que j'étais là-bas.

— Tu crois qu'on a voulu te piéger ?

— Ils ne pouvaient pas savoir que je venais de le retrouver. Ils ne pouvaient pas savoir que j'irais chez lui.

— Sauf s'ils avaient laissé quelqu'un en planque sur place.

Je bus une gorgée de bière avant de poursuivre mon récit.

— Ils m'ont cuisiné pendant deux heures, après quoi Marx m'a averti que si je ne laissais pas tomber il demanderait contre Lou des sanctions pour désobéissance. Il est capable de briser sa carrière.

— Il a menacé Poitras ?

— Oui. Tout ça parce qu'il m'a laissé entrer chez Byrd.

— Il a vraiment dit ça ?

— Oui.

Un coin de la bouche de Pike se contracta ; il s'accouda au bar.

— Qu'est-ce qu'il entend par laisser tomber ?

Je lui décrivis les relations de Marx avec le cabinet Leverage & Associés.

— Marx est intervenu en faveur de Leverage pendant l'enquête initiale sur le meurtre de Debra Repko. Il a dessaisi Darcy et Maddux plusieurs semaines avant la découverte du corps de Byrd, et ces mecs-là n'ont jamais su que Marx pouvait être impliqué. Par ailleurs, Darcy s'était procuré des images filmées par une caméra de surveillance la nuit du meurtre de Debra Repko dans le passage où a été retrouvé son corps. La SID n'ayant rien pu en tirer, il a eu l'idée de confier le DVD à son beau-frère, qui est dans la création d'images de synthèse. Sauf que, quand Byrd a été retrouvé, la cellule interservices a repris le DVD avant que le type ait pu finir son boulot dessus. Depuis, personne ne sait ce qu'est devenu ce disque.

— Tu penses que Marx se le garde sous le coude ?

— Je ne sais pas trop quoi penser. Si les images avaient montré Byrd en train de tuer Debra, Marx s'en serait servi. D'un autre côté, pourquoi les aurait-il fait disparaître si elles ne valaient rien ?

— Peut-être qu'elles montrent quelqu'un d'autre.

— Peut-être. Je n'en sais rien.

Pike trempa les lèvres dans sa bière.

— Il n'y a pas que Marx, Elvis. Il y a aussi la cellule. Quelqu'un aurait fini par parler. Ce genre de secret, ça ne se garde pas.

— Lindo m'a expliqué que cette cellule fonctionnait de façon exclusivement verticale. Le sommet de la hiérarchie – ce que Lindo appelle le premier cercle – était le seul à disposer d'une vision d'ensemble de l'enquête. Il paraît même que les gars de son équipe en rigolaient. Les secrets sont beaucoup plus faciles à garder quand les gens ne savent pas ce qui se passe.

— Qui était aux manettes ?

— Marx, assisté de Bastilla et d'un certain Munson. Lindo a entendu dire que Marx et Munson avaient travaillé ensemble.

Pike reposa le chat, qui lui glissa des bras comme une coulée de mélasse et se répandit à ses pieds.

— Si Marx fait de l'ombre à l'enquête, Bastilla et Munson sont sûrement dans le coup.

— Il est chef adjoint du LAPD, Joe. Il peut assurer leur carrière avant de prendre sa retraite.

Le chat finit par se relever. Après avoir contemplé Pike, il s'approcha de moi et se frotta vigoureusement à ma jambe. Je versai un peu de ma bière dans son bol à bière et le regardai laper.

— Tu comptes faire quoi ? demanda Pike.

— Creuser la piste Leverage. Tout ramène à Leverage et à Marx. Pendant ce temps, tu pourrais peut-être me dégotter quelque chose sur Munson et Bastilla. Les ripoux laissent des traces.

Pike grogna.

— Tu as prévenu Lou ?

Je vidai ma bière.

— Tu le connais. Si je le préviens, il s'empressera d'aller casser la gueule de Marx.

— Hum hum.

— Il faut absolument que je le laisse hors du coup, mais je ne peux pas non plus lâcher l'affaire maintenant.

Je le sondai du coin de l'œil, mais Pike était insondable.

— Tu comprends ce que je dis ?

— Je comprends.

— Si Marx est inquiet au point de prendre le risque de menacer Lou et si je réussis à découvrir ce qui l'inquiète, je le priverai de son pouvoir de nuisance.

Pike acquiesça.

— Tu crois que je ferais quand même mieux d'en parler à Lou ?

— Non.

— Pour le laisser décider par lui-même ?

— En lui parlant, tu te déchargerais de ta responsabilité et tu la lui collerais sur le dos. Mais ça, tu le sais déjà.

— Oui, je le sais. J'ai réfléchi.

— Tu vas devoir aller de l'avant. C'est ce qu'on fait toujours.

— C'est vrai.

Après avoir fixé un certain temps sur moi ses verres noirs, Pike me serra la peau du dos.

— Lou n'aimerait pas que tu en restes là. Ça te ferait baisser dans son estime.

Je hochai la tête. Ça fait parfois du bien de s'entendre dire certaines choses.

— Tu veux que je fasse quoi ? me demanda-t-il.

— Ce que tu es en train de faire.

Nous préparâmes le dîner en buvant d'autres bières et mangeâmes en silence devant un résumé de la journée sportive sur ESPN. Peu de temps après le départ de Pike, les coyotes se mirent à chanter.

J'étais sur le point de me coucher quand je repensai à Pat Kyle. L'agent d'Angel serait interrogé dès le lendemain. Il dirait presque à coup sûr aux flics que Pat lui avait demandé les coordonnées de Tomaso, et les flics iraient la trouver dans la foulée. Probablement Crimmens. Je n'avais aucune envie de l'appeler aussi tard pour la prévenir de ce qui lui pendait au nez, surtout que je savais que mon appel allait la mettre dans tous ses états et lui valoir une nuit merdique. Je n'en avais pas envie, mais je le fis. Il fallait qu'elle l'apprenne de ma bouche pour avoir une chance de se préparer. Pat Kyle était mon amie. Et les amis, on en prend soin.

25

L'idée de Joe selon laquelle quelqu'un aurait pu surveiller le studio de Tomaso souleva en moi une vague de paranoïa qui me maintint éveillé toute la nuit. Un opossum qui furetait sur ma terrasse se transforma en commando d'agresseurs. Le cliquetis étouffé de la chatière devint celui d'un tube de rouge à lèvres que quelqu'un ouvrait pour écrire JE T'AIMAIS. J'avais soigneusement verrouillé toutes les issues avant d'éteindre la lumière, mais je me relevai à deux reprises pour une ronde d'inspection au cas où j'aurais seulement rêvé que je fermais portes et fenêtres. J'effectuai ma seconde ronde armé de mon Dan Wesson et en me traitant continuellement d'imbécile. Je finis par me mettre la tête sous l'oreiller. La politique de l'autruche.

Le matin, Abbot Montoya me téléphona à huit heures vingt pour me dire que mon rendez-vous avec le conseiller Maldenado était arrangé. Maldenado me recevrait à dix heures et m'offrirait tout le soutien nécessaire. Frank Garcia avait fait ce qu'il fallait. À neuf heures moins le quart, alors que j'avalais des œufs brouillés au persil après m'être douché et habillé, quelqu'un sonna. La sonnerie s'éleva deux nouvelles fois en succession rapide avant que j'aie le temps d'atteindre la porte. Alan Levy n'avait jamais mis les pieds ni chez moi ni à l'agence. Nous nous étions vus six ou sept fois quand j'avais travaillé pour lui, mais jamais ailleurs qu'à son cabinet ou au tribunal.

— Alan ! En voilà une surprise.

Un flamboyant cabriolet Mercedes était stationné de l'autre côté de la rue, mais Alan était tout sauf flamboyant. Il semblait embarrassé et soucieux ; ses yeux de batracien clignaient à longueur de temps.

— J'espère que je ne vous dérange pas trop en passant vous voir à l'improviste. Je me suis dit que nous pourrions parler plus librement hors de mon cabinet.

De la part d'un avocat qui gagnait sa vie grâce aux conversations les plus secrètes qui soient, ces mots ne manquaient pas de sel.

Je m'effaçai pour le laisser entrer. Levy leva les yeux vers la mezzanine puis contempla le canyon à travers la baie vitrée. Le brouillard matinal emplissait ma maison d'une lumière laiteuse.

— Eh, c'est superbe. Vous êtes tranquille, ici.

— Qu'est-ce qui se passe, Alan ? Il va falloir que j'y aille, j'ai rendez-vous.

Il tourna le dos au panorama et mit ses mains dans ses poches comme s'il ne savait qu'en faire.

— Angel Tomaso a été assassiné, dit-il.

— Je sais.

— Je sais que vous le savez. La police vous a retrouvé sur les lieux du crime.

— Vous êtes ici en tant qu'avocat, Alan ? Ils vont m'inculper ?

— Non, pas du tout, mais…

Il réussit à avoir l'air penaud. C'était la première fois que je voyais Alan Levy penaud, mais il fronça soudain les sourcils.

— Tomaso a été *assassiné*. Quand on me parle d'un jeune homme embringué dans une relation amoureuse qui se termine en meurtre, je réponds qu'on voit ça tous les jours. Mais pas ce jeune homme-là. Pas à ce moment-là. Vous avez peut-être eu raison de penser qu'il ne fallait pas se contenter des photos retrouvées chez Byrd.

Les yeux globuleux clignèrent.

— Dites-moi ce qui se passe, Elvis.

— Marx travaille toujours sur ces homicides.

Surpris, Levy haussa les sourcils.

— Mais l'enquête est close. Marx a dissous la cellule.

— Il a maintenu sa garde rapprochée, ce qu'ils appellent son premier cercle. La cellule spéciale est peut-être officiellement dissoute, mais Marx n'en continue pas moins à soulever des pierres. Le problème, c'est que je ne sais pas trop si c'est pour trouver des preuves ou en cacher.

Je lui exposai les liens de Marx avec Leverage et la façon dont il était intervenu dans l'affaire Repko avant même que le corps de Byrd ait été découvert. Quand je lui décrivis le DVD filmé la nuit du meurtre de Debra Repko, Levy s'impatienta et me coupa la parole.

— Qu'est-ce qu'ils en ont fait ?

— Personne ne le sait. Marx l'a récupéré avant que le spécialiste des images de synthèse ait fini son travail. Il se peut qu'il l'ait envoyé au FBI, mais ce n'est qu'une supposition.

— Il est entre les mains du FBI ?

— Je l'ignore, Alan. Si ca se trouve, Marx s'en sert de marque-page. De toute façon, ce disque ne valait sans doute pas grand-chose, comme ils l'ont dit à la SID.

Levy m'invita à poursuivre et je le fis, pressé d'en finir pour pouvoir partir à mon rendez-vous avec Maldenado. Quand je lui parlai d'Ivy Casik, il se pencha en avant.

— Cette femme affirme que quelqu'un écrivait un livre sur Lionel Byrd ?

— Elle affirme que Byrd lui a dit que quelqu'un écrivait un livre sur lui. Il a peut-être tout inventé.

Après m'avoir dévisagé un certain temps, Levy sortit un carnet de sa poche intérieure.

— Est-elle crédible ?

— Elle sait que Byrd a été accusé du meurtre de Bennett et que Crimmens lui avait soutiré des aveux forcés pour bétonner son dossier.

— Les enquêteurs l'ont entendue ?

— Ils se sont présentés à son domicile, mais je ne sais pas s'ils lui ont parlé. Elle n'était toujours pas rentrée chez elle quand j'y suis retourné.

— Qui ça, Marx ?

— Bastilla.

Levy grogna et écrivit quelques mots.

— Bon. Je vais essayer de passer la voir, moi aussi. Dites-moi où c'est.

Il nota son nom, son adresse et des indications de trajet, puis tapota la tranche de son carnet avec son stylo.

— Voilà ce que je peux faire. Je vais demander une copie du dossier judiciaire de Byrd – pas seulement son casier, il va me falloir la liste intégrale de ses antécédents. Le procureur ne devrait pas s'y opposer, et si elle refuse, eh bien j'en connais d'autres qui seront moins regardants.

— Pourquoi le dossier de Byrd ?

— Imaginez qu'on retrouve au sein de la cellule interservices le nom d'un policier qui l'aurait arrêté dans le temps. Imaginez qu'un avocat ayant un jour assuré sa défense travaille aujourd'hui chez Leverage. On ne sait jamais ce qu'on va découvrir.

Je hochai la tête. L'artillerie lourde se mettait en branle.

— Je vais tâcher de comprendre ce que fricote Marx, reprit Levy. J'obtiendrai peut-être de l'intérieur des informations que nous n'avons pas découvertes à l'extérieur.

Nous. Je ne me donnai pas la peine de le corriger.

— Revenons une seconde à Tomaso, ajouta-t-il. Vous avez le nom de l'inspecteur chargé de l'enquête ?

— Crimmens, je pense.

— Ah.

Levy prit note en souriant puis releva les yeux sur moi.

— Ils ont des témoins ? Quelqu'un qui aurait décrit ou aperçu le meurtrier, ou peut-être un véhicule suspect ?

— Aucun témoin quand ils m'ont relâché. Ils étaient déjà en train de passer la scène au crible. Ils avaient l'air de ramer.

— Des indices ont-ils été découverts sur place ?

— Ils n'en ont pas parlé devant moi. Il faut vraiment que j'y aille, Alan.

Il rangea son carnet et repoussa sa chaise loin de la table.

— Je sais que vous êtes pressé, mais écoutez-moi : il faut que vous soyez prudent. Byrd était en possession de ces photos. C'est un fait indéniable. Et il ne les a pas ramassées dans la rue.

— On a déjà discuté de ça, il me semble.

— Certes, mais le cas de Tomaso m'oblige à revoir mon jugement. Même si Byrd n'a pas participé aux meurtres, ce n'est pas le cas de la personne qui lui a remis ces photos, et il y a eu contact entre les deux. Cette personne court toujours.

— Je sais.

— Vous ne voudriez tout de même pas finir comme Tomaso, si ?

— Je dois y aller, Alan.

— Si Byrd a eu des liens avec quelqu'un de chez Leverage, son dossier judiciaire nous le dira peut-être. En attendant, évitez Marx. Vous devriez faire profil bas quelque temps, Elvis. N'offrez pas à ces gens un prétexte pour vous arrêter.

— Ils auraient pu m'arrêter hier.

— Ils peuvent encore changer d'avis. Laissez-moi une chance de découvrir ce qu'ils font avant de vous attirer d'autres ennuis.

Je le raccompagnai à la porte et je le regardai marcher vers sa voiture. C'était une superbe voiture, et il me fit un petit signe de la main après être monté dedans.

— Salut, Alan. Bienvenue à bord.

Depuis son siège il se retourna vers moi et dit :

— Excusez-moi d'avoir douté de votre instinct.

Je le regardai partir en souriant.

26

Le conseil municipal de Los Angeles avait son siège sur Spring Street, dans le centre de la ville, mais chacun de ses membres disposait également d'un bureau dans sa circonscription d'origine. L'antenne de Maldenado se trouvait à l'étage d'une galerie commerciale sur deux niveaux dans un quartier dont la plupart des enseignes étaient en espagnol ou en coréen, à bonne distance des regards indiscrets qui traquaient tout ce qui se passait dans le centre. Le conseiller était installé juste au-dessus d'un club de fitness. Les nanas qui y entraient étaient uniformément belles, mais ça n'avait sans doute rien à voir avec son choix.

Après m'être garé en sous-sol, je montai au premier et poussai la porte de l'accueil. La réceptionniste était en train de parler en espagnol à un couple âgé tandis que deux hommes en costume patientaient sur une banquette, l'un rédigeant un texto et l'autre lisant je ne sais quel document. Les photographies exposées au-dessus d'eux et derrière la réceptionniste montraient Maldenado posant au milieu d'équipes de base-ball enfantines ou en compagnie de stars des Dodgers, des Lakers et des Clippers, ainsi qu'avec un certain nombre de politiciens. D'après mes calculs, Maldenado avait rencontré trois gouverneurs de Californie et quatre présidents des États-Unis. La seule personne qui apparaissait plus d'une fois à ses côtés était Frank Garcia.

— Puis-je vous aider, monsieur ? s'enquit la réceptionniste.

Le couple âgé était allé s'asseoir.

— Elvis Cole. J'ai rendez-vous avec M. Maldenado. À dix heures.

— Certainement. Ils vous attendent.

Elle me fit immédiatement passer de l'autre côté du comptoir et m'introduisit dans le bureau de Maldenado. Elle ne se donna la peine ni de frapper, ni même de m'annoncer. Elle ouvrit la porte, me laissa passer et referma derrière moi.

Avant d'entrer en politique, Henry Maldenado avait été vendeur de voitures et de camions d'occasion, un bon vendeur. Son bureau était vaste et joliment aménagé, avec une collection de modèles réduits de grands classiques de la marque Chevrolet qui reflétait sa passion des automobiles. Maldenado était un petit homme d'une cinquantaine d'années au crâne dégarni, mais son jean, sa chemise à manches courtes ouverte au col et ses santiags le rajeunissaient. Un bureau digne d'un président de banque trônait au fond de la pièce, entre une baie vitrée donnant sur la rue et un canapé. Il le contourna en me tendant la main avec un sourire charmeur et naturel. Un autre homme était assis sur le canapé.

— Content de vous revoir, monsieur Cole, dit Maldenado. Au cas où je ne l'aurais pas encore fait, permettez-moi de vous remercier personnellement pour l'aide que vous avez apportée à Frank dans le passé. C'est un de mes amis les plus chers.

— Je n'en doute pas. Merci de m'accorder un peu de votre temps, monsieur.

Le second homme n'avait rien à voir avec Maldenado. Assez maigre, il avait des traits flasques et des cheveux gris fer. Sa veste en toile et son pantalon étaient aussi peu assortis que des vêtements d'occasion sur un portant de friperie. Je lui donnai pas loin de soixante-dix ans, mais peut-être était-il encore plus vieux. Il ne se leva pas et ne fit rien pour me saluer.

Maldenado tendit la main vers lui tout en m'accompagnant vers une chaise placée face à son bureau.

— Voici un autre ami proche : Felix Dowling, mon conseiller. Felix exerce ses talents dans les coulisses de notre

206

bonne ville depuis plus longtemps que nous n'avons envie de l'admettre, n'est-ce pas, Felix ?

Maldenado rit, mais Felix se contenta d'acquiescer poliment.

Maldenado remonta légèrement sa jambe de pantalon et posa une fesse sur l'angle de son bureau, un pied au sol et l'autre en suspens face à moi.

— Bon, Abbot me dit que vous vous posez des questions sur mes amis du cabinet Leverage. Ils jouissent d'une excellente réputation. Ils sont dans le circuit depuis de nombreuses années. Une très bonne boîte, vraiment.

— C'est toujours bon à entendre. J'espère que vous allez pouvoir éclairer ma lanterne à leur sujet.

— Ma foi, pour être franc, je ne sais pas grand-chose d'eux, mais Felix, ici présent, eh bien, notre cher Felix sait à peu près tout sur tout le monde dans cette ville, c'est pour ça que je l'ai fait venir. En voilà un qui sait où les cadavres sont enterrés, croyez-moi !

Maldenado s'esclaffa de plus belle, sans mieux réussir que la première fois à dérider Felix, qui lâcha :

— Si vous alliez vous resservir un petit café, Henry ?

Maldenado chercha des yeux sa tasse et fit mine de s'étonner qu'elle soit vide.

— Ah, oui, bonne idée. J'en ai pour une seconde ! Surtout ne m'attendez pas pour commencer.

Maldenado sortit et referma la porte derrière lui. Je me tournai vers Dowling : il était en train de me jauger du regard. Le bureau avait brusquement changé d'ambiance après le départ du conseiller municipal, comme s'il appartenait maintenant à Dowling, ou peut-être comme s'il lui appartenait depuis toujours. Je le laissai se rincer l'œil.

— Bon. C'est vous qui avez eu l'enculé qui a tué la fille de Frank.

— Mon associé et moi. Je n'étais pas seul.

— C'était un ange. Je l'ai rencontrée deux ou trois fois.

Je hochai la tête sans esquiver son regard.

— OK, dit-il. Qu'est-ce qui se passe ?

— J'ai l'impression que le cabinet Leverage & Associés pourrait chercher à entraver une enquête criminelle ou à en détourner les conclusions. Ils en sont capables ?

Il haussa les épaules, pas plus perturbé que si je lui avais demandé s'ils faisaient de l'expertise comptable.

— S'ils en sont capables ? Au vu de mon expérience, n'importe qui est capable d'à peu près n'importe quoi. Si vous me demandez s'ils ont déjà fait ce genre de chose, la réponse est non. Je n'ai jamais entendu dire qu'ils soient allés jusqu'à employer des procédés aussi extrêmes. Certains de leurs clients ont eu quelques casseroles aux fesses, c'est sûr, mais jamais à ce point-là.

Il se tut, prêt pour la question suivante.

— Vous savez qui sont leurs clients ?

— Bien sûr. Cinq ou six membres du conseil de la ville, deux présidents de commission, rien que du beau linge. À l'heure qu'il est, je dirais qu'ils en ont quatorze en exercice, et une bonne trentaine de candidats.

— Vous pourriez me donner des informations sur ces personnes ?

— Oui. Il vous faut la liste complète ?

— Oui, monsieur.

— Vous l'aurez. Quoi d'autre ?

La porte se rouvrit. Maldenado fit un demi-pas dans la pièce, puis s'arrêta net au moment où Dowling et moi lui jetions un coup d'œil. Il ressortit en fermant.

— Ne faites pas attention à lui, me dit Dowling. Quoi d'autre ?

— Le nom de Debra Repko vous dit quelque chose ?

— Non.

— Elle était « première année » chez Leverage. C'est une période de formation pendant laquelle...

— Je sais ce que c'est.

— Elle a travaillé avec plusieurs clients. Peut-être même avec beaucoup. Vous pourriez m'obtenir leurs noms ?

— Ça, je ne peux pas vous le promettre. Je devrais pouvoir en retrouver quelques-uns, c'est sûr, mais il va falloir que je me renseigne. Elle baisait avec l'un d'eux ?

— Debra a été assassinée il y a près de deux mois. Au cours de l'enquête initiale, Leverage a refusé de communiquer la liste de ses clients aux inspecteurs qui voulaient les entendre. Le cabinet a même fait appel à un chef adjoint du LAPD pour les calmer. Un certain Marx.

Dowling parut enfin intéressé.

— Thomas Marx ?

— Vous le connaissez ?

— Pas personnellement, mais je sais qu'il veut se lancer dans la politique. Comme beaucoup de ces mecs-là. Il a eu quelques conversations.

— On est au-delà du stade des conversations. Il a signé chez Leverage.

Dowling eut l'air surpris.

— Marx est chez Leverage ?

— Ils pensent pouvoir lui obtenir une place au conseil.

Dowling continua de me fixer d'un air surpris, puis aboya d'un seul coup un éclat de rire cassant.

— Évidemment. Wilts est chez Leverage.

Casey Stokes m'avait expliqué que Wilts pensait avoir décelé chez Marx des qualités suffisantes pour se faire élire. Constatant que Dowling semblait être du même avis, je hochai la tête.

— C'est ça. On m'a dit que Wilts soutenait sa candidature.

Dowling reproduisit le même aboiement.

— Tu m'étonnes. Marx est son ange gardien. Comment croyez-vous qu'il soit monté si haut dans la maison de verre ?

La maison de verre était le surnom de Parker Center.

— Marx a couvert Wilts pendant des années, pendant que Wilts protégeait Marx. J'imagine que ça continue. C'est sûrement Wilts qui le leur a amené.

Wilts était présent à la conférence de presse de Marx, mais j'avais déjà vu Wilts à des dizaines de conférences de presse et ça ne m'avait donc pas surpris. Je ne m'étais jamais douté que leurs relations puissent être aussi profondes, ni aussi anciennes, et une tension sourde m'envahit peu à peu.

Le dernier événement de la vie de Debra Repko avait été un banquet en l'honneur de Nobel Wilts.

— De quoi Wilts avait-il besoin d'être couvert ?

— En ce temps-là, il buvait comme un trou. Des cuites à tomber ivre mort. Il se faisait régulièrement contrôler en bagnole, quand il ne finissait pas dans le décor. Il a plusieurs fois dérapé avec des nanas. Et ainsi de suite. Il passait un coup de fil à Marx, et Marx faisait en sorte que la procédure n'aille pas plus loin. Il l'a toujours couvert.

— Et Wilts lui a renvoyé l'ascenseur ?

— Leverage n'aurait jamais misé sur un tocard comme Marx s'il n'avait pas eu un gros atout dans son jeu. À mon avis, Wilts leur a présenté Marx comme étant son poulain. Il doit penser à raccrocher.

— Aussi simple que ça ? Wilts dit qu'il veut Marx, et Leverage le prend sous son aile ?

— En tout cas, Leverage n'a pas pris Marx pour ses beaux yeux. Ces lancements-là coûtent la peau des fesses.

— Qui paie la note ? Wilts ?

Dowling chassa d'une chiquenaude une poussière imaginaire.

— Non, il a plutôt dû faire pression sur ses soutiens pour qu'ils s'en chargent. Comme un placement à terme, dont ils récolteront les dividendes plus tard. La politique ressemble au pays d'Oz, sauf qu'on ne voit jamais le magicien planqué derrière le rideau.

— Il y aurait moyen de vérifier ça ?

Dowling réfléchit un instant puis consulta sa montre.

— Il faudra que je vous rappelle. Autre chose ? Henry a une grosse journée.

Je repensai à ce qu'il venait de me dire et à tout ce qui s'ensuivait. Marx n'était plus seulement un flic ayant bâclé une enquête pour s'offrir un coup de pub : c'était un ripou. Je me demandai combien de crimes il avait couvert et si Wilts était le seul bénéficiaire de son parapluie.

— Encore une chose, monsieur Dowling. Marx et Wilts se connaissent depuis combien de temps ?

— Ça doit bien faire quinze ou vingt ans. Sûrement quinze. Je peux même vous dire comment ils se sont rencontrés. Je l'ai appris de quelqu'un qui a participé à la scène. Quand on fait mon métier, on entend beaucoup de choses et on essaie d'en tirer les leçons.

Il n'attendit pas que je l'invite à continuer.

— Wilts n'était encore que chef de service, c'était avant sa première candidature au conseil. Un soir, il s'est pris une biture au Lenny Brannigan's, mais ça ne l'a pas empêché de reprendre le volant. Il n'a pas fait huit cents mètres. Il a arraché les rétros de plusieurs bagnoles en stationnement avant d'échouer sur le trottoir. Quand il est revenu à lui, il devait être dans les trois heures du mat, Marx était en train d'essuyer le sang de son visage. Marx n'était même pas en service cette nuit-là, il passait juste dans le coin, et c'est comme ça que tout a commencé. Marx a déposé Wilts chez lui et il a emmené sa bagnole à Glendale, chez un garagiste qui bosse vite quand on le paie cash. Moi aussi il m'est arrivé d'avoir recours à ses services. Vous savez de qui je tiens cette histoire ?

Je secouai la tête.

— De Wilts. Wilts m'a dit peu après que si j'avais besoin d'un mec de confiance, je pouvais appeler Marx. Il l'a pris sous son aile dès cette époque, et il était persuadé que je ferais appel à lui.

— Vous l'avez fait ?

Dowling sourit.

— J'ai mes propres anges gardiens.

Il regarda sa montre.

— Autre chose ?

— Non, monsieur Dowling. Je crois que c'est tout.

— D'accord. Quand vous reverrez Frank, dites-lui que Chip Dowling le salue bien.

— Bien sûr. Comptez sur moi.

Une question me traversa l'esprit au moment où j'arrivais à la porte.

— Une dernière chose...

Il hocha la tête.

— Quel est le pire crime que Marx ait couvert ?

— Aucune idée. Je ne connais que ceux dont j'ai entendu parler.

Je m'éclipsai.

27

Assis dans ma voiture au sous-sol du centre commercial, je regardais sans les voir les femmes qui allaient et venaient. La chaleur était suffocante. Elle dégringolait du ciel, rebondissait dans le parking et cuisait ma voiture, qui devenait un four. Elle venait de partout et augmentait inexorablement, mais je ne bougeais pas d'un millimètre. Je n'aimais pas ce que je venais d'apprendre de Dowling, et encore moins ce que ses informations me donnaient à penser.

L'enveloppe en papier kraft contenant les différents articles et rapports que j'avais réunis était sur la banquette arrière. Je feuilletai les documents jusqu'à trouver celui qui m'intéressait, et je le relus.

Marx avait été chargé d'enquêter sur le meurtre de la première victime, Sondra Frostokovic, presque sept ans plus tôt. Le corps de la jeune femme, présentée comme responsable d'un service de la municipalité, avait été découvert par des ouvriers dans un bâtiment en travaux de Temple Street, à quatre blocs à peine de l'immeuble administratif où elle exerçait ses fonctions. Âgée de vingt-quatre ans, elle avait été étranglée avec du fil électrique. Lindo m'avait fait remarquer sur le Polaroïd de l'album des mortes les gouttes de sang qui avaient coulé de son nez. Ces trois gouttes qui, par rapport aux photos de la scène de crime réalisées par les services du coroner, prouvaient que ce Polaroïd avait été pris quelques secondes après son décès. Quand je fermai les yeux, l'image s'anima et la flaque rouge se remit à grossir.

Le bref article ne donnait pas le moindre renseignement d'ordre personnel sur Sondra. Aucun parent, aucun conjoint, aucun enfant n'était évoqué, pas plus que son lieu de naissance ou son parcours scolaire. Le papier s'achevait sur un appel de Marx, qui priait toute personne ayant la moindre information sur le crime de se faire connaître au plus tôt. Il avait vraisemblablement travaillé sur ce dossier en binôme, mais le seul inspecteur cité était le sergent Thomas Marx, de la brigade criminelle du Central.

Entre le grade de sergent et celui de chef adjoint du LAPD, la route était longue, pourtant Marx l'avait parcourue en sept ans à peine.

J'appelai les renseignements et demandai au nom de Frostokovic une recherche étendue à toute l'agglomération. Cela prit un certain temps à l'opératrice, mais elle finit par m'en sortir cinq : deux prénoms masculins, un féminin, et deux en initiale. J'avais de la chance que Sondra ne se soit pas appelée Jones ou Hernandez.

Je commençai par Edward Frostokovic, mais n'obtins aucune réponse, pas même un répondeur.

Mon deuxième appel fut pour Grady Frostokovic. Il répondit à la quatrième sonnerie, d'une voix jeune et affable. Je me présentai et lui demandai s'il connaissait ou s'il avait un lien de parenté quelconque avec une certaine Sondra Frostokovic.

— Celle qui a été assassinée ?

— Oui. Désolé de vous importuner avec ça.

— Oh, ne vous inquiétez pas, je la connaissais à peine. Et ils ont chopé le mec. Ils ont mis le temps, mais ils l'ont eu. C'est cool, hein ?

— Je m'intéresse à l'enquête initiale, celle qui a été menée à l'époque du meurtre. Vous pensez pouvoir m'aider ?

— Euh, je le ferais si je le pouvais, mais ce n'était que ma cousine, vous savez. Notre famille n'est pas la plus unie qui soit.

— Sondra était de L.A. ?

— Ouais. Ils habitaient à Reseda.

— Elle a encore de la famille ici ?

— Tante Ida. Oncle Ronnie est mort, mais sa mère, c'est ma tante Ida. Vous devriez lui passer un coup de fil.

Je jetai un coup d'œil à ma liste.

— I. L. Frostokovic, c'est ça ?

— Ouais, c'est ça. Elle est sympa comme tout. Ma mère la déteste, mais elle est vraiment sympa.

Grady avait raison. Ida était sympa. Je lui expliquai que je travaillais pour la famille de la septième et dernière victime du tueur, Debra Repko, et je lui demandai si elle était d'accord pour me parler de sa fille. Cinq minutes plus tard, je roulais vers Reseda.

28

Ida Frostokovic vivait dans une petite maison de lotissement au centre de la vallée de San Fernando, sur la rive nord de la Los Angeles River – un secteur de la ville où il faisait sept ou huit degrés de plus que dans la plaine côtière. Quand elle était enfant, des orangeraies tapissaient à perte de vue le sol de la vallée avec une sorte de perfection zen – des rangs identiques d'arbres identiques, plantés à intervalles réguliers ; des enfilades à n'en plus finir de petits nuages bas et verts piquetés de boules orange qui fleuraient bon le soleil. Elle avait conservé le souvenir de ce temps-là et repensait souvent aux orangers, mais pendant le boom consécutif à la Seconde Guerre mondiale les plantations avaient été rasées au bulldozer et les orangers remplacés par des enfilades à n'en plus finir de petits logements bas de gamme. La plupart de ces maisons avaient à peu près la même taille et la même forme que les milliers d'autres qui tapissaient le sol de la vallée, mais aucune d'elles ne fleurait bon le soleil.

Ida avait sans doute cessé d'entretenir la sienne lorsqu'elle avait perdu sa fille et son mari. Avec sa toiture composite, sa peinture écaillée et son jardinet miteux, la maisonnette en stuc donnait de sérieux signes d'épuisement. Un oranger solitaire rescapé des plantations originelles se dressait devant la façade comme pour rappeler qu'il y avait eu des temps meilleurs. Par-dessus le toit on en apercevait deux autres, dont la cime dépassait et qui devaient être plantés dans le jardin de derrière. Avant de me garer, je fis deux fois le tour du pâté de maisons – au cas où quelqu'un aurait surveillé les lieux – mais je ne vis personne. Parano.

J'étais en train de remonter l'allée quand la porte s'ouvrit. Ida m'attendait.

— Monsieur Cole ?

— Oui, madame.

— Entrez, venez vous mettre au frais.

Ida Frostokovic était une dame trapue, de forte constitution, au visage joufflu et aux mains nerveuses. Comme chez les Repko, je constatai dès mon entrée qu'elle s'était constitué un sanctuaire à la mémoire de sa fille. Sur le mur au-dessus de la télévison trônait un immense portrait de Sondra entouré de photos plus petites ; et beaucoup d'autres étaient posées sur la desserte voisine. Ces images visant à reconstituer la vie de Sondra de sa naissance à son décès occupaient toute la pièce. J'avais vu des sanctuaires similaires à mon retour de la guerre du Vietnam, quand j'étais allé rendre visite aux parents de mes camarades morts. Un mari, une épouse pouvaient disparaître sans qu'il soit possible d'en percevoir la moindre trace, mais la perte d'un enfant ouvrait toujours un vide tellement béant qu'il fallait à tout prix le combler à l'aide de souvenirs.

— Vous dites que les Repko se posent des questions sur l'enquête initiale ?

— Ils ne comprennent pas pourquoi il a fallu si longtemps pour prendre cet homme.

Elle s'enfonça dans un fauteuil inclinable et joignit ses mains tout en les tordant sans cesse.

— Oh, je comprends ça, croyez-moi, et je ne peux pas leur en vouloir. Si la police avait attrapé ce fou furieux avant, leur fille serait encore en vie.

— C'est un peu ça, oui. Êtes-vous satisfaite de la façon dont l'enquête a été menée en ce qui concerne Sondra ?

— Ha ! Ça fait sept ans, et ils n'auraient toujours rien trouvé si ce monstre ne s'était pas brûlé la cervelle. Ça vous donne une idée de mon degré de satisfaction ?

— Qui vous a appris qu'il avait été retrouvé à Laurel Canyon ?

— Une inspectrice, Bastilla. Elle m'a avertie que les médias risquaient de venir, mais il ne s'est rien passé. Personne n'est venu. J'imagine que ça remonte trop loin, et puis il y en a eu tellement d'autres depuis...

— Je reviendrai sur la police dans un instant, mais permettez-moi de vous demander d'abord si le nom de Leverage & Associés vous évoque quelque chose.

— Je ne crois pas, non. Qu'est-ce que c'est ?

— Un cabinet de conseil en stratégie politique du centre de L.A. Debra Repko y travaillait.

— Ah. Hum hum.

Elle hocha la tête sans comprendre ; elle ne voyait visiblement pas le rapport.

— Sondra et Debra avaient beaucoup de points communs, continuai-je. Surtout par rapport aux cinq autres. Elles étaient toutes les deux diplômées de l'enseignement supérieur. Elles travaillaient toutes les deux dans le centre, dans des domaines liés au pouvoir municipal. Sondra s'intéressait à la politique ?

— Pas ma Sondra, non. Elle était expert-comptable à la commission budgétaire. Elle se décrivait elle-même comme une bureaucrate tatillonne.

— Lui arrivait-il d'assister à des événements politiques comme des soirées de collecte de fonds ?

— Seigneur, non ! Elle détestait ce genre de raout. C'est ce que faisait la petite Repko ?

— Elle a participé à un banquet politique le soir de sa mort.

— Sondie était sortie avec ses copines. Au moins, elle aura pris un peu de bon temps.

— Vous vous rappelez de quelle façon les policiers ont abordé l'enquête ?

— Au mot près. Quand je me couche le soir, tout me revient à la figure. Je les revois assis ici, exactement où vous êtes.

— L'inspecteur responsable était le chef adjoint Marx ?

— Au début, mais il n'est pas resté. Ensuite, ç'a été... euh, je crois que c'était l'inspecteur Petievic. Un Serbe, c'est

218

pour ça que je m'en souviens. Ronnie était très content de voir un Serbe prendre le relais. Frostokovic est un nom serbe.

— Combien de temps Marx a-t-il dirigé l'enquête ?

— Quatre ou cinq semaines, pas plus, et puis il a disparu de la circulation. Il avait reçu une promotion, à ce qu'on nous a dit.

— Au bout de quatre ou cinq semaines.

— Ronnie était fou de rage, mais il s'est vite calmé. Vu que Marx et l'autre n'avaient arrêté personne, on s'est dit que les nouveaux obtiendraient peut-être de meilleurs résultats.

— Comment s'appelait le partenaire de Marx ?

— Laissez-moi réfléchir.

Elle leva les yeux au plafond, fouillant dans sa mémoire.

— L'inspecteur Munson. Il ne disait presque rien. Ronnie l'avait surnommé le Zombie. Ronnie donnait toujours des surnoms aux gens.

Je m'efforçai de ne rien laisser transparaître.

— Et ce Munson est resté en place quand Petievic a pris le relais ?

— Un certain temps, et il s'en est allé aussi. Ils ont tous fini par s'en aller.

— Mais ce sont bien Marx et Munson qui ont ouvert l'enquête initiale ?

— Le jour où ils l'ont retrouvée. Ils se sont assis exactement là où vous êtes.

— Ils avaient un suspect ?

— Oh, non. Ce jour-là, ils nous ont demandé si *nous*, on savait qui c'était. Je les reverrai toujours nous demander ça – si on savait. Ronnie a failli passer à travers le plafond. Il leur a répondu que, s'il avait su que quelqu'un voulait tuer Sondie, il lui aurait fait la peau avant que ça n'arrive.

— Et vous, vous suspectiez quelqu'un ?

— Euh, non. Pourquoi on aurait suspecté quelqu'un ?

— Sondra aurait pu vous dire quelque chose.

Ses mains nerveuses s'accrochaient l'une à l'autre en un geste pathétique, comme si elles avaient besoin de se tenir compagnie.

— Non, rien du tout. On était sous le choc. On aurait dit qu'une vague nous avait balayés. On s'est dit que ça devait être une erreur.

— Ils ont posé beaucoup de questions ?

— Ils sont restés des heures. Ils voulaient savoir si Sondra avait un petit ami, si elle s'était plainte de quelqu'un, ce genre de chose. Sondie était sortie ce soir-là avec ses amies du travail, et les inspecteurs ont dit qu'ils devaient leur parler. Il a fallu qu'on retrouve leur nom et leur numéro. Et ainsi de suite, tout était comme ça.

Elle sourit tout à coup, et une bouffée d'énergie vitale sembla illuminer ses traits.

— Vous voulez voir ?

— Quoi donc ?

— Ses amies. Tenez, elles ont posé ensemble.

Elle s'arracha à son fauteuil inclinable et me fit signe d'approcher de la desserte.

— C'est Carrie qui nous l'a apportée. Ronnie appelait cette photo « la Cène ». Il pleurait comme un gosse chaque fois qu'il la regardait, mais ensuite il disait « la Cène » et ça le faisait rire.

Ida cueillit un petit cadre dans la forêt d'images qui se bousculaient sur la desserte et me le mit entre les mains.

— Elle a été prise au bureau ce jour-là. Sondie est la deuxième à droite, et là c'est Carrie, Lisa et Ellen. Elles adoraient faire les clowns et s'amuser ensemble. Elles sont allées dîner toutes les quatre ce soir-là après le travail.

— Ses amies du travail, murmurai-je, incapable de détacher mon regard de la photo.

— Les filles seulement, pas les messieurs.

Les quatre jeunes femmes posaient debout, épaule contre épaule, arborant un sourire étudié, professionnel. Elles se trouvaient dans ce qui ressemblait à un bureau de l'administration municipale, mais il n'y avait pas qu'elles sur l'image. Deux hommes les encadraient – un Noir d'un certain âge à gauche, et le conseiller Nobel Wilts à droite. Wilts se tenait à côté de Sondra et donnait l'impression de lui toucher le dos.

Ida tapota le visage du Noir.

— Ça, c'est M. Owen, le directeur de Sondie. Et là, le conseiller Wilts. Il a été très gentil avec elle. Il lui a dit qu'elle avait beaucoup d'avenir.

Je fixais cette photo comme si j'étais en train de tomber dedans.

— Je croyais que son travail n'était pas politique.

— Non, il ne l'était pas, mais elles participaient à la préparation du budget, vous comprenez. Le conseiller Wilts était passé voir quelqu'un, et il a pris le temps de venir les féliciter pour leur excellent travail. C'était vraiment gentil de sa part, non ?

Je hochai la tête.

— Elles lui ont fait forte impression, surtout Sondie. Il s'est même souvenu de son prénom ce soir-là.

Je lui rendis le cadre, et Mme Frostokovic le replaça sur la desserte. Pile dans sa trace de poussière.

— Elle l'a revu le soir même ?

— Au dîner.

— Sondie et Wilts ont dîné ensemble.

— Sondie a dîné avec ses amies. Elles ont croisé le conseiller au restaurant, et il a de nouveau été très gentil avec elles. Il leur a dit qu'il était enchanté d'avoir fait leur connaissance, et il se rappelait le prénom de Sondie. Je vote toujours pour lui depuis.

— Quand Carrie vous a-t-elle donné cette photo ?

— Ça devait être environ un an après. Elle l'a retrouvée un jour dans ses affaires et elle s'est dit que ça nous ferait peut-être plaisir.

— Marx et Munson l'ont vue ?

— Ils avaient lâché l'enquête depuis longtemps.

En observant cette photo de Carrie dans la petite forêt de cadres sur la desserte, je remarquai quelques traces de poussière entrecroisées, signe qu'elle avait été déplacée plus d'une fois.

— Vous l'avez montrée à Bastilla quand elle est venue vous voir ?

Son sourire s'élargit.

— Elle trouvait Sondie tellement jolie qu'elle m'a demandé si elle pouvait la prendre, mais j'ai dit non.

Je pris la main d'Ida et la serrai doucement.

— Vous avez bien fait, Ida. C'est une bonne photo. Prenez-en soin.

29

Le service de jour se terminait à quinze heures. Les agents en uniforme pointaient assez ponctuellement au début et à la fin de leur temps de travail, mais les inspecteurs de la criminelle avaient des horaires nettement plus variables. Ils ne pouvaient entendre les citoyens qu'aux heures où ceux-ci avaient le temps de leur répondre ; les transferts de dossiers ou de pièces à conviction leur imposaient souvent d'interminables trajets dans les embouteillages et il fallait encore qu'ils saisissent et classent leurs rapports, procès-verbaux et notes diverses avant de rentrer chez eux.

Je devais retrouver Starkey à la fin de son service à un bloc du commissariat de Hollywood, et en l'attendant dans ma voiture je passai un coup de fil à Alan Levy. J'avais envie de savoir s'il avait découvert quelque chose sur Marx grâce à ses sources internes, et aussi comment Bastilla s'était occupée d'Ivy Casik.

Ce fut son assistant qui me répondit.

— Désolé, monsieur Cole. Alan est absent pour la journée.

— Je sais. On s'est vus ce matin. Vous pourriez me dire s'il a vu Ivy Casik ?

— Non, monsieur, je ne suis pas au courant. Souhaitez-vous lui laisser un message ? Il devrait repasser tout à l'heure.

— Oui. Demandez-lui de me rappeler. Dites-lui que j'ai quelques infos sur la cellule spéciale.

Je lui donnai mon numéro et raccrochai.

Starkey émergea du commissariat à seize heures dix et mit le cap au sud en me cherchant du regard. Elle portait un tailleur-pantalon bleu nuit, des lunettes en écaille, et des volutes de fumée s'élevaient de son visage. Un sac noir était jeté sur son épaule droite. Quand elle me vit, je levai une main. Elle jeta sa cigarette sur le bitume, ouvrit la portière de ma Corvette et s'affala côté passager.

— C'est pour un plan drague ?

— J'ai besoin de vous parler de quelque chose.

Je fis demi-tour et repartis à l'opposé du commissariat.

— Je vais faire comme si c'était un plan drague, reprit-elle, ça me fera du bien. Vous venez me chercher, vous me faites monter dans votre caisse et vous m'emmenez dans un bistrot sympa. Vous voyez ?

Je ne répondis pas. Je cherchais comment lui demander ce que j'étais venu lui demander. Ça risquait de la mettre dans une situation délicate, mais je ne voyais pas d'autre solution.

Mon silence arracha à Starkey un soupir mélodramatique.

— J'ai connu mieux, comme baratin de dragueur, mais bon, j'imagine qu'il faut que je me contente de ce qu'on me donne.

— Lindo m'a dit que les dossiers de la cellule interservices étaient sous clé dans la salle des scellés de Spring Street. C'est un endroit que vous connaissez bien.

— Et ?

— Vous savez de quelle salle il s'agit ?

Elle me jeta un regard noir.

— Ils ont vidé les lieux. Leurs dossiers doivent être partis aux archives.

— Pas du tout. Bastilla et Munson continuent à aller là-bas. Lindo les a vus.

Elle m'observait toujours, méfiante et mal à l'aise.

— Qu'est-ce que vous me demandez, au juste, Cole ?

— Je vous demande si vous savez où sont ces dossiers.

— Toutes les cellules spéciales qui passent par Spring Street les rangent au même endroit – et ce n'est pas une *salle*, Cole, c'est un putain de placard. Bien sûr que je sais où c'est. J'ai passé trois ans là-bas.

— Vous pourriez m'expliquer où ça se trouve ?

— Quoi, le placard ?

— Oui. J'aimerais y jeter un œil.

— Vous êtes con ou quoi ?

— Il faut que je voie ce qu'ils cachent.

Elle leva les mains.

— Vous êtes sérieux, Cole ? Vous me dites que vous voulez vous introduire sans autorisation dans les locaux du LAPD pour consulter illégalement des dossiers sous scellés ? Vous me demandez vraiment de vous aider à faire ça ?

— Je ne vois personne d'autre à qui m'adresser.

— C'est un bâtiment de la police, abruti. Ça grouille d'uniformes.

— Il faut que j'essaie.

— Vous êtes au-delà de la débilité, Cole. Il n'y a pas de mot pour vous décrire. Laissez tomber. Vous faites vraiment chier...

Un bloc plus loin, je m'arrêtai sur un parking où un groupe d'ados faisait le siège d'un vendeur ambulant de falafels. Je me garai derrière le stand mais laissai le moteur en marche. Une forte odeur de cumin et d'huile bouillante nous enveloppa.

— Je me rends compte de ce que je vous demande, mais je suis obligé de laisser Lou en dehors du coup pour le moment, et je ne veux pas en parler à Lindo. Je crois que Marx, Bastilla et Munson n'essaient pas vraiment de retrouver l'assassin des sept femmes. Je crois qu'ils savent qui c'est, ou en tout cas qu'ils ont des soupçons, et qu'ils cherchent à le protéger.

L'expression de Starkey s'était radoucie. Le pli vertical qui séparait ses sourcils avait disparu, mais elle secoua soudain la tête.

— Marx est peut-être con, Elvis, mais c'est aussi un des dix chefs adjoints du LAPD. Quant à Munson et Bastilla, ce sont des superflics.

— On dirait qu'ils protègent Nobel Wilts.

Le bout de sa langue glissa sur ses lèvres.

— Le conseiller municipal. Le *conseiller* Wilts ?

— Oui.

— Vous êtes en train de me dire que vous pensez que ces sept nanas ont été assassinées par un conseiller municipal de Los Angeles ? C'est ce que vous êtes en train de me dire ou je suis complètement à la masse ?

— Je n'en sais rien. Je ne vous dis pas que Wilts les a tuées parce que je ne le sais pas. J'ai enquêté sur Marx, pas sur lui, mais on ne peut pas éliminer Wilts au seul motif qu'il a l'air normal. Les psychopathes ont souvent l'air normaux.

— Merci, Cole, je suis au courant. J'ai analysé pas mal de détraqués au déminage. Les gens haut placés sont aussi pervers que les autres – c'est juste qu'ils le cachent mieux. Bon, vous avez quoi ?

Je lui décrivis la longue histoire de la connivence entre Marx et Wilts, le premier ayant au moins deux fois couvert le second dans des affaires de harcèlement sexuel. Je lui répétai tout ce qu'Ida Frostokovic m'avait dit sur la rencontre de Wilts et de sa fille le soir du meurtre de celle-ci, en précisant que c'étaient comme par hasard Marx et Munson qui avaient ouvert l'enquête initiale. Je lui appris en outre que Marx était intervenu en faveur de Leverage & Associés pendant les investigations de Darcy et Maddux sur le meurtre de Debra Repko, que Wilts était client de Leverage et qu'il s'était débrouillé pour que Leverage soutienne la candidature de Marx pour lui succéder au conseil de la ville. Starkey pâlit à mesure que je parlais et se contenta d'un commentaire laconique :

— La vache.

— Mouais. C'est aussi ce que je me suis dit.

Elle se massa énergiquement les joues puis passa en revue les gamins agglutinés autour du stand de falafels avec autant d'intensité que si elle savait qu'elle devrait les identifier bientôt.

— J'imagine que c'est possible, soupira-t-elle. Vous n'avez aucune preuve ?

— Rien.

— Vous soupçonnez Marx et les autres de recel de preuve.

— Ils mentent. Des objets qui pourraient être des preuves disparaissent. Des gens qui devraient jouer un rôle sont écartés. À vous de juger.

— S'ils protègent Wilts, ça n'apparaîtra pas dans leurs dossiers, Cole. Les pièces compromettantes auront été détruites ou maquillées.

— J'espère quand même y trouver des indices décisifs. S'il apparaît que Marx a soupçonné Wilts pendant son enquête sur le meurtre de Frostokovic, ça voudra dire que je me suis planté et qu'il n'a rien cherché à étouffer du tout. Peut-être que c'est autre chose.

Starkey laissa échapper un petit rire sans conviction.

— C'est ça. Et vous avez envie de vous planter.

— Vous l'avez dit vous-même, cet homme est chef adjoint du département de police. Je me fous qu'il fasse de la politique à deux balles, mais protéger un assassin c'est autre chose. Le seul moyen pour moi de comprendre ce qui se passe, c'est de voir ce qu'ils font de leurs informations.

Starkey acquiesça, mais je sentis qu'elle réfléchissait encore.

— Bref, vous voulez juste jeter un coup d'œil.

— Le dossier d'enquête ouvert par Marx suite au meurtre de Frostokovic devrait contenir une déposition des filles avec qui elle a dîné le soir de sa mort. Il devrait y être question de leur rencontre avec Wilts, et Marx devrait avoir exploré cette piste en allant trouver Wilts pour lui demander s'il avait vu quoi que ce soit ce soir-là. J'ai aussi besoin de savoir sur quoi portent les analyses en aveugle commandées à la SID et ce qu'est devenu le DVD du dossier Repko.

— Bon, écoutez-moi : voilà ce que je peux faire. C'est très spécifique : il s'agit juste d'ouvrir quelques cartons et de regarder deux ou trois trucs, c'est ça ?

— Ça ne prendra pas longtemps.

— Je vais demander à Lindo de s'en occuper. Il va râler, mais il le fera. Il n'aura qu'à se pointer de bonne heure et regarder avant que les autres arrivent.

— Le dossier est sous clé.

— Putain, Cole, réveillez-vous ! Chaque fois qu'une cellule interservices sort du trou de balle de quelqu'un le LAPD met les dossiers au même endroit ! Ils ne vont pas changer les serrures toutes les fois. Je connais au moins cinq personnes qui ont les clés. Moi aussi je les ai eues, dans le temps.

— Lindo ne doit pas en entendre parler. Si c'est lui qui s'y colle, il faudra que je lui dise quoi chercher, et il pigera. Plus on sera nombreux à être au courant, plus il y aura de risques que ça revienne aux oreilles de Marx.

— Il y a sûrement un autre moyen, mec. Il y a des gens à qui on peut parler.

Starkey n'était pas chaude, et je ne pouvais guère lui en vouloir. Je me tordis sur mon siège pour lui faire face.

— Je sais bien ce que je vous demande. Si vous me dites que vous ne tenez pas à être mêlée à cette histoire, je ne vous en voudrai pas. Sincèrement.

— Oh, vous êtes trop bon, Cole. Vous êtes d'un altruisme stupéfiant. Si je refuse de vous aider à commettre un crime contre mon employeur, qui est le département de police de Los Angeles et dont je suis un officier assermenté, vous ne m'en voudrez pas. Mais comment je fais pour avoir autant de bol, moi ?

Je me sentis rougir.

— Ce n'est pas ce que je voulais dire. Nous sommes face à un conseiller municipal et à un chef adjoint du LAPD qui sont peut-être compromis dans un septuple assassinat. Je ne pourrai m'avancer à découvert que quand mon dossier sera assez costaud pour que ni Marx ni Wilts ne puissent s'en tirer grâce à leur influence.

Starkey se pétrit les joues de plus belle.

— J'ai une de ces dalles ! Un vrai dragueur aurait au moins eu l'élégance de me nourrir avant de me niquer.

Je me crispai derrière mon volant, de plus en plus gêné.

— Oublions ça. Je n'aurais jamais dû vous en parler.

— Non, vous n'auriez jamais dû. Putain !

— C'est mon problème. Je n'avais pas l'intention de vous mêler à ça.

Starkey me glissa un coup d'œil en biais puis consulta sa montre. Elle plongea une main dans son sac, en sortit une cigarette et l'alluma alors que je ne laisse personne fumer dans ma voiture.

— Eh bien c'est raté, Cole, que ça vous plaise ou non. Je vais vous faire entrer moi-même.

Elle agita sa clope pour dissiper la fumée.

— Ne me regardez pas comme ça, Cole. Achetez-nous deux falafels et allons-y. On va en chier dans les bouchons.

30

La mission principale de la section des conspirations criminelles (CCS) consistait à enquêter sur les tentatives d'attentat à la bombe. La plupart du temps, quand la brigade du déminage intervenait sur un colis suspect, il s'agissait d'un bagage ou d'une mallette oubliés. Mais quand les artificiers détectaient que le colis contenait un engin explosif, c'est la CCS qui devait identifier et arrêter la ou les personnes qui l'avaient posé. Et comme ce type d'alerte pouvait se produire n'importe quand, les inspecteurs de la CCS étaient mobilisables à toute heure.

Pendant que nous roulions au pas dans un trafic congestionné, Starkey m'exposa son plan.

— Tout le monde lève le camp à quatre heures, à part l'officier de garde. Il reste sur place à remplir de la paperasse, mais ça jouera en notre faveur : tant qu'il est là, la salle de la brigade reste ouverte. Il faudra juste laisser le temps à tous les autres de plier bagage.

— D'accord. Et après ?

— Je me charge de nous faire entrer. Ensuite, je vous montrerai la pièce des scellés et je distrairai l'officier de garde pendant que vous essaierez de grappiller des infos dans le dossier. Fastoche, non ?

— D'accord. Et si jamais il y a eu une alerte et qu'ils sont tous restés bosser ?

Starkey me décocha un sourire agacé.

— Dans ce cas, on remettra ça à un autre soir, non ?

— Oui, ça me semble plus prudent.

— Vous ne sortez pas d'une pépinière pour surdoués, on dirait.

— Je crois que non.

— Vous voyez le drugstore, là-bas, sur la droite ? Garez-vous devant et filez-moi vingt dollars.

Starkey revint quelques minutes plus tard avec une boîte d'un kilo de confiseries et un paquet de clopes, puis nous reprîmes notre route vers le centre sans rien dire.

Quand nous fûmes sur Spring Street, Starkey me guida jusqu'à un parking public situé en face des locaux du LAPD. Le préposé me fit payer d'avance mais me laissa stationner seul. Je n'eus aucun mal à trouver une place avec vue sur l'entrée de l'immeuble ; en fin de journée, il y avait l'embarras du choix. Nous vîmes sortir les uns après les autres les inspecteurs et autres agents en civil qui travaillaient là. Au bout d'un certain temps, Starkey consulta sa montre et se tourna vers moi.

— Débarrassez-vous de votre flingue.

— Il est sous le siège.

— Vous avez un appareil photo ?

— Oui.

Je m'étais équipé d'un petit Sony numérique au cas où j'aurais besoin de garder une trace de certains documents.

— Laissez-le. Il ne s'agit pas d'attirer l'attention au portique. Laissez aussi vos stylos, votre monnaie, tout ça.

Je fis ce qu'elle disait, puis traversai la rue avec elle en direction de l'entrée. Quelques fonctionnaires en civil continuaient d'en émerger au compte-gouttes, mais le gros de la troupe était déjà parti.

— Ça se présente bien, dit Starkey. Allons-y.

Elle me prit la main, ses doigts entrelacèrent les miens et elle m'adressa un sourire radieux.

— Une risette pour maman... C'est ça, Cole, ayez l'air content de vous.

Starkey m'attira dans le hall et concentra aussitôt son attention sur un agent baraqué en uniforme assis à côté d'un détecteur de métaux. Elle contourna le portique sans l'ombre d'une hésitation et marcha droit vers les ascenseurs.

— Salut, Manuel ! lança-t-elle au passage. Il serait temps de vous réveiller, là-dedans. Un jour ou l'autre on va vous demander de travailler pour mériter votre salaire !

Manuel lui adressa un sourire débonnaire.

— Salut, La Bombe. Tu étais passée où ?

Starkey leva nos mains entrelacées pour qu'il les voie.

— Je rendais le sourire à mon mec. Beth est là-haut ?

Beth avait été sa coéquipière à la CCS.

— Aucune idée, ma belle. Elle est peut-être sortie par le parking.

Manuel me jeta un coup d'œil distrait.

Starkey m'entraîna jusqu'aux ascenseurs comme si l'immeuble lui appartenait, à reculons pour pouvoir continuer à causer avec Manuel. Elle agita la boîte de confiseries de sa main libre.

— C'est son anniversaire, la semaine prochaine. Tu lui demanderas de partager, mec ? Il ne faut pas qu'elle garde tout pour elle.

— Je m'en occupe, Starkey. Prends soin de toi.

— Même pas en rêve.

Starkey me rejoignit dans la cabine juste avant que les portes se referment. Nous restâmes un certain temps à respirer sans rien dire.

— Vous êtes un sacré numéro, dis-je.

— Ouais, hein ?

Je m'aperçus que nous nous tenions toujours la main. Je retirai la mienne.

— Excusez-moi.

Nous montâmes en silence jusqu'au quatrième étage, et Starkey reprit ma main à la seconde où les portes se rouvraient.

— Laissez-vous faire. Si on tombe sur un truc que je n'arrive pas à gérer, on repart tranquillement.

— Message reçu.

— Vous avez la main moite.

— Ça s'appelle la peur.

— Putain, mec... Détendez-vous.

La main de Starkey était tiède et sèche. J'imagine que quand on gagne sa vie en désamorçant des bombes une incursion dans un bureau de la police n'a rien d'impressionnant.

Nous passâmes sous le panonceau SECTION DES CONSPIRATIONS CRIMINELLES qui marquait le seuil d'une vaste salle d'aspect moderne, subdivisée en un certain nombre de box. Tous semblaient vides.

— Toc, toc ! cria Starkey. Je savais bien que tout partirait en couille après mon départ !

Un homme au crâne dégarni apparut dans l'encadrement d'une porte située au fond de la salle. Petit et élégant avec sa cravate sur une chemise à manches courtes, il tenait à la main ce qui ressemblait à une serviette en papier.

— Carol ?

Starkey lui adressa un sourire ravageur et me guida jusqu'à lui.

— Ça va, Jorge ? Comment tu t'es démerdé pour hériter de la garde ?

L'homme paraissait surpris et gêné aux entournures, mais sans doute l'avait-il toujours été avec Starkey. Il s'essuya les mains à notre approche.

— C'était mon tour, c'est tout. Qu'est-ce qui t'amène, Carol ? Il n'y a plus personne.

Starkey brandit sa boîte de confiseries.

— L'anniversaire de Marzik est la semaine prochaine. Je vais déposer ça sur son bureau pour qu'elle ait la surprise demain matin. Dis donc, j'aimerais te présenter quelqu'un : Axel, mon petit chéri. Axel, voici Jorge Santos. Tout le monde l'appelle Tapin.

Axel.

Avec un sourire poli, je serrai la main de Jorge. Il était en train de manger dans une petite salle d'interrogatoire ; sur la table étaient posés deux Tupperware ouverts et un gobelet de café. Un numéro de *Blue Line*, la gazette syndicale du LAPD, était ouvert à côté de son repas. Des enchiladas.

Starkey regarda à l'intérieur de la pièce.

— Oh... Hé, mec, on ne voulait pas interrompre ton dîner.

— Pas de souci. J'ai entendu dire que tu étais à la Crim. Ça te plaît ?

Starkey haussa les épaules et se retourna vers la salle de la brigade.

— On fait aller. Dis-moi, Ax a un besoin urgent, je vais lui montrer où sont les gogues, OK ? Beth est toujours à la même place ?

— Oui, bien sûr, à droite de ton ancien box.

Starkey me mit une main sur la hanche et me serra contre elle.

— Ça y est, tu sais où je travaillais avant, chéri. C'est excitant, hein ?

— Très.

Elle agita de nouveau la boîte.

— Bon, je vais laisser ça sur son bureau et m'occuper d'Ax. Je te rapporte un petit café ?

Jorge s'anima nettement.

— Ce serait sympa, Carol. Merci.

— Je reviens tout de suite. Finis ton dîner, Tap. Ne laisse pas refroidir tes enchiladas.

Starkey localisa vite le box qu'elle cherchait, déposa les confiseries à côté du téléphone, puis ouvrit sans bruit un petit pot en céramique au couvercle en forme de licorne.

Après s'être assurée que Santos était bien reparti dans sa salle d'interrogatoire, elle me souffla :

— Marzik met ses clés là-dedans depuis des années.

Elle plongea une main à l'intérieur du pot, en ressortit un jeu de clés et me fit traverser une petite salle de pause donnant sur un deuxième couloir, qui permettait d'accéder à une autre salle collective, plus petite que celle de la CCS : elle contenait environ deux fois moins de box et était elle aussi déserte. Les lumières étaient allumées, ce qui m'étonna, mais nous allions trop vite pour que j'aie le temps de réfléchir.

— Les mecs de la cellule bossaient ici, dit-elle. Venez, je vais vous ouvrir...

Starkey vérifia une nouvelle fois que Santos ne nous surveillait pas avant de traverser la salle au petit trot, suivie par moi. Contrairement aux box de la CCS, caractérisés par un certain fouillis et la présence de photos familiales, ceux-ci étaient nus et sans vie. Les hommes et femmes qui s'étaient servis de ces locaux avaient remporté toutes leurs affaires personnelles quand la cellule interservices avait été dissoute, et la pièce avait maintenant un aspect désolé.

Starkey inséra une clé dans la serrure d'une porte au-delà des box, l'ouvrit et recula d'un pas.

— Je vais remettre le trousseau à sa place et occuper Tapin aussi longtemps que possible – mais ne traînez pas trop, OK ? Vous matez un petit coup vite fait et vous revenez.

Elle repartit à grandes enjambées pendant que j'entrais.

La pièce des scellés était minuscule et encombrée, avec trois rangées de rayonnages métalliques Ikea que les inspecteurs de la CCS avaient dû monter eux-mêmes sur leur temps libre. Des dossiers rangés dans des boîtes en carton s'alignaient dessus, avec un livret de bord à reliure en vinyle où étaient consignées les entrées et sorties de chaque dossier. Les cartons de l'étagère intermédiaire étaient étiquetés au nom des victimes et auraient dû contenir tout ce que je souhaitais vérifier. Je commençai par prendre celui de Frostokovic et je sentis que c'était mal barré avant même d'avoir soulevé le couvercle. Quelques chemises suspendues de couleur jaune contenaient des procès-verbaux et autres documents isolés, mais la plupart étaient vides, et le rapport d'enquête manquait carrément à l'appel. Je remis le carton à sa place et j'ouvris le dossier Evansfield pour voir si lui aussi avait été nettoyé, mais il pesait nettement plus lourd et le rapport d'enquête était bien là, calé entre deux chemises.

Je vérifiai les autres cartons un par un jusqu'à celui de l'affaire Repko, mais, comme pour Frostokovic, la plupart des comptes rendus et le rapport d'enquête n'y étaient plus. Je parcourus les documents restants en quête d'informations sur le DVD du commerçant, mais à supposer que ce disque ait un jour fait partie du dossier toute trace en avait disparu, et il n'y avait plus rien non plus sur le travail de Debra Repko chez Leverage.

J'étais en train de compulser le livret de bord quand j'entendis Starkey me héler de loin.

— Ohé, Ax ! Tu t'es perdu, chéri ? Où es-tu ?

Je remis les boîtes en place, j'éteignis la lumière et je ressortis de la pièce des scellés au moment où Starkey surgissait au fond de la salle. Elle me fit frénétiquement signe de la rejoindre et me tira vers le couloir.

— Munson arrive, souffla-t-elle. Tapin m'a dit qu'il était passé, et il va revenir...

— Les rapports d'enquête ont disparu.

— Tant pis. On se tire.

Après avoir vérifié que la salle de la brigade était déserte, nous partîmes au trot vers les ascenseurs. J'appuyai sur le bouton d'appel mais Starkey continua sur sa lancée, m'entraînant dans son sillage.

— Oubliez ça. On prend l'escalier.

Elle poussa une porte et nous dévalâmes l'escalier en silence. À chaque tournant je m'attendais à buter sur Munson, mais nous arrivâmes au rez-de-chaussée sans croiser personne.

Starkey s'arrêta avant la porte coupe-feu du hall d'entrée et respira profondément, plusieurs fois de suite, pour se calmer. Je lui touchai le bras.

— On ne risque plus rien, lui dis-je. Ça va bien se passer.

— Je n'ai pas peur, Cole. C'est le tabac.

Après avoir inspiré longuement une dernière fois, elle me reprit la main et poussa la porte. Un homme et une femme patientaient devant les ascenseurs, et Manuel semblait s'ennuyer toujours aussi ferme à côté de son portique. Nous retraversâmes le hall main dans la main, comme si c'était la chose la plus naturelle du monde.

— Prends soin de toi, la Bombe, lança Manuel. À plus.

— Toi aussi, Manny. Je tâcherai de repasser plus souvent.

Une fois sur le trottoir, je me rendis compte qu'elle avait la main moite.

31

Après avoir marché la tête basse jusqu'au coin de rue suivant, nous traversâmes au feu rouge et rejoignîmes ma voiture sur le parking. Quand je voulus mettre le contact, Starkey m'en empêcha.

— Les rapports d'enquête ont disparu ?

— Comme à peu près tout ce qu'ils avaient sur Repko et Frostokovic. Le dossier Trinh aussi m'a paru léger, mais je ne connais pas assez l'affaire pour en être sûr. D'après le livret de bord, tout devrait être dans les cartons. Et ce n'est pas le cas.

— Tapin m'a dit que Munson était venu en prendre un juste avant notre passage et qu'il allait remonter. Il paraît que Bastilla aussi a pris quelque chose hier.

— Le dernier mouvement mentionné par le livret de bord remonte à la date où Marx a déclaré l'enquête close. Officiellement, personne n'a rien pris depuis.

— Bref, ils piochent là-dedans en douce.

Je hochai la tête. Ne sachant trop que faire, je m'apprêtai à nouveau à mettre le contact, mais Starkey me reprit la main.

— On va attendre.

— Je vous ramène.

— Je n'ai pas besoin d'être ramenée. Si ces salauds protègent un meurtrier, je veux les voir balancer leur cul au bout d'une corde. Essayons de voir où va Munson.

— Il rentrera probablement chez lui.

— Alors on va le suivre et on verra ce qu'on fait à ce moment-là. On arrivera peut-être à forcer sa bagnole.

— Vous êtes sérieuse ?

— Baissez votre vitre, Cole. Je vais fumer.

Munson émergea de l'immeuble deux cigarettes plus tard, au volant d'une Mustang GT rouge. Il rejoignit la rue sans hâte apparente, passa sous le freeway et s'éloigna des gratte-ciel du centre. Nous roulions derrière lui depuis moins de deux kilomètres quand son clignotant s'alluma.

— Vous voyez ça ?

— C'est bon.

La Mustang s'engagea sur le parking d'une des plus vieilles steak houses de Los Angeles, le Pacific Dining Car, aménagée dans un ancien wagon-restaurant des années 1920. Je me garai le long du trottoir pour voir ce qui allait se passer.

Munson mit pied à terre avec un certain nombre de documents sous le bras, confia ses clés au voiturier et entra dans le restaurant. Une petite foule de clients en attente de placement encombrait l'espace d'accueil, mais Munson la fendit comme si sa table était déjà réservée. L'établissement avait préservé l'ambiance wagon-restaurant en laissant à leur place les vastes fenêtres à travers lesquelles les passagers d'autrefois admiraient le défilé des paysages, ce qui nous permit de suivre facilement la progression de Munson. Après avoir remonté l'allée longitudinale, il s'assit à une table où l'attendaient deux personnes : Marx et Bastilla étaient déjà installés.

Starkey et moi descendîmes de la Corvette pour avoir un meilleur point de vue. Les voituriers nous repérèrent mais durent se dire que nous nous tâtions encore.

Marx passa brièvement en revue les documents pendant que Munson lui disait quelque chose, puis sortit un attaché-case qui était caché sous la table. Il plaça les documents dedans, le remit à ses pieds et fit un signe au serveur.

Le responsable des voituriers nous observait à présent ouvertement ; il semblait de plus en plus méfiant et ne tarde-rait pas à signaler notre présence.

— Gardez-les à l'œil, dis-je à Starkey. Je vais aller stationner au coin de la rue, on sera mieux placés.

Après avoir garé ma Corvette dans l'ombre dense d'un sycomore, je la rejoignis à pied, muni de mon appareil photo. Les images prises au zoom dans une lumière aussi faible seraient sûrement floues, mais on pourrait quand même identifier clairement les trois personnes attablées au restaurant. Le responsable des voituriers n'apprécia pas de me voir mitrailler son wagon, mais il ne pouvait rien y faire. Il me prit peut-être pour un paparazzi.

Une fois remontés dans ma voiture, Starkey et moi regardâmes Marx et son premier cercle savourer des steaks arrosés de vin rouge pendant une heure dix. Marx régla ensuite la note, et les voituriers ramenèrent d'abord la Mustang de Munson, puis une Toyota de couleur claire, puis une grosse Lexus noire. Quand les trois véhicules furent à la queue leu leu, Marx déposa son attaché-case dans la Lexus. Bastilla sortit de sa Toyota une enveloppe brune et la remit à Marx, qui la jeta à côté de l'attaché-case. Munson prit dans le coffre de la Mustang un carton à dossier et le déposa sur la banquette arrière de la Lexus de Marx. Mon appareil n'en perdit pas une miette. Marx était en train de tout récupérer.

— Qu'est-ce que vous croyez qu'il va en faire ? demanda Starkey.

— Aucune idée. Peut-être rien. On ne sait toujours pas ce qu'ils ont.

À travers les vrilles de fumée, elle fixa sur moi un regard à la fois languide et pensif.

— À mon avis, dit-elle, il va les trafiquer. On ne détruit pas une telle quantité de documents. Deux ou trois pages, OK, pas de problème, ça peut se perdre, mais il n'y a pas moyen d'expliquer la disparition d'un si gros volume. Donc on les trafique, on élimine les passages gênants, on retape des pages s'il le faut. Ensuite, on remet tout en place dans le système, et on croise les doigts pour que personne ne s'aperçoive de rien.

C'était maintenant moi qui la fixais. Elle s'en aperçut et haussa les épaules.

— Je vous donne mon avis, c'est tout.

Marx ne dit pas grand-chose quand le transfert fut fini. Chacun reprit son véhicule et démarra. Starkey et moi suivîmes Marx.

Il emprunta très vite la bretelle du Pasadena Freeway et roula un certain temps sur l'autoroute sans jamais dépasser la limite de vitesse. La circulation était dense mais fluide ; toutes les voies étaient sillonnées par des spécialistes de la migration pendulaire, qui pour rentrer chez eux effectuaient le même trajet à la même heure tous les jours de la semaine. Nous enjambâmes le fleuve et poursuivîmes jusqu'à Montecito Heights, où l'autoroute s'intègre officiellement à la Route 66. Marx continua sur sa lancée jusqu'à Pasadena Sud, puis il prit une succession de petites rues pour rejoindre les douces pentes de la banlieue résidentielle d'Altadena. Nous nous trouvions à présent dans un quartier aux petites maisons pimpantes et assez éloignées les unes des autres, construites dans des jardins parsemés de faux poivriers dont les ombres hirsutes tapissaient les pelouses. En voyant Marx remettre son clignotant, j'éteignis mes phares et stoppai le long du trottoir.

— Vous croyez qu'il habite ici ? demanda Starkey.

— Je ne sais pas. On dirait.

— Peut-être qu'il vient juste déposer les papiers.

— Vous savez passer les vitesses d'une boîte manuelle ?

— Qu'est-ce que vous comptez faire ?

— Un tour. Dès que je serai sorti, mettez-vous au volant. Soyez prête à démarrer.

La Lexus bifurqua derrière un talus planté de camélias, et le faisceau de ses phares glissa sur un gazon. Je descendis de voiture et sprintai jusqu'au buisson de camélias qui bordait l'entrée de l'allée. Un panneau d'avertissement ACCÈS INTERDIT – RÉPONSE ARMÉE se dressait à côté. Le garage double était ouvert et inondé de lumière. La berline de Marx venait de s'immobiliser dedans à côté d'un 4 × 4 Lexus gris métallisé, et Marx était en train de prendre le carton sur sa banquette arrière. La porte de communication menant du garage à la maison était également ouverte, et une femme en pantalon noir et tee-shirt ample attendait sur

240

le seuil. Une jolie femme qui semblait avoir l'âge de Marx et se comporter en sa présence comme une épouse avec son mari.

Marx déposa son chargement sur le coffre de la voiture, puis son attaché-case sur le carton, puis l'enveloppe brune sur l'attaché-case. Une fois qu'il eut équilibré la pile, il transporta le tout à l'intérieur de la maison. La femme fit un pas de côté pour le laisser passer puis déclencha un interrupteur mural. Je me demandai si elle savait ce que contenait le carton. Je me demandai si ça l'intéressait.

La lumière du garage s'éteignit.

La porte s'abaissa en grondant.

Marx était chez lui.

Et ses secrets avec.

J'appelai Joe Pike.

32

Après m'être faufilé d'ombre en ombre jusqu'à un faux poivrier, je longeai la maison de Marx par le côté pour accéder au jardin arrière. Je pris mon temps pour éviter de me faire repérer par un chien ou une lampe détectrice – mais il n'y avait ni l'un ni l'autre.

Le jardin était luxuriant et douillet, même de nuit, avec sa terrasse ombragée par un avocatier géant. Les fruits qui jonchaient le sol emplissaient l'air d'une odeur âcre. Côté garage, la terrasse était reliée de plain-pied à la cuisine et à ce qui me parut être un séjour. Marx disposait également d'une superbe cuisine de plein air équipée d'un énorme gril au gaz et d'un barbecue Big Green Egg au charbon de bois. La femme que je supposais être Mme Marx allait et venait dans la cuisine. Marx, surgi des profondeurs de la maison, entra dans le séjour, puis disparut par une porte. Il ne portait ni le carton, ni l'enveloppe, ni sa mallette, et personne d'autre n'était visible.

Une faible lueur s'échappait des fenêtres percées de l'autre côté de la terrasse, que je contournai à pas de loup. Les deux premières ouvraient sur une petite chambre qui semblait ne pas avoir servi depuis des lustres. Cette chambre jouxtait une salle de bains, elle-même attenante à une pièce d'angle dont Marx avait fait son bureau. C'était de là que venait la lumière. Je décidai de m'en approcher encore pour voir si le carton, l'attaché-case et l'enveloppe y étaient, mais Marx pénétra dans la pièce avant que j'aie pu atteindre la fenêtre. Il se dirigea vers la table, baissa les yeux sur quelque chose, puis fit tout à coup demi-tour et ouvrit un placard. Je ne vis ni ce que le placard contenait ni ce que Marx faisait, mais il finit par faire un pas en arrière, refermer les battants du placard et quitter le bureau. Il éteignit au passage.

Je fis demi-tour en direction de la terrasse, constatai que Marx avait rejoint sa femme dans la cuisine et revins vers le bureau. Je sortis ma lampe-stylo, plaquai une main devant l'ampoule et l'allumai, ne laissant filtrer entre mes doigts qu'un rai de lumière. J'inspectai le bureau par les deux fenêtres, sur l'arrière et le côté de la maison, en quête d'un éventuel capteur d'alarme. J'avais vu des écriteaux RÉPONSE ARMÉE à l'entrée d'un certain nombre de propriétés du coin, mais ça ne voulait pas dire qu'elles étaient équipées d'un système d'alarme. Celle de Marx n'en avait pas. Comme presque tous les habitants des quartiers résidentiels de la classe moyenne supérieure, Marx payait un abonnement pour bénéficier d'un service de rondes armées, mais il ne s'était pas équipé d'une alarme.

J'éteignis ma lampe et poursuivis le tour de la maison jusqu'à ressortir côté rue. En me voyant arriver, Starkey enjamba la console centrale pour se rasseoir du côté passager.

— Qu'est-ce que vous foutiez, bordel ?

— Les dossiers sont là. Je voulais les voir.

Je démarrai et fis demi-tour pour rejoindre l'autoroute.

— Putain, lâcha Starkey, je donnerais cher pour savoir ce qu'il a pris.

Je hochai la tête mais restai silencieux.

— Qu'est-ce qu'on va faire ? insista-t-elle.

— On rentre. Je vous ramène à votre voiture.

— C'est tout ?

— Vous voudriez quoi, que je défonce sa porte et que je le frappe jusqu'à ce qu'il crache le morceau ? J'ai besoin de réfléchir à ce que je vais faire.

Je meublai la conversation sur tout le trajet du retour vers Hollywood, en ne débitant que des mensonges. Je savais exactement ce que j'allais faire, mais je ne voulais pas que Starkey s'en doute, et encore moins qu'elle y participe. Elle avait déjà pris assez de risques comme ça. Pareil que pour Pat Kyle : il faut prendre soin de ses amis.

Je déposai Starkey devant le commissariat de Hollywood en lui fis croire que je rentrais chez moi, puis je repartis plein pot vers Altadena. Joe Pike n'avait pas traîné en route. Il m'attendait non loin de la maison de Marx, devant une supérette ouverte vingt-quatre heures sur vingt-quatre, et sa Jeep immaculée brillait comme un rubis dans la lumière fluorescente de la station-service.

Je me garai à sa hauteur. Un pinceau de phares descendu des collines glissa jusqu'à nous, éclaira brièvement nos visages et s'en fut.

— Tu sais ce que je vais faire ?

— Évidemment. Tu vas t'offrir un petit casse. Il y a du monde avec lui ?

— Sa femme. On va attendre demain pour qu'il n'y ait plus personne, et j'entrerai à ce moment-là. Ça te va ?

— Bien sûr, dit Pike sans hésiter. Starkey est au courant ?

— Non. Il ne vaut mieux pas.

— OK. Faisons un repérage, et on verra ensuite comment on s'y prend.

Notre plan d'action fut défini à trois heures du matin, autour des gobelets de café et des sandwichs au pain blanc garnis de fromage reconstitué que nous avions achetés à la supérette. Ensuite, chacun rejoignit son poste pour attendre l'aube.

33

Marx ressortit en marche arrière de son garage à huit heures dix du matin. J'étais de l'autre côté de la rue, tapi entre les branches d'un figuier rabougri, à l'angle de la maison de ses voisins d'en face. Je m'étais caché là pendant que les doigts gris de l'aube tentaient de repousser la nuit. Pike attendait dans sa Jeep deux blocs plus loin, devant une maison en travaux : Marx serait obligé de passer par là pour prendre l'autoroute.

Je téléphonai à Joe d'une simple pression sur la touche d'appel rapide.

— Il vient de monter dans sa Lexus. Il est en uniforme et il part seul. Sa femme est restée dedans.

Je raccrochai et j'attendis. Pike me recontacta deux minutes plus tard.

— Je roule cinquante mètres derrière lui, vers le sud. Il a l'air de se diriger vers l'autoroute.

— OK.

Pike allait l'accompagner jusqu'à l'autoroute, puis rebrousser chemin. Marx avait peut-être remis les dossiers dans sa voiture, mais je ne pourrais pas le savoir avant de m'être introduit chez lui. Aussi restai-je à poireauter assis dans mon figuier. Il y avait des chances que Marx s'absente une bonne partie de la journée, mais c'était sa femme qui m'inquiétait. Je ne mettrais pas les pieds chez eux tant qu'elle y serait, et c'était peut-être le genre à ne jamais mettre le nez dehors. Ça pouvait même être pire : elle

245

pouvait attendre de la visite ou, pire encore, une femme de ménage.

Je ne pouvais rien faire d'autre que patienter.

Quelques minutes plus tard, mon portable bourdonna doucement contre ma cuisse. Je m'attendais à un appel de Pike, mais c'était Levy.

— Je crois que vous aviez raison, Elvis, pour le chef adjoint Marx, dit-il, visiblement excité. Il n'a quasiment pas mis les pieds à son bureau de la semaine. Ce sont ses subordonnés qui s'occupent des affaires courantes.

— Il est très occupé. Bastilla et Munson ont piqué dans les dossiers de la cellule interservices toute une série de documents qu'ils lui ont ensuite remis. Marx a ramené ça chez lui.

Après un temps d'hésitation, Levy s'éclaircit la gorge.

— Quels documents ?

— Je vous le dirai quand je les aurai vus. Je suis devant sa maison.

— Devant sa maison ?

— Dans un figuier. Je ne peux pas parler plus fort.

Levy s'éclaircit à nouveau la gorge.

— Vous ne devriez pas me dire ça. Je suis avocat à la cour.

— Vous avez vu Ivy Casik ?

— Je n'ai pas réussi à lui mettre la main dessus. Je suis passé deux fois chez elle hier, mais elle n'y était pas. Savez-vous si elle a eu des contacts avec Marx ou quelqu'un de son entourage ?

— Pas encore. Je le saurai peut-être quand j'aurai vu ce qu'il cache chez lui.

— D'accord. Eh bien... bonne chance, dit-il, mal à l'aise.

Je raccrochai et repris mon attente. Pike me téléphona presque deux heures plus tard, à dix heures cinq.

— On échange ? Tu pourrais te dégourdir les jambes.

— Ça va. Je me plais assez dans cet arbre.

— C'est toi qui vois.

La journée continua de s'écouler avec une lenteur de glacier. Les voitures défilaient, le facteur passa, puis une camionnette d'UPS vint livrer un paquet. Je commençais à me dire que j'aurais mieux fait de braquer la berline de Marx quand, enfin, à quatorze heures vingt-six, la porte du garage se souleva en tremblant. La femme de Marx monta dans le 4 × 4. J'actionnai la touche d'appel rapide au moment où elle démarrait.

— Elle sort.

Pike avait déjà le signalement du véhicule, et je lui donnai en plus son numéro d'immatriculation. Le 4 × 4 rejoignit en marche arrière la rue et partit dans la même direction que Marx.

— Elle vient vers toi.

— Tu vas entrer ?

— Dès qu'elle aura dégagé.

Après avoir laissé passer trois voitures, je sortis de mon figuier et traversai la rue. Mme Marx pouvait aussi bien être partie pour la journée qu'être allée seulement s'acheter un litre de lait, mais dans un cas comme dans l'autre j'avais décidé de ne pas me presser. Je descendis l'allée à pied comme un vieil ami de la famille, contournai la maison et marchai droit sur la porte de la cuisine. Elle ne me résista pas longtemps avec son verrou Master et sa serrure intérieure classique – six minutes montre en main. Je rappelai Pike dès que le pêne fut rentré dans sa niche.

— C'est bon. J'entre.

J'enfilai une paire de gants en latex et ouvris la porte. Après avoir tendu l'oreille un moment, je franchis le seuil. La maison était fraîche et sentait bon la lessive, mais je ne m'y sentais pas bien. Je n'avais qu'une envie : voir ce que j'étais venu voir et me tirer au plus vite. Je traversai la cuisine, m'arrêtai à nouveau pour écouter, puis mis le cap sur le bureau.

La table en acajou était placée à l'oblique dans l'angle de la maison, face à un rangement bas, au placard, et à un petit téléviseur. Un rapport d'enquête criminelle était posé dessus, facilement reconnaissable à son classeur à trois anneaux. Je ne l'avais pas vu la veille au soir, mais il y était maintenant, comme si Marx l'avait consulté ce matin avant

247

de partir au travail. Le nom *Trinh* était inscrit à la main sur l'étiquette de la tranche.

Il régnait sur la table un ordre parfait, avec un PC de bureau, un téléphone sans fil et une petite liasse de papiers alignés à côté du clavier. Je les passai en revue, mais n'en trouvai aucun qui soit lié à l'enquête. Les dossiers rangés dans les tiroirs ne contenaient que des documents d'ordre personnel, comme des relevés d'assurances et des factures diverses. Je m'approchai ensuite du placard – tout le reste y était. Le carton remis par Munson à Marx reposait à même le sol. Plusieurs épaisses chemises fermées par des élastiques étaient empilées dessus et il y avait deux autres rapports d'enquête criminelle à côté du carton. Repko et Frostokovic.

Un picotement de tristesse m'envahit.

— Salut, Debra.

Je photographiai le carton et les rapports, puis je reculai pour élargir le cadre de manière à prouver que ces documents se trouvaient bien dans le placard de Marx. Je fis ensuite glisser le carton hors du placard, posai les rapports dessus et pris une série d'autres photos englobant aussi le bureau, avec le rapport Trinh et les objets personnels de Marx. Je voulais pouvoir établir de manière irréfutable que j'avais retrouvé les pièces manquantes de ces dossiers criminels au domicile de Marx.

Quand j'eus pris assez de photos, j'ouvris le rapport relatif au meurtre de Sondra Frostokovic. Je venais d'en parcourir la première page, fermement disposé à le lire en entier, quand mon portable vibra.

— Marx et Munson viennent de passer, dit Pike. Ils arrivent. Trente secondes.

Il ne se donna pas la peine d'épiloguer. À peine huit minutes que je m'étais introduit dans cette maison, et c'était déjà fini. J'aurais voulu éplucher ces rapports, photographier toutes les pages que je jugeais incriminantes, puis les remettre en place de manière à gagner un peu de temps, mais je ne pouvais plus la jouer de cette façon. Ça faisait beaucoup de paperasse, et pourtant je décidai de tout embarquer. Le carton n'était qu'à moitié plein : après avoir fourré dedans les chemises et les classeurs d'enquête, je le transportai dans la salle de bains voisine.

La porte du garage gronda à l'autre bout de la maison pendant que je traversais le couloir. Une fois enfermé dans la salle de bains, je posai le carton sur la chasse des toilettes et j'ouvris la fenêtre. La porte d'entrée cliqueta tandis que j'enjambais l'appui. Au moment où je me penchais vers l'intérieur pour soulever le carton, Marx dit quelque chose que je ne compris pas.

Je refermai la fenêtre de l'extérieur, me glissai dans la haie touffue qui séparait la parcelle de Marx de la suivante et rappelai Pike. Il me répondit en ces termes :

— Je suis là.

— Je n'en ai jamais douté.

Je traversai la haie jusqu'au jardin des voisins et aperçus sa Jeep garée le long du trottoir. J'aurais certainement mieux fait de marcher, mais je courus à toutes jambes, sans un regard en arrière et sans me soucier de savoir si quelqu'un me voyait.

Dès que je me fus engouffré dans la Jeep avec mon carton sur les genoux, Pike démarra. La portière claqua tellement fort qu'elle me défonça le coude.

— C'était chaud, dit Pike.

Les yeux me piquaient, et je me surpris à éclater de rire. D'un rire idiot, presque un aboiement de chien. Je ne réussis à l'interrompre que quand Pike me saisit l'avant-bras.

34

Le canyon derrière chez moi était bien agréable en ce milieu de journée, parcouru par une brise légère qui invitait les faucons à sortir chasser le lièvre et le mulot. Plus bas dans la pente, une scie électrique gémissait et s'interrompait pour laisser entendre de discrets coups de clouteuse. Quelqu'un était toujours en train de construire quelque chose, et je trouvais ces sons encourageants. C'étaient des signes de vie.

Après avoir déposé le carton et les rapports d'enquête sur la table du coin salle à manger, Pike et moi bûmes chacun une bouteille d'eau et nous gavâmes de muffins copieusement tartinés de confiture debout devant notre butin, comme pour voler du temps de la même manière que nous avions volé ces documents.

Nous nous étions réparti la tâche. Je commençai par feuilleter le dossier Frostokovic et constatai immédiatement que certaines pages manquaient. Un rapport d'enquête criminelle s'ouvre toujours sur un procès-verbal préliminaire dressé par les enquêteurs initialement chargés de l'enquête pour identifier la victime et décrire la scène de crime. Marx et Munson avaient bien signé ce procès-verbal. Il était suivi d'une transcription de la déposition des ouvriers qui avaient découvert le corps, elle-même suivie d'une transcription de la première déposition des parents de Sondra, Ron L. et Ida Frostokovic. En revanche, à supposer que Marx et Munson aient entendu les amies de Sondra à propos du dîner qu'elles avaient pris ensemble le soir du meurtre, toute trace de leur déposition avait été effacée. Celle des parents de Sondra était suivie d'un saut de douze feuillets dans la numérotation générale du rapport. Le compte rendu d'autopsie de six pages du médecin légiste était complet, mais trois autres feuillets faisaient défaut juste après. Je ne me donnai pas la peine de lire le reste.

— Ils ont vidé ce truc de sa substance. Il en manque des pans entiers.

Pike était en train d'explorer le contenu du carton. Avec un grognement, il en sortit une pochette en plastique transparent à zip qui renfermait un DVD. Le nom REPKO était écrit à même la galette, clairement visible.

— Ton disque, dit Pike.

Une lettre pliée en deux était fixée à la pochette par un trombone. Pike la lut puis me la passa.

— Ils l'ont envoyé au FBI. Les conclusions de la SID étaient bonnes. Les feds n'ont rien pu en tirer non plus.

La lettre émanait du labo du FBI de San Francisco et était adressée au chef adjoint du LAPD Thomas Marx. Elle ne faisait que confirmer ce que Pike venait de me dire.

— Mais pourquoi l'avoir envoyé ? Si Marx pensait que ce DVD risquait de disculper Byrd ou d'incriminer Wilts, ils auraient mieux fait de le détruire, non ?

Pike grogna de nouveau, et nous reprîmes notre lecture.

Le rapport Trinh avait lui aussi été expurgé, quoique pas autant que celui de Frostokovic, mais le rapport Repko avait quant à lui fait l'objet d'un pillage en règle. La plupart des documents manquaient à l'appel, ainsi que de longs passages de tous les procès-verbaux restants.

Je mis les rapports de côté et retirai du carton une mince chemise étiquetée REPKO / RELEVÉS PDA – TÉLÉPHONE. Son contenu commençait par une lettre de la présidente d'une compagnie de téléphonie mobile adressée à Marx au sujet de l'introuvable PDA de Debra Repko.

Monsieur le chef adjoint Marx,

Pour faire suite à votre requête personnelle de ce jour, et étant bien entendu que cette communication demeurera

251

strictement officieuse jusqu'à ce que nos avocats aient reçu un mandat judiciaire en bonne et due forme, veuillez trouver ci-joint le relevé de communications sur une période de soixante jours du numéro de téléphone mobile référencé plus haut, lequel faisait l'objet d'un abonnement souscrit par Leverage & Associés. Comme nous en sommes convenus, je me fie à votre parole et à votre discrétion pour que notre collaboration demeure confidentielle.

Si vous pensez que je pourrais vous être utile en quoi que ce soit d'autre, n'hésitez surtout pas à me recontacter sur ma ligne personnelle.

Sincèrement,

Paulette Brennert, présidente

D'après la date inscrite en en-tête, Marx avait demandé ce relevé d'appels près d'une semaine avant la découverte du corps de Byrd.

— Écoute ça, Joe. Marx s'est rencardé sur le PDA de Debra Repko. Darcy et Maddux ne connaissaient même pas son existence, mais Marx si. Il a demandé le relevé.

— Tu as posé la question à Bastilla, non ?

— Cette lettre est antérieure. Bastilla a sûrement fait celle qui ne savait rien.

Pike s'approcha et tourna la page.

Les cinq feuillets suivants dressaient la liste des appels entrants et sortants passés par l'assistant personnel de Debra durant les deux mois qui avaient précédé sa mort. De brèves annotations manuscrites à l'encre bleue ou noire étaient inscrites en regard de chaque numéro, dont la plupart avaient été identifiés comme appartenant à des employés de Leverage. Quelques-uns étaient simplement accompagnés de la mention « famille », mais six appels avaient été surlignés au marqueur jaune. Ces appels surlignés avaient tous été passés dans les dix jours ayant précédé le meurtre de Debra, depuis ou vers le même numéro. Le détenteur du numéro surligné n'était pas identifié. Je poursuivis ma lecture.

Venait ensuite une fiche technique ornée de la photo d'un téléphone mobile de la Kyoto Communications Company. C'était un modèle bas de gamme, sans capot ni appareil photo intégré, qui n'avait sans doute pas beaucoup de fonctions remarquables. Une lettre d'accompagnement était jointe à la fiche technique.

À l'inspectrice C. Bastilla,

Le numéro de mobile en question correspond à une carte prépayée attribuée à un téléphone cellulaire (modèle AKL-1500) de marque Kyoto Electronics (voir la fiche technique jointe). Notre dossier indique que l'appareil, l'activation du numéro et les minutes additionnelles de communication ont été réglés en espèces. Pour cette raison, nous sommes dans l'incapacité de vous fournir la moindre information sur l'acquéreur.

Pour des raisons de droit et de responsabilité civile, il nous est malheureusement impossible de vous fournir le relevé d'appels du numéro susmentionné, sauf sur présentation d'un mandat dûment délivré par un juge compétent. Dès réception d'un tel mandat, nous vous le transmettrons avec plaisir.

Respectueusement,

Michael Toman
Directeur des opérations

— Elle a reçu deux appels du numéro surligné le jour où elle a été tuée, observa Pike.

— Bastilla essayait d'identifier cette personne.

— On dirait. Il faut croire qu'eux aussi cherchaient quelqu'un d'autre.

Pike ouvrit ensuite un épais dossier sur Wilts, dont les rapports et autres notes n'avaient rien à voir avec ce à quoi je me serais attendu. Ce dossier était estampillé FBI et contenait notamment une lettre de Marx au directeur du FBI, Washington DC, classée PERSONNEL ET CONFIDENTIEL.

Y était jointe une brève liste de numéros de téléphone parmi lesquels celui qui avait été surligné en jaune.

Puisse cette lettre faire office de requête officielle en vue de l'obtention par votre agence d'un mandat judiciaire lui permettant de placer sur écoute téléphonique les numéros ci-joints de la région de Los Angeles sans en informer ni mes propres services – le département de police de Los Angeles – ni quelque autre service que ce soit de l'administration locale, exécutive ou judiciaire. Dans la mesure où le conseiller municipal Wilts est présumé connaître ou être lui-même l'auteur de multiples homicides commis sur une période de sept ans, je n'insisterai jamais assez sur la nécessité de maintenir un secret absolu sur cette affaire.

Plus je fixais la page, plus les mots se brouillaient sous mes yeux. Malgré un sentiment de frustration croissant, je vérifiai l'en-tête. Marx avait faxé sa demande au patron du FBI huit jours plus tôt – soit deux jours avant qu'il n'annonce au monde entier que Lionel Byrd était l'auteur des sept meurtres.

— Joe, dis-je.

Je lui tendis le feuillet.

— Ils ne protègent pas Wilts. Ils le soupçonnent. L'enquête est toujours active.

Nous étions en train de lire le reste des documents quand la première voiture se pointa. Il n'y eut ni gyrophare ni sirènes, et aucun commando héliporté du SWAT ne nous tomba dessus en rappel. J'entendis crisser le gravier devant ma porte, suivi d'un discret couinement de freins.

Pike alla à la fenêtre.

— C'est Marx.

Le premier cercle venait d'arriver.

35

Marx et Munson sortirent de la Lexus. La Toyota de Bastilla approcha en sens inverse, suivie d'une voiture blanc et noir de la Metro. Tous me virent en même temps, mais personne ne hurla ni ne tenta de me plaquer au sol.

Marx était calme mais un peu bouffi, comme s'il avait enflé sous l'effet de la tension.

— Vous êtes un bel enfoiré, lui lançai-je depuis le seuil. Vous avez fait croire à tous ces gens que c'était réglé.

Marx me fit signe de m'écarter.

— Laissez-nous entrer, Cole. On a deux mots à vous dire.

— Vous avez un mandat ?

— Ce n'est pas le moment, dit Bastilla. Conduisez-vous comme un adulte.

Les uniformes restèrent dans leur voiture, mais les autres entrèrent. Après un bref coup d'œil à Pike, Marx fronça les sourcils en découvrant le carton et les rapports étalés sur ma table. Il ordonna à Bastilla de tout rassembler et darda sur moi un regard noir.

— Vous avez lu ça ?

— Assez pour comprendre ce qu'il en est. Je suis intervenu parce que j'ai cru que vous le protégiez.

— Alors maintenant vous savez que vous étiez à côté de la plaque. Vous auriez dû laisser courir, mais non, il a fallu que vous vous mêliez de ce qui ne vous regardait pas.

— Yvonne Bennett me regarde, Marx. Idem pour les Repko, Ida Frostokovic et les autres familles de victimes à qui vous avez menti. Vous avez raconté à tous ces gens que c'était fini. Ils ont enterré leurs enfants et vont bientôt devoir les exhumer. Qu'est-ce qui vous a pris, bon sang ?

Marx pointa le pouce vers Pike.

— En dehors de vous et de celui-là, combien de personnes sont au courant de notre action ?

— Quelques-unes.

— Poitras vous a sûrement donné un coup de main, hein ?

— Poitras ne sait rien.

— Il nous faut des noms.

— N'y comptez pas, Marx. Plutôt crever.

Munson, qui s'était éloigné vers la baie vitrée, lâcha :

— C'est sympa, ici. Vous êtes peinard, vous avez une jolie vue, et vous détenez des dossiers volés à la police. Tout le monde n'a pas les couilles de cambrioler la baraque d'un chef adjoint du LAPD.

— Vous devez me confondre avec quelqu'un d'autre.

Munson éclata de rire. C'était sans doute un brave type, que j'aurais peut-être apprécié en d'autres circonstances.

— S'il vous plaît, Cole. Franchement ! Vu la façon dont vous nous collez au cul, je ne vois pas qui ça pourrait être d'autre ? Du coup, maintenant, on a un problème.

— On n'a pas de problème, dit Pike, flottant entre la salle à manger et la cuisine.

Le sourire de Munson dévia jusqu'à lui.

— Regardez Pike. Il semble avoir très envie de dégainer. Qu'en pensez-vous, chef ? On pourrait les buter, dire qu'ils ont résisté à l'arrestation ?

Bastilla leva les yeux de sa pile de dossiers.

— Vous ne nous aidez pas, maugréa-t-elle.

— C'était de l'humour ! Ils savent que je plaisantais.

Marx fixait pourtant sur moi le regard vague de quelqu'un qui avait sérieusement envisagé cette possibilité et ne plaisantait pas du tout.

— On aurait pu obtenir un mandat et amener plus de gars de la Metro, mais on ne l'a pas fait. Je ne peux pas vous forcer à coopérer, mais nous devons absolument éviter les fuites. Si Wilts s'aperçoit de quoi que ce soit, nous ne pourrons peut-être jamais le coincer. Cette situation nous a obligés à mentir pendant l'enquête, mais c'est comme ça, et vous allez devoir faire avec.

— Vous pensez que Wilts a tué ces femmes ?

— Oui.

— Alors pourquoi avoir clos l'enquête en chargeant Byrd ? Pourquoi avoir dit aux familles que c'était fini ?

— Parce que c'est ce que Wilts veut que nous croyions.

Munson tira une chaise et l'enfourcha comme si c'était un cheval.

— Nous pensons qu'il a mis en scène la mort de Byrd de manière à ce que le dossier Repko soit refermé, sans doute parce qu'il a eu peur que nous ne trouvions quelque chose sur le DVD. Il nous a forcé la main avec ce putain d'album photo. Quand on a compris que c'était son objectif, on lui a donné Byrd pour gagner du temps.

— Pourquoi Byrd ? demanda Pike.

Munson haussa les épaules.

— Byrd était déjà associé à l'une des victimes, Yvonne Bennett. Wilts a dû se dire que si on retrouvait Byrd en possession d'une photo de Bennett on serait sûrs d'avoir mis dans le mille. Si vous me demandez quels sont les liens entre Wilts et Byrd, je vous répondrai qu'on n'en sait rien. Il se peut que Wilts l'ait choisi à cause de son rôle dans l'affaire Bennett, mais peut-être aussi qu'ils se connaissaient.

— Il a pris un sacré risque en s'imaginant que vous laisseriez tomber l'enquête pour la seule raison que Byrd avait l'album, dis-je.

Marx me gratifia d'une moue sévère.

— Il a dû se dire que le jeu en valait la chandelle. Repko ne faisait pas le trottoir – Wilts a sérieusement déconné en assassinant une personne de son entourage. Il n'avait pas commis ce genre d'erreur depuis Frostokovic.

Je sentis la colère me nouer les épaules.

— Bande de salauds ! Ça fait sept ans que vous soupçonnez ce type d'être un tueur ?

Munson fit entendre un grognement hilare qui incita Bastilla à lever les yeux.

— Bien sûr que non ! lâcha Marx en me fusillant du regard. On ne le sait que depuis l'album.

— Vous étiez forcément au courant depuis Frostokovic.

— Bon Dieu ! Il m'est arrivé de lui rendre quelques services, mais jamais rien de ce genre. C'était un obsédé, d'accord, mais j'enquêtais sur un de mes amis. On ne s'attend jamais à ce qu'un ami puisse faire des choses pareilles.

— Bref, vous avez laissé courir ? Vous l'avez couvert ?

— Allez vous faire foutre, Cole ! Les amies de la fille nous ont dit qu'elles l'avaient vu deux fois ce jour-là, et on l'a interrogé. Il nous a expliqué qu'il était rentré à l'appartement qu'il possédait du côté de Chinatown après les avoir croisées au restaurant. Seul. Donc, on avait la coïncidence de ces deux rencontres et on savait que Wilts était un chaud lapin, mais c'est tout. On ne pouvait ni le disculper ni l'accuser, faute d'éléments solides. Et comme on peut pas accuser quelqu'un sur la base d'une simple coïncidence, on a tous repris le cours de notre vie. Au bout d'un certain temps, je me suis dit qu'il était idiot de suspecter ce type qui était mon ami et contre lequel on n'avait rien d'autre que cette rencontre fortuite.

— Jusqu'à Repko, dit Pike.

— Repko dans un premier temps, mais c'est surtout l'album. Quand on a vu la photo de Frostokovic, tout est remonté à la surface. Wilts connaissait plusieurs de ces filles. Wilts était le dénominateur commun.

Munson prit le relais en expliquant qu'ils avaient découvert un lien entre Wilts et la quatrième victime de l'album, Marsha Trinh, une prostituée de vingt-cinq ans. En épluchant les antécédents judiciaires de la fille, il était apparu qu'elle avait fait partie d'un groupe de cinq prostituées que Wilts avait engagées un mois avant son meurtre pour une partouze visant à remercier des soutiens influents. Cette information permettait de rapprocher Wilts de trois des sept victimes. Trois sur sept, c'était une proportion convaincante.

— Il nous reste encore un long chemin à parcourir, Cole, conclut Munson. Il n'est pas question pour nous que vous

258

attiriez l'attention sur tout ça. Cet homme doit croire qu'il ne risque rien.

— Vous êtes près du but ?

— On l'arrêterait si on avait quelque chose. On n'a rien.

— Vous pensez qu'il pourrait prendre la fuite ?

— On ne sait jamais, mais non, je ne pense pas. Les gens comme lui ont tendance à croire qu'ils sont capables de nous battre, et certains y arrivent. Ils jouissent de se croire plus intelligents que nous. Wilts a voulu qu'on croie que Byrd était l'assassin – et il est convaincu qu'on est tombés dans le panneau. C'est ce qui explique son attitude. Tant qu'il se croira intouchable, on aura une chance de le coincer. On ne peut pas tuer sept fois sans commettre d'erreur. C'est impossible.

Munson hocha la tête avec conviction et chercha de nouveau mon regard.

— On se crève le cul pour mener à bien cette enquête, mais pour l'instant c'est vous notre plus gros problème : vous fouinez chez Leverage, vous allez foutre la trouille à la petite Casik et vous excitez Levy comme...

Je levai les mains pour l'interrompre.

— Attendez un peu. Comment ça, je fous la trouille à Ivy Casik ?

— Voilà pourquoi je déteste ces putains de privés, gronda Marx. Ils ne savent pas se tenir.

Je me tournai vers Bastilla.

— Qu'est-ce que ça signifie, Bastilla ? Vous l'avez retrouvée ?

— On n'a pas eu besoin de la retrouver. C'est elle qui nous a appelés. Elle voulait porter plainte contre vous.

— Pourquoi ?

— Il paraît que vous l'avez accusée de dealer.

— Je lui ai juste demandé si elle avait fourni Byrd en oxy.

— Elle a pris ça comme une menace.

— Qu'est-ce qu'elle vous a dit sur le journaliste ?

— Il n'y a jamais eu de journaliste, pauvre con. Elle a inventé ça pour se débarrasser de vous. Ensuite, elle a eu peur que ça lui attire des ennuis et elle nous a contactés pour rectifier le tir.

Ivy Casik fit irruption dans mes pensées. Je me demandai si Levy avait réussi à la voir et si elle lui avait dit la même chose. Bastilla glissa une dernière chemise dans le carton et empila les rapports d'enquête par-dessus.

— Tout y est, chef.

Marx hocha la tête et se tourna vers moi. Son front était tellement plissé qu'il ressemblait à un champ de maïs du Midwest.

— Alors ? Qu'est-ce que vous allez faire ? Est-ce qu'on va enfin pouvoir compter sur un minimum de coopération ?

Je cherchai le regard de Pike ; Pike hocha la tête.

— Ça ne me plaît pas, répondis-je, mais je comprends ce que vous essayez de faire. Je n'ai pas l'intention de cirer le banc de touche, Marx, mais je ne vais pas non plus vous gâcher la partie. Je vaux mieux que ça.

— On verra.

Marx me tendit la main. Ce geste m'étonna, et peut-être hésitai-je un peu trop longtemps, mais je la pris. Il s'en alla sans ajouter un mot, et Munson le suivit, le carton dans les bras. Bastilla allait les rejoindre, mais je l'interceptai à la porte.

— Quand vous coffrerez Wilts, ses relations passées avec votre chef vont refaire surface. J'ai bien conscience que Marx ne peut pas ne pas le savoir.

Elle haussa les sourcils avec une grâce incroyable.

— Tant mieux pour vous, Cole.

Dès qu'ils furent repartis, je décrochai mon téléphone pour appeler Alan Levy. Je tombai à nouveau sur Jacob.

— Désolé, monsieur Cole, il est absent. Souhaitez-vous lui laisser un autre message ?

— Ce serait plus simple si vous me donniez son numéro de portable.

Jacob ne voulut pas le faire mais promit de le prévenir et raccrocha.

Je reposai le combiné et me tournai vers Pike.

— Allons voir Ivy. Si je lui ai foutu la trouille, j'ai hâte de voir l'effet que tu lui feras.

— Tu ne penses pas qu'elle a menti ?

— Je pense qu'elle ment à quelqu'un. La question est de savoir à qui.

Nous nous dirigions vers la porte quand Alan Levy me rappela. Jacob avait tenu parole.

36

Parler à Levy me mit dans une position difficile. Alan cherchait à m'aider, mais j'avais donné ma parole à Marx et je comprenais son besoin de garder le secret, aussi ne dis-je rien des soupçons qui pesaient sur Wilts. À la place, je lui parlai d'Ivy Casik.

— J'en ai reparlé à Bastilla. Elle dit qu'Ivy a inventé l'histoire du journaliste.

— Où Bastilla l'a-t-elle trouvée ?

— Elle n'a pas eu besoin de la chercher. Ivy l'a appelée pour se plaindre de moi.

Je lui répétai ce que m'avait dit Bastilla.

Alan ponctua mon récit de grognements avant de lâcher, dubitatif :

— Elle prétend que vous l'avez menacée ?

— Elle a été surprise de me voir débarquer, mais je ne l'ai pas menacée et je n'ai rien fait pour l'effrayer. Elle a dit à Bastilla qu'elle avait inventé cette histoire pour se débarrasser de moi.

— Et Bastilla l'a crue ?

— On dirait. C'est Ivy qui l'a appelée, pas l'inverse. Elle voulait porter plainte.

— Elle leur a donné d'autres informations sur Byrd ?

— Ça m'étonnerait. Bastilla n'a rien mentionné de ce genre.

Alan se replia un instant dans le silence.

— Il faudrait vraiment qu'on lui parle. Je suis repassé chez elle tout à l'heure et elle n'y était toujours pas.

— On s'apprêtait justement à y aller, Pike et moi.

— Bien. Faites-moi signe si vous la trouvez. Je crois que cette fille en sait plus long qu'elle ne veut le dire.

— Moi aussi.

— Je vous donne mon numéro de portable. Ça vous évitera d'avoir à passer par Jacob.

Après avoir noté le numéro de Levy, je sortis avec Pike et refermai ma maison à clé. Nous partîmes à deux voitures au cas où nous devrions nous séparer et descendîmes en convoi dans le canyon avant de bifurquer vers l'est.

Le modeste immeuble d'Ivy baignait dans le même silence vigilant que lors de mes précédentes visites, comme si ses habitants et lui ne dormaient que d'un œil. L'absence de vent emprisonnait dans la cour le parfum des gardénias, il régnait une ambiance écœurante de funérarium.

Je frappai à la porte d'Ivy, mais une fois de plus elle ne répondit pas.

— C'est glauque, fit Pike.

— Un immeuble de zombies.

— Peut-être qu'elle est au travail.

— Elle est conceptrice de sites web. Elle travaille à domicile.

Pike passa devant moi et frappa à son tour. Fort.

Je collai mon oreille contre le panneau, à l'affût d'un mouvement. Il y avait une fenêtre de grandes dimensions à gauche de la porte, mais les rideaux étaient tirés. Les deux mains autour du visage, je tentai de discerner l'intérieur par la fente minuscule entre les deux pans de tissu, mais ne vis pas grand-chose. Dans la pénombre environnante, mon champ de vision se réduisait à une fine barre verticale. Le souvenir du corps d'Angel Tomaso était encore tout frais dans mon esprit, et j'eus soudain très peur de découvrir Ivy dans le même état.

— C'est pas un peu fini, ce raffut ?

Pike se retourna en même temps que moi : le gardien en forme de poire était planté sur le pas de sa porte. Il tiqua en me reconnaissant, puis regarda Pike et tiqua de nouveau.

— Oh là !

Son petit carlin lui passa entre les jambes et s'arrêta dans la cour, pantelant.

— Excusez-moi, dis-je. Il y a beaucoup d'écho, hein ?

— C'est encore la police ?

Il portait le même tee-shirt fin en coton et le même bermuda flottant que l'autre jour, et tenait toujours à la main un verre à cocktail. C'était peut-être le même verre. Ses jambes grumeleuses de cellulite étaient très blanches.

— C'est ça, dis-je. On a besoin de la voir.

— Vous et tous les autres. Il y en a encore un qui est passé tout à l'heure. Il a cogné comme un malade.

Ce devait être Levy.

— Elle était là ?

— Elle voyage beaucoup, vous savez. Ça m'étonnerait qu'elle ait vu le mot que vous avez laissé dans sa boîte.

Il fit tinter ses glaçons, vexé que j'aie laissé mon message dans la boîte d'Ivy plutôt que de le lui remettre, et regarda son chien en fronçant les sourcils.

— Allez, fais ton pipi.

Un sourire ourla la face arrondie du carlin, qui regagna l'appartement en se dandinant.

— Elle ne me tient pas au courant de ses allées et venues. Si vous voulez bien me laisser votre message, cette fois-ci, je ferai ce qu'il faut pour qu'elle l'ait.

Je me retournai vers l'appartement d'Ivy en me demandant ce que pouvait cacher cette porte.

Pike indiqua la cour d'un geste circulaire.

— Elle est amie avec certains voisins ? Ils savent peut-être où elle est.

Le gardien détailla Pike de pied en cap, fit tinter ses glaçons et lui tendit la main.

— Darbin Langer. Vous êtes ?

— Pike.

Langer ne s'était pas donné la peine de se présenter à moi.

— Ça m'étonnerait, répondit-il en secouant la tête. Ce n'est pas quelqu'un de très liant, et ici les gens tiennent à leur tranquillité. Ils aiment le calme, pas les allées et venues ni les personnes qui viennent cogner aux portes. Ils sont tous au boulot, d'ailleurs, et je vous serai reconnaissant de ne pas aller tambouriner chez eux.

— Je vais glisser un mot sous sa porte, dis-je. Peut-être que ça marchera mieux que la boîte aux lettres.

Langer fronça les sourcils, à nouveau vexé, et fit demi-tour en direction de son appartement.

— Comme vous voudrez. Mais arrêtez de faire du bruit.

Je revins devant chez Ivy avec Pike, mais je n'avais aucune intention de lui laisser un mot. Joe resta face à la porte, et je contournai l'immeuble pour essayer de voir quelque chose à l'intérieur.

Les rosiers grimpants accrochés au treillage de la façade latérale de l'immeuble délimitaient avec la haie qui courait en parallèle un chemin étroit surplombé de roses qui me frôlaient le visage comme des doigts délicats. Le silence ambiant était presque irréel. Je me dirigeai vers l'arrière du bâtiment en me penchant aux fenêtres de l'appartement d'Ivy comme un vulgaire mateur, avec le sentiment affreux que j'étais sur le point de découvrir quelque chose que je n'avais aucune envie de découvrir : le cadavre égorgé d'une jeune femme.

Les deux fenêtres percées de part et d'autre de l'angle arrière du bâtiment donnaient sur sa chambre, dont les rideaux avaient été un peu moins bien tirés. Un interstice large à peu près comme ma main séparait ceux de la seconde fenêtre. Malgré la pénombre, je vis un lit double ainsi qu'une porte ouverte sur le couloir qui menait au séjour. La chambre était nue, à l'exception du lit : il n'y avait aucun autre meuble, rien sur les murs et pas le moindre cadavre en vue. Ivy était peut-être sous le lit, mais c'était peu probable.

Venait ensuite la salle de bains, équipée d'une de ces fenêtres hautes censées éviter que les voisins vous voient en pleine action. J'attrapai à deux mains l'appui et me hissai d'une traction. Les rideaux étaient superflus à cette hauteur, ce qui me permit de constater qu'Ivy n'était pas non plus dans sa salle de bains. Je redescendis, passai au séjour, puis revins à la salle de bains. Je me hissai une nouvelle fois au niveau de la fenêtre et étudiai l'intérieur avec plus d'attention. Cette pièce était aussi vétuste que le reste de l'immeuble avec sa baignoire d'après-guerre et son vieux carrelage mural aux joints noircis. Le sol recouvert d'un mauvais lino blanc avait probablement commencé à jaunir dans les années 1960. Quelque chose me dérangeait dans cette pièce, et je mis un moment à comprendre quoi.

Je me laissai retomber au sol et regagnai la cour.

— Personne ? fit Pike.

— Elle m'a dit qu'elle avait pris la chambre sur Anson Lane parce que des champignons étaient apparus dans sa salle de bains, sauf que cette salle de bains-ci n'a pas été refaite depuis des lustres.

Nous retournâmes chez Langer. Il ouvrit sa porte en grand. Toujours son verre à la main.

— Oh. Déjà ?

— Il y a eu un problème de champignons dans la salle de bains d'Ivy ?

Il plissa les yeux comme s'il nous soupçonnait de vouloir l'arnaquer.

— De champignons ?

— Sa salle de bains a-t-elle fait l'objet de travaux visant à régler ce problème ?

— Je ne vois pas de quoi vous parlez.

— Ivy m'a dit qu'on avait trouvé des champignons dans son appartement il y a deux mois, et qu'elle avait dû le quitter plusieurs semaines en attendant la fin des travaux.

— Il n'y a jamais eu de champignons. Je ne sais pas de quoi vous parlez.

— Elle a déménagé ?

— Euh, elle est partie quelque temps, mais elle n'a pas déménagé. C'était pour son travail.

— Je croyais qu'elle travaillait à domicile.

Il agita son verre, sauf que la glace était fondue. Son geste ne produisit que du silence.

— Ah, non, elle travaille sur des tournages. Elle est maquilleuse, je crois, ou peut-être bien qu'elle s'occupe de coiffer les acteurs. C'est pour ça qu'elle est souvent partie. Les extérieurs.

266

Pike grogna.

— Conceptrice de sites web, hum.

Je pivotai vers la porte close d'Ivy. La petite cour s'était transformée en étuve et les gardénias puaient l'insecticide.

— Monsieur Langer, Ivy habite ici depuis combien de temps ?

Son regard alla de moi à Pike, puis revint vers moi. Je vis se plisser son crâne chauve ; il commençait à devenir nerveux.

— Environ quatre mois. Pourquoi ça ?

Pike dit :

— Nous aimerions voir son appartement, s'il vous plaît.

Langer jeta un bref coup d'œil à Pike et changea de pied d'appui.

— Vous voudriez que je vous ouvre ? Ça ne se fait pas. Je ne crois pas que je puisse faire ça.

Il agita en silence son verre.

— Si des policiers et moi-même sommes déjà venus ici, insistai-je, c'est pour questionner Ivy sur un homme soupçonné d'homicide multiple...

— Un meurtre ?

— C'est pour ça qu'il y a eu tout ce passage, sauf qu'il semblerait maintenant qu'Ivy nous ait menti sur certains points. Nous ne pouvons pas nous permettre d'attendre indéfiniment son retour.

Je me retournai vers la porte d'Ivy.

— Peut-être qu'elle est rentrée. Peut-être qu'elle est à l'intérieur en ce moment.

Langer regarda l'appartement, lui aussi, et Pike se planta juste devant lui.

— Faites-nous entrer, monsieur Langer.

Langer se dépêcha d'aller chercher son trousseau de clés.

37

Le jour où j'étais venu questionner Ivy Casik sur Lionel Byrd, son appartement m'avait laissé une impression de propreté et de minimalisme fonctionnel, mais à présent il faisait vide, comme un lieu que personne n'aurait jamais habité. Le canapé, le fauteuil et la table bas de gamme étaient aussi anonymes que des meubles d'occasion de garni. Les tiroirs de la cuisine ne contenaient que trois four-chettes, trois cuillers et un ouvre-boîte. Le lit double était aussi dénué de vie qu'une carcasse de voiture, et il n'y avait plus rien dans l'armoire. S'il y avait eu un téléphone, elle l'avait emporté.

Langer nous fit entrer et assista à notre fouille en serrant les poings.

— Elle est partie, dit Pike. Elle ne reviendra pas.

Ivy Casik m'avait menti comme elle avait menti au manu-tentionnaire de la supérette, à Langer et à Bastilla. Elle avait menti avec talent, sur toute la ligne : il était très possible qu'elle ait aussi menti sur son nom.

Je demandai à Langer si elle réglait son loyer par chèque dans l'espoir qu'il aurait gardé une trace de son numéro de compte, mais il secoua la tête.

— En liquide. Du premier au dernier, et le dépôt de garantie aussi. Elle a payé six mois d'avance.

— Vous avez le bail ?

Pike et moi étions toujours en pleine perquisition quand Langer revint avec le bail. Tellement nerveux que ses bajoues en frémissaient.

268

— Elle m'a donné un numéro de portable, mais quand je l'ai appelé ce n'était pas elle. Je suis tombé sur un certain Rami.

— Elle vous a donné un faux numéro, dit Pike. Comme le reste.

Langer nous tendit le bail comme si la présence de ce numéro expliquait tout.

Ce bail était un contrat type comme on en trouvait dans n'importe quelle papeterie, par lequel le locataire s'engageait à verser une certaine somme le tant de chaque mois et à assumer la responsabilité de tous les dommages éventuels. Il comportait un certain nombre de champs pour des renseignements tels que le nom, les adresses antérieures et les coordonnées bancaires.

— C'est votre écriture ou la sienne ?

— La sienne. C'est beaucoup plus facile de leur laisser remplir tout ça eux-mêmes. On s'est assis à cette table et on a discuté.

Les mots d'Ivy penchaient à droite et avaient été tracés au stylo-bille bleu. La seule adresse antérieure mentionnée, à Silver Lake, était vraisemblablement fausse. Elle avait inscrit ses numéros de permis de conduire et de Sécurité sociale, mais il y avait de bonnes chances pour qu'ils soient aussi faux que celui du portable. Je les notai à tout hasard. J'avais l'intention de prévenir Bastilla, et du coup M. Langer verrait encore bientôt débarquer des gens qui frapperaient fort aux portes et empliraient de bruit sa cour.

Les champs réservés aux coordonnées bancaires et au numéro de carte de crédit étaient vierges.

— Vous ne lui avez rien demandé de tout ça ?

— Elle m'a réglé en cash. Elle avait l'air tellement sympa…

Le carlin entra par la porte grande ouverte en se dandinant et passa entre nous. Pike tapota sa petite bouille ronde. Le chien lui lécha la main.

Tout était écrit en bleu, sauf le modèle et le numéro d'immatriculation de sa voiture. Ces champs-là avaient été complétés à l'encre noire et d'une main raide.

269

— C'est vous qui avez noté ça ?

— Euh, oui, là, c'est moi. Les gens ne se souviennent jamais de leur numéro de plaque. Un jour, je l'ai vue monter dans sa voiture et je suis ressorti plus tard pour le noter.

La voiture en question était une Ford Neon blanche immatriculée en Californie, et c'était sans doute la seule information véridique à notre disposition, à moins qu'Ivy ne l'ait volée. Je me rappelais avoir vu cette Neon le jour où nous avions fait connaissance.

— Les flics vont revenir ?

— Oui, monsieur.

— Je n'ai rien fait de mal, hein ?

— Vous avez été trompé, comme tout le monde.

Après l'avoir remercié de son aide, nous rejoignîmes nos voitures et je téléphonai à Bastilla. Elle ne me parut pas particulièrement impressionnée.

— On est venus mettre les choses au point avec vous il y a à peine une demi-heure, et vous êtes toujours dans la course ?

— Je vous ai dit que je ne resterais pas sur le banc, Bastilla. Ça vous intéresse, oui ou non ?

— Cette fille est une menteuse, Cole. Les gens passent leur temps à mentir.

— C'est aussi la seule personne qu'on ait trouvée à avoir eu des relations avérées avec Byrd, et si elle ment à tout le monde elle a peut-être menti aussi sur Byrd. Ça ne vous dérange pas ?

— Si, ça me dérange, mais à l'heure actuelle ça ne fait pencher la balance ni dans un sens ni dans l'autre. Ce type à qui vous venez de parler, le gardien, il est toujours dans le coin ?

— Oui. Chez lui.

— OK. Dites-lui de ne pas bouger. Je vais voir ce que le DMV[1] a sur elle avant qu'on débarque.

Je refermai mon portable et me tournai vers Pike.

— Ils vont venir voir Langer.

---

1. Département des véhicules à moteur.

— Cool. On va enfin pouvoir se la couler douce.

Je rouvris mon portable en riant et appelai une copine au DMV. Je lui donnai le numéro de plaque de la Neon et demandai le nom et l'adresse du propriétaire, que j'obtins en moins d'une minute. La Neon appartenait à une certaine Sara K. Hill, domiciliée à Sylmar, un petit bled situé dans la partie haute de la vallée de San Fernando.

— Ce véhicule a-t-il fait l'objet d'une déclaration de vol ?

— Non. Pas d'avis de recherche et pas non plus de P-V impayé. La carte grise est à jour.

Je rangeai l'appareil et mis Pike au courant.

— C'est peut-être son vrai nom, observa-t-il.

Les renseignements de Sylmar me donnèrent le numéro d'une Sara K. Hill. Je le composai aussitôt après l'avoir noté. Une femme prit mon appel à la sixième sonnerie, d'une voix râpeuse et qui sonnait âgée.

— J'aimerais parler à Ivy, s'il vous plaît.

— Vous vous trompez de numéro.

Elle raccrocha.

Je la rappelai ; cette fois, elle répondit au bout de deux sonneries.

— C'est encore moi. Vous êtes Sara Hill ?

— Oui.

— Excusez-moi de vous déranger, mais je cherche à joindre Ivy Casik.

— Eh bien, bonne chance. Je connais personne de ce nom.

Elle semblait plus agacée qu'autre chose.

— Vous devriez. Cette personne conduit votre voiture.

La voix de Sara Hill se fit circonspecte.

— Vous êtes le type du crédit ?

— Non, madame. Je ne suis pas le type du crédit.

— Et vous cherchez qui ?

Toujours circonspecte.

— Une fille assez grande, aux cheveux lisses, dans les vingt-cinq ans…

Sara Hill m'interrompit.

— Connais pas ! Fichez-moi la paix !

271

La ligne fut à nouveau coupée, mais je ne rappelai pas Sara Hill. Pike alla rejoindre sa Jeep, je m'installai dans ma voiture et nous partîmes au nord par la Cahuenga Pass en direction de Sylmar.

38

Sylmar est un petit bourg niché au pied de la Newhall Pass, là où la vallée de San Fernando fait place à la montagne. Les rues commerçantes sont bordées de magasins et de fast-foods à l'ancienne, et la campagne environnante, quoique de moins en moins exploitée à cause d'une convergence particulièrement laide d'autoroutes, de voies ferrées et de centrales électriques, accueille encore quelques pépiniéristes et maraîchers. Le genre de bled où on voit partout des panonceaux FOURRAGE et SEMENCES.

Pike me suivit jusqu'à une petite maison située dans un quartier miteux quelque part entre le Golden State Freeway et la voie ferrée. Les jardins étaient vastes, comme souvent en zone rurale, et calcinés par le soleil. Nombre d'entre eux hébergeaient un véhicule rouillé, et les clôtures grillagées étaient tellement vétustes que le seul poids de l'air les faisait ployer. Même dans ce décor sordide, la maison de Sara Hill parvenait à sortir du lot par son aspect lugubre.

La Neon blanche n'était pas dans l'allée latérale, et nous commençâmes par rouler dans le quartier pour nous assurer qu'elle n'était ni garée dans une rue voisine, ni cachée dans le jardin de quelqu'un d'autre. Revenus devant chez Mme Hill, nous laissâmes nos voitures le long du trottoir d'en face, puis Pike remonta l'allée au trot pour couvrir la façade arrière. Je trouvai trois enveloppes et quelques prospectus dans la boîte aux lettres. Le courrier était adressé à Sara Hill. Nous étions à la bonne adresse.

Je me présentai à la porte avec les lettres, sonnai une fois, puis frappai. Quelques secondes plus tard, la voix de Mme Sara K. Hill s'éleva de l'autre côté du panneau.

— Qui c'est ?

— Je vous ai téléphoné au sujet d'Ivy Casik.

— Allez-vous-en. J'ai rien à voir avec ce crédit et je veux pas en parler.

— J'ai votre courrier.

Elle haussa le ton.

— Posez-le. Le vol de courrier est un crime fédéral. Je vais appeler les flics.

— Je suis flic. Ouvrez et je vous montre ma carte.

Le mensonge est parfois la meilleure politique.

Sara Hill ouvrit soudain sa porte. C'était une femme corpulente aux yeux rageurs et aux jointures boursouflées, qui emplissait de sa masse tout le seuil. L'ourlet de sa robe d'intérieur était effiloché, et elle s'appuyait sur une canne. Je tentai de voir derrière elle, sans succès.

— Vous êtes pas du crédit ?

— Je ne suis pas au courant de cette histoire de crédit. Vous voyez ?

Je lui présentai ma licence. Ça n'avait rien à voir avec une carte de police, mais elle ne comprenait probablement pas ce qu'elle avait sous les yeux.

— Rendez-moi mes lettres. J'aime pas votre tête, mais alors pas du tout. C'est comme votre voix.

Je soulevai son courrier, sans le lui donner.

— La Neon.

— Vous êtes pas du crédit ?

— Non, madame. Je ne suis pas du crédit. J'essaie de retrouver la jeune femme qui conduit votre voiture. Il se peut qu'elle ait eu connaissance d'un crime et qu'elle soit en danger.

La colère de ses yeux se mua en frayeur, comme si elle avait l'habitude des mauvaises nouvelles et s'attendait à en recevoir une de plus.

— Elle a pas eu d'accident, au moins ? Je crois pas que je pourrais faire face à ça.

— Vous connaissez une certaine Ivy Casik ?

— Je connais aucune Ivy Casik. Ma fille s'appelle Jonna Hill. C'est elle qui a la voiture, mais j'imagine qu'elle a pu la prêter. Qu'est-ce qu'il y a ?

Après avoir tenté une nouvelle fois de voir derrière elle, je levai une main pour lui indiquer la taille d'Ivy.

— À peu près de cette taille. Une grande fille, athlétique, aux cheveux lisses. Un cœur tatoué ici, sur l'avant-bras.

La peur redoubla dans les yeux de Sara Hill ; elle pivota autour de sa canne et s'enfonça dans la maison en s'appuyant contre le mur. Elle pointait sa canne sur quelque chose que je ne voyais pas au fond de la pièce, aussi je la suivis.

— C'est Jonna, là. Et vous avez pas intérêt à m'annoncer une mauvaise nouvelle.

Le petit séjour était aussi minable que le jardin, avec des sièges usés jusqu'à la corde qui empestaient le vinaigre et la chair rance. Le meuble télé antédiluvien installé sous la fenêtre n'avait vraisemblablement pas servi depuis des années et faisait maintenant office de table. Un petit Hitachi portatif était posé dessus, flanqué de deux photos encadrées. La canne de Sara Hill désignait l'une d'elles.

Il s'agissait d'un de ces portraits en tenue de cérémonie que tous les lycées d'Amérique prennent pendant la terminale pour les revendre sous différents formats aux intéressés et à leur famille. Jonna n'était autre qu'Ivy, bien entendu, mais en plus jeune et avec des cheveux noirs. Au cours de la semaine, j'avais déjà eu sous les yeux un certain nombre de photos de diplôme, mais celle de Jonna Hill n'était pas la dernière : un portrait d'Yvonne Bennett était posé à côté.

Je fixai longuement Yvonne avant de me tourner vers Sara Hill. Je ne retrouvais chez sa fille qu'une seule chose d'elle : les yeux. Les graines de la colère y étaient plantées en profondeur.

Joe Pike sortit de la cuisine, plus silencieux qu'un courant d'air.

— Elle n'est pas là.

Mme Hill tituba de surprise, et se rattrapa grâce à sa canne.

— Seigneur Dieu, qu'est-ce que... ? Qui c'est, celui-là ?

Je me fendis d'un sourire aimable.

— Rassurez-vous, madame Hill. Lui aussi est de la police. On voulait juste s'assurer que tout était en ordre.

Et, m'adressant à Pike :

— Regarde si elle a laissé quelque chose.

Mme Hill agita sa canne vers lui au moment où il redisparaissait.

— Où il va ? Qu'est-ce qu'il va faire ?

— Jeter un œil. Un truc de flics. On jette toujours un œil.

Elle vrilla de nouveau sa canne sur la photo.

— J'espère que vous êtes pas du crédit et que vous m'avez pas baratiné pour que je vous laisse entrer. Jonna m'a prévenue que le crédit risquait d'envoyer un type.

Je maintins une voix douce, assortie à mon sourire.

— Jonna vous a dit qu'elle craignait d'être poursuivie par un agent de recouvrement ?

— Elle était à découvert, rien de plus. Vous savez comment sont les gosses avec leur carte. Elle a dit qu'ils commençaient à l'avoir mauvaise et que si quelqu'un venait il faudrait que je dise que je ne savais pas où elle était et que je n'avais plus de nouvelles.

Sara Hill me dévisagea tout à coup comme si elle venait de se rendre compte qu'elle avait gaffé.

— C'est pas vous, hein ? Parce que si vous m'avez menti, je décroche mon téléphone tout de suite et j'appelle les flics.

— Nous ne sommes pas du crédit.

— Alors qu'est-ce que vous voulez à Jonna ? Elle a pas d'ennuis, j'espère ?

— Si, j'en ai bien peur.

Sara s'approcha à pas lourds du canapé et s'assit lentement.

— Seigneur, par pitié, me dites pas ça. Elle m'a parlé d'un problème de crédit, mais c'est tout.

Je soulevai la photo d'Yvonne. Yvonne pouvait avoir cinq ou six ans de plus que Jonna, et même si je leur trouvais quelques points communs, elles se ressemblaient peu. Déjà au lycée, la femme que je connaissais sous le nom d'Ivy Casik avait l'air sombre et grave. Alors que la bouche d'Yvonne s'incurvait en un sourire malicieux et exempt d'innocence.

— C'est la sœur de Jonna ?

— Je préfère pas en parler, de celle-là. C'est la mauvaise. Elle a toujours été mauvaise, et ça a fini par lui retomber dessus. J'aurais même pas gardé sa photo s'il y avait pas eu Jonna. Elle se fout en rogne dès que je parle de l'enlever.

— Elle s'appelait Yvonne.

Sara Hill me regarda avec surprise.

— Vous l'avez connue ?

— J'ai participé à l'enquête.

— C'était une garce. Une vraie chatte en chaleur, même petite.

Je remis la photo à sa place en m'efforçant de passer outre au picotement de mon œil droit.

— Elles n'ont pas le même nom de famille parce qu'elles sont de pères différents ?

— Le bon et le mauvais, exactement comme elles, et le bon valait pas beaucoup mieux que le mauvais. Il est parti comme tous les autres, pour suivre une traînée. Vonnie en était une, et elle a fait partir la moitié des gars du coin.

Pike reparut en secouant la tête, signe qu'il n'avait rien trouvé. Je m'assis à côté de Mme Hill.

— Nous avons besoin de retrouver Jonna. Ses ennuis vont bien au-delà d'un simple problème de découvert.

— Me dites pas qu'elle a viré putain. Jonna a toujours été ma bonne fille, pas comme Yvonne. Je vous en prie, me dites pas ça.

— Vous vous souvenez de Lionel Byrd ?

— Jamais entendu parler.

— Lionel Byrd a été soupçonné du meurtre d'Yvonne. Vous ne le saviez pas ?

Elle agita sèchement sa canne, comme si elle s'en fichait.

277

— Je m'en suis lavé les mains, de tout ça. Elle a toujours été mauvaise, Yvonne, et ça lui est retombé dessus. Nos chemins se sont séparés bien avant qu'elle soit punie.

Je ne savais plus trop que dire.

— Vous vous en êtes lavé les mains...

— Quand les flics m'ont appelée, j'ai dit que je voulais rien avoir à faire là-dedans. Ça a pratiquement tué Jonna, par contre. Seigneur, ce qu'elle a pu en parler, surtout de la façon dont le type était passé entre les gouttes, mais moi je voulais plus rien savoir de cette histoire sordide, et je lui ai dit : faut que tu t'arrêtes, Jonna, ta sœur en valait pas la chandelle. Yvonne a toujours été comme ça, et elle a eu ce qu'elle méritait.

— Je t'attends dehors, me dit Pike.

Mme Hill le suivit des yeux en fronçant les sourcils.

— Pensez-vous que Jonna voulait se venger de l'assassin d'Yvonne ?

Elle agita de nouveau sa canne.

— Soyez pas idiot. Elle a fait une croix dessus, elle s'est trouvé un bon job, et elle se débrouille très bien, merci pour elle. Jonna, c'est mon gentil bébé. On parle plus d'Yvonne, elle et moi. Elle sait que j'aime pas ça.

— Où est-elle ?

— Chez elle, j'imagine.

— On en sort. Il semble qu'elle ait déménagé.

Mme Hill parut déconcertée.

— Peut-être qu'elle a cru que vous étiez du crédit. La dernière fois qu'elle est passée, c'était il y a pas longtemps, et elle m'a dit qu'elle rentrait chez elle.

Quelque chose dans sa tranquille assurance me fit soupçonner que nous ne parlions pas du même endroit.

— Elle est rentrée à Hollywood ?

— Comment ça, à Hollywood ?

— Chez elle.

— Elle habite pas à Hollywood. Elle habite ici, près du barrage.

À la limpidité de son regard je vis que Sara Hill me disait l'absolue vérité, en tout cas telle qu'elle la connaissait. Sa fille avait menti à tout le monde.

Ses yeux se rétrécirent.

— Vous êtes pas du crédit, hein ? Elle avait tellement peur que ce type lui coure après qu'elle pensait à se cacher.

Je la gratifiai d'un sourire insincère.

— Je ne suis pas du crédit. Dites-moi où habite Jonna. Il faut que je sache de quoi elle a peur.

39

Jonna Hill avait loué un petit bungalow à peine plus grand que le garage d'Angel Tomaso, à moins d'un kilomètre de chez sa mère. Pike étant resté auprès de Sara pour l'empêcher de prévenir sa fille, je m'y rendis seul, sans trop savoir ce que je pouvais m'attendre à trouver. Elle était sur le départ.

Sa Neon blanche attendait à côté du bungalow, le coffre béant comme une bouche affamée. La jeune femme que j'avais connue sous le nom d'Ivy Casik s'en approchait avec des vêtements plein les bras quand j'engageai ma voiture dans l'allée. Elle ne me reconnut pas immédiatement : elle resta en arrêt, le regard fixe, jusqu'à ce que je sois descendu.

— Salut, Jonna. Vous me remettez ?

Elle laissa tomber ses fringues et détala vers le bungalow. Je courais plus vite qu'elle, mais au moment d'atteindre la porte, pour une raison qui m'échappera toujours, elle fit brutalement demi-tour vers la rue. Peut-être avait-elle tellement peur qu'elle ne voyait rien de mieux à faire que de courir le plus longtemps possible.

Je la plaquai dans le jardin, et nous roulâmes ensemble sur un mélange de terre sèche et de gazon mort. Elle me pilonna de coups de poing, tenta de me crever les yeux et tricota frénétiquement des genoux pour s'échapper jusqu'à ce que je l'immobilise par une clé au bras.

— Arrêtez, Jonna ! Arrêtez !

— J'ai porté plainte contre vous à la police ! Je vais les rappeler !

— Allez. Je sais que vous êtes la sœur d'Yvonne. Arrêtez.

Elle cessa enfin de se débattre et reprit son souffle avec des gémissements qui n'étaient pas tout à fait des sanglots.

Je l'aidai à se relever puis la guidai à l'intérieur du bungalow, où elle s'assit, le visage entre les mains. Des photos d'Yvonne Bennett tapissaient les murs ; la plupart les montraient ensemble lorsqu'elles étaient enfants. Jonna était toujours nettement plus petite parce que Yvonne était l'aînée, et déjà à cette époque Jonna ne souriait pas, les épaules entourées par le bras protecteur d'Yvonne. Jonna en avait déjà décroché un certain nombre, mais il en restait.

— Qui vous a aidée ?

— Je ne vois pas ce que vous voulez dire.

— Qui vous a aidée à le tuer ?

Elle secoua la tête.

— Je le connaissais sous le nom de Lonnie Jones. Je n'ai appris son vrai nom qu'en lisant le journal.

— Donc, la sœur d'Yvonne Bennett a loué par le plus grand des hasards une chambre juste en face de la maison de l'homme qui avait été accusé de son meurtre ?

— Question de malchance.

— D'où teniez-vous les photos ?

— Je ne suis au courant de rien. Je vais appeler les flics.

Quelqu'un lui avait donné les photos. Quelqu'un lui avait dit où trouver Lionel Byrd, lui avait soufflé un plan d'action et l'avait convaincue qu'elle allait enfin pouvoir faire payer l'assassin de sa sœur. Quelqu'un s'était servi d'elle, et il se pouvait que ce soit Wilts. Si Wilts avait voulu charger Byrd pour précipiter la clôture du dossier Repko, ça ne pouvait être que lui, mais je n'en avais pas la preuve.

— C'est Wilts ?

— Qu'est-ce que vous racontez ?

— C'est Wilts qui vous a donné les photos ?

— Je ne sais pas de quoi vous parlez.

À son regard clair et sans peur, je compris qu'elle ne lâcherait rien. J'appelai Pike.

— Elle est ici. Je la tiens.

— J'arrive.

Après avoir rangé mon portable, j'entrepris de fouiller dans les affaires de Jonna. Je cherchais surtout un flingue, un couteau ou tout autre objet susceptible de lui avoir servi d'arme, mais je découvris autre chose : la photocopie du procès-verbal d'arrestation de Lionel Byrd et celle d'un document du tribunal évoquant la levée des poursuites engagées contre lui.

Je lui mis ça sous le nez.

— C'est ce qu'on appelle un indice.

Elle me tendit le majeur.

— Et ça, c'est ce qu'on appelle un doigt. Vous n'avez que dalle.

Son portefeuille, ses clés, ses lunettes de soleil et deux téléphones mobiles étaient encore sur le comptoir de la kitchenette. Je n'y avais pas fait attention dans un premier temps, mais l'un de ces téléphones me rappela vaguement quelque chose. C'était un appareil bas de gamme du même modèle que celui de la fiche technique trouvée dans les papiers de Marx.

Dès que je le pris, Jonna s'agita, mal à l'aise.

— Je ne sais pas pourquoi vous faites ça, dit-elle, mais je vais vous faire coffrer. Sans déconner.

Je portai mon index à mes lèvres. Chut.

— Ce téléphone n'est pas à moi. Je l'ai trouvé.

— Chut.

Plus j'examinais cet appareil, plus ma certitude grandissait. L'autre portable de Jonna était un joli petit Motorola, mais ce Kyoto ressemblait comme deux gouttes d'eau au modèle prépayé du dossier de Marx. Debra Repko avait reçu six coups de fil d'un numéro attribué à un téléphone de ce modèle. Elle avait contacté un téléphone de même type depuis son PDA.

Pike se gara dans l'allée derrière la Neon et apparut sur le seuil. Il hocha la tête en entrant mais ne dit rien. Jonna écarquilla les yeux comme si elle faisait face à un cobra. Je montrai le téléphone à Joe.

— Ça te dit quelque chose ?

— Le prépayé.

— Hum hum.

J'allumai le portable et fixai l'écran en attendant qu'apparaisse l'icône de réseau. Il me fallut une minute pour comprendre comment accéder à l'historique des appels, et je sélectionnai les appels sortants. Peut-être esquissai-je un sourire. Tous les appels sortants étaient adressés au même numéro, et je le connaissais.

— Quoi ? fit Pike.

— Elle a appelé plusieurs fois le même numéro que Debra Repko. Et tous ses appels entrants proviennent aussi de ce numéro.

— Wilts ?

— On va voir.

Jonna jaillit de la banquette et tenta de prendre la fuite, mais Pike l'enserra aussitôt entre ses bras. Elle se mit à ruer et à secouer la tête dans tous les sens, mais il maintint son étreinte et lui plaqua une main sur la bouche. Il appuya juste le temps qu'il fallait pour qu'elle s'arrête, puis m'adressa un signe de tête.

Je composai le numéro et attendis que les sonneries s'égrènent. Je n'eus pas longtemps à attendre.

Une voix dit :

— Jonna ? Jonna, où étiez-vous passée ? Je vous ai appelée...

Je retenais mon souffle, me demandant s'il entendait les bonds que faisait mon pouls dans mon oreille.

— Allô ? Vous m'entendez ?

Il ajouta, haussant la voix :

— La ligne passe mal, on dirait ?

J'éteignis le téléphone et inspirai profondément. J'aurais voulu pouvoir chasser la terrible sensation qui m'envahissait, mais je ne pouvais plus bouger.

— C'était Wilts ? demanda Pike.

Je secouai la tête.

— Non. Pas Wilts. C'était Alan Levy.

Quatrième partie

Réciprocité

40

Pike entrava les poignets de Jonna à l'aide d'une rallonge électrique. Je glissai ses portables dans un sachet en papier d'épicerie trouvé dans la cuisine, mais nous laissâmes tout le reste en l'état. Je me dis que Marx voudrait sans doute fournir à ses inspecteurs et techniciens une scène de crime aussi préservée que possible. La balle était désormais dans son camp. J'aurais dû le laisser s'occuper du reste, mais je ne le fis pas.

Pendant que Pike conduisait Jonna à la Jeep, j'appelai Bastilla. Je n'avais que son numéro de portable ; elle ne répondit pas. Soit elle m'en voulait encore, soit elle était en plein travail. Dans tous les cas, son silence m'arrangeait. Je lui laissai quand même un message.

— Ivy Casik s'appelle en réalité Jonna Hill. C'est la demi-sœur d'Yvonne Bennett. Contactez Pike. Elle sera avec lui.

Je lui donnai le numéro de Joe, puis je fermai le bungalow et rejoignis la Jeep.

— La police en aura besoin, dis-je en remettant les clés à mon ami. J'ai laissé un message à Bastilla avec ton numéro. Elle t'appellera.

Pike allait veiller sur Jonna et sa mère jusqu'à ce que nous ayons établi le contact avec Marx.

— Tu es sûr que tu ne veux pas que je t'accompagne ?

— Ça va aller. On se voit tout à l'heure.

Je suivis des yeux leur départ puis me retournai vers le bungalow de Jonna. Après l'avoir considéré un certain temps, je levai la tête. Au-dessus de moi la voûte céleste était vide de nuages et d'oiseaux. J'aurais bien voulu y voir quelque chose, mais le ciel n'était qu'un désert bleu laiteux. Mon téléphone à la main, je remontai dans ma voiture et fixai le numéro de portable qu'Alan Levy m'avait donné, mais je ne voulais pas l'avoir au bout du fil et préférai appeler son cabinet.

— Salut, Jacob. Alan est là ?

— Désolé, non. Il ne vous a pas rappelé ? Je lui ai transmis vos messages.

— Si, on s'est parlé, mais j'aurais à nouveau besoin de le joindre. Il est au tribunal, peut-être ?

— Oh, non. Il a annulé tous ses engagements depuis la découverte de M. Byrd. Cela fait plusieurs jours qu'il n'est pas venu.

— Ah, d'accord.

— Je peux vous le joindre.

— Ce n'est pas la peine. Il travaille peut-être chez lui ?

— Aucune idée, monsieur Cole. Vous connaissez Alan. Soit il prépare un dossier, soit il effectue des recherches. Il n'est pas facile à suivre dans ces cas-là.

Sitôt après avoir raccroché, j'appelai une amie agent immobilier qui avait accès au fichier des taxes foncières. Six minutes plus tard, je disposais de l'adresse personnelle d'Alan Levy et je mettais le cap sur Santa Monica. J'y arrivai en début d'après-midi. J'aurais mieux fait de ne pas y aller, mais je le fis. J'aurais mieux fait d'attendre les flics, mais je ne le fis pas.

L'adresse me mena à une grosse villa de style Cape Cod construite sur deux niveaux à trois rues de la plage, au cœur d'un magnifique quartier résidentiel. C'était un quartier de type familial avec des trottoirs en biseau, des gamins qui faisaient du skate et une hybride dans chaque allée, mais comme il se trouvait à deux pas de la plage de Santa Monica, il n'accueillait que des familles riches. Je me garai en face de la villa. Deux gosses me frôlèrent en trombe sur leur planche, une femme qui devait faire des ménages chez quelqu'un attendait debout au coin de rue suivant. Des jardiniers étaient au travail dans plusieurs propriétés, mais tout semblait calme chez Levy. Le garage était invisible derrière le portail automatique qui barrait l'allée latérale à hauteur de la façade, ce qui m'empêcha de savoir si la voiture d'Alan y était. À cette époque de l'été, ses filles n'allaient plus à l'école, mais je ne parvins pas davantage à déterminer s'il y avait quelqu'un dans la maison. Peut-être qu'elles étaient parties camper quelque part, ou peut-être qu'elles batifolaient dans leur piscine et qu'Alan batifolait avec elles. Mais peut-être aussi qu'il était posté à l'intérieur de sa baraque en train de surveiller la rue entre les lamelles d'un store.

Je pris mon calibre sous mon siège, le glissai sous ma chemise et traversai la chaussée. Mon portable vibra au moment où j'atteignais le bord du trottoir, mais c'était Bastilla. Je l'ignorai.

La porte d'entrée de la maison était massive et imposante comme un couvercle de cercueil. Après avoir frappé poliment, j'actionnai la sonnette. Personne ne s'étant manifesté, je finis par escalader le portail et découvris un jardin spacieux, avec une belle piscine dont la terrasse était dallée de tommettes et une splendide roseraie. Aucun enfant ne batifolait dans l'eau. La famille Levy ne profitait pas de cette magnifique journée d'été. Une feuille solitaire voguait à la surface de la piscine. L'eau était tellement cristalline qu'elle semblait flotter dans l'air.

J'arpentai la façade arrière en toquant régulièrement aux baies vitrées et aux portes-fenêtres, mais je ne vis aucun mouvement.

— Ohé, Alan, c'est Elvis Cole ! Il y a quelqu'un ?

Pas même une femme de ménage.

Je m'approchai du garage. Le portail basculant était baissé, la petite porte latérale fermée à clé. N'ayant pas envie de perdre mon temps à la forcer, je revins vers les portes-fenêtres. Je cassai un carreau, passai la main à l'intérieur, et entrai. J'aurais dû garder mon pistolet au poing, mais je le remis dans ma ceinture. Je ne voulais pas effrayer ses enfants. Peut-être qu'ils étaient là, en train de faire la sieste. Peut-être qu'ils dormaient tous.

— Il y a quelqu'un ?

Je fis halte juste après avoir franchi la porte-fenêtre pour tendre l'oreille, mais la maison resta silencieuse. Je décidai de hausser le ton.

— Madame Levy ? Je travaille avec Alan. Jacob m'a dit qu'il serait peut-être chez lui.

Ma voix résonnait comme dans une caverne. Il n'y avait pas un magazine, pas un DVD sur la table basse ; aucun jouet, aucun jeu vidéo ne traînait sur le sol. Les pièces étaient vastes et joliment meublées, mais tellement dénuées de vie qu'un fourmillement m'envahit le cuir chevelu.

— Ohé ?

Je quittai la salle de séjour pour passer dans le salon, que je traversai sur la pointe des pieds jusqu'à une salle à manger aussi froide qu'un mausolée. La table était superbe ; les chaises qui l'encadraient alignées au cordeau, comme si elles n'avaient pas été déplacées depuis des années.

La salle à manger donnait sur la cuisine, puis sur un garde-manger. Qui dit enfants dit nourriture, mais il n'y avait là ni céréales, ni galettes fourrées, ni biscuits. Les étagères ne contenaient que des boîtes de bœuf en daube Dinty Moore. Rien d'autre. Des bouteilles de vodka vides s'alignaient à même le sol. Boîtes et bouteilles étaient disposées en rangs parfaits, les étiquettes toutes impeccablement orientées dans le même sens. Quand je ressortis du garde-manger, j'avais les aisselles en sueur.

Le réfrigérateur contenait des plats préparés, des boissons sucrées et de la vodka, mais pas de jus de fruits ni de lait, pas d'œufs ni de beurre de cacahuète. Je ressortis mon arme et la maintins le long de ma cuisse tout en sachant que je ne trouverais personne ici. Ni Alan, ni qui que ce soit d'autre. Aucun être vivant.

Mon portable se remit à vibrer, aussi bruyant qu'un essaim de guêpes. Je ne le regardai même pas. Je fis de mon mieux pour étouffer ses vibrations au creux de ma main, tentant d'entendre au-delà de l'essaim ce qui se passait dans les profondeurs invisibles de la villa. J'avais le souffle de plus en plus court et j'eus brusquement envie de défoncer la porte d'entrée ou de passer par une fenêtre. J'avais envie de fuir ce terrible endroit et de courir vers la lumière comme un enfant poursuivi par des guêpes, mais je ne le fis pas.

Je traversai au trot la villa. Je m'étais déplacé en silence jusque-là mais j'allais de plus en plus vite, passant chaque porte le pistolet levé et le doigt sur la détente. J'inspectai la suite parentale puis le bureau d'Alan, aux murs bardés de plaques et de citations. Après avoir ouvert toutes les portes et vérifié tous les placards et toutes les salles de bains du rez-de-chaussée, je montai l'escalier quatre à quatre. Bien que terrifié par ce que je m'attendais à découvrir, j'accélérai encore.

Les chambres des filles se trouvaient à l'étage ; elles étaient toutes les deux parfaitement en ordre, mais en un sens encore plus effrayantes que le reste de la maison. Des posters de célébrités sur le déclin et de groupes de rock oubliés en ornaient les cloisons. Des ordinateurs en retard de plusieurs générations sur les modèles actuels équipaient les bureaux. Les brosses à dents de leur salle de bains commune n'avaient pas servi depuis des lustres.

Je faillis tomber en dévalant l'escalier et courus vers la suite parentale. La salle de bains racontait la même histoire. Les affaires de toilette pour homme avaient été utilisées récemment, mais tous les produits pour femme étaient secs et périmés ; il n'y avait pas un seul vêtement féminin dans le panier à linge.

Mon cœur carillonnait dans ma poitrine et le silence grondait comme l'océan. Le grondement augmenta quand je me mis à courir. Je retraversai toute la villa en courant, je ressortis par la même porte-fenêtre et continuai à courir jusqu'à ma voiture. Le grondement se poursuivit jusqu'à ce que je m'aperçoive que mon portable vibrait. Bastilla tentait à nouveau de me joindre. Cette fois, je répondis.

41

Jonna Hill était assise dans une agréable pièce beige du commissariat de police de Mission Hills, dans la partie haute de la vallée de San Fernando : Marx l'avait cachée aussi loin que possible des yeux et des oreilles du centre de Los Angeles. C'était une pièce confortable, tapissée de papier peint à motifs, où les victimes de viol et d'autres maltraitances étaient entendues. L'ambiance féminine était supposée les aider à se confier. Nous la scrutions à travers un miroir sans tain. Elle était seule désormais, jouant à faire tourner le bouchon d'une bouteille d'eau minérale sur la table basse. Jonna se savait observée. Bastilla et Munson venaient de passer près de deux heures à la cuisiner, mais l'ambiance n'avait pas suffi. Jonna ne lâchait rien et refusait de dénoncer Levy.

Munson se frotta les paupières, s'adossa au mur et me regarda en fronçant les sourcils.

— Vous êtes sûr que c'était lui ?

— Oui.

— Peut-être qu'il avait juste le même genre de voix.

— C'était Levy, Munson. Je connais sa voix.

De ce côté-ci du miroir, il n'y avait ni papier peint ni décor apaisant. La salle d'observation était gris-bleu, meublée seulement d'une table de travail adossée au mur sous le miroir, d'un jeu de chaises métalliques et d'une console d'enregistrement. Pike et moi y étions seuls avec Munson depuis que Bastilla était partie chercher les photos de l'album des mortes. Marx faisait de brèves apparitions entre deux coups de fil à ses contacts du cabinet Barshop, Barshop & Cie, qui essayaient de ne pas se faire repérer.

Quand il revint quelques minutes plus tard, il tenait son portable comme s'il lui brûlait les mains et chercha tout de suite le regard de Munson.

— Elle a parlé ?

— C'est une coriace, Tommy. Elle ne lâche rien.

— Elle croit en lui, dit Pike.

Munson leva les yeux au ciel.

— Oh, s'il vous plaît, Pike. Elle est cinglée.

— Elle est peut-être cinglée, intervins-je, mais elle croit que Levy l'a aidée à punir l'assassin de sa sœur. Elle croit qu'ils sont dans le même camp.

Le dossier judiciaire d'Yvonne Bennett et le rapport d'enquête autour de son meurtre étaient étalés sur la table. L'expertise psychiatrique réalisée après sa première arrestation décrivait un lourd passé d'abus sexuels, commis sur elle par des messieurs que sa mère ramenait à la maison. Si ces hommes s'étaient sentis libres d'abuser d'Yvonne, sans doute avaient-ils aussi tenté de faire de même avec sa petite sœur. Je me demandai si Yvonne n'avait pas voulu protéger Jonna en se donnant à eux. Je regardai fixement le cœur brisé tatoué sur l'avant-bras de Jonna en me disant que c'était peut-être ça.

Elle a toujours été mauvaise, et ça a fini par lui retomber dessus. Une vraie chatte en chaleur, même petite. J'aurais pas gardé sa photo s'il y avait pas eu Jonna. Elle se fout en rogne dès que je parle de l'enlever.

Munson demeurait sceptique.

— En tout cas, ce serait bien qu'elle nous donne un petit quelque chose. Je n'y crois toujours pas. Pour moi, c'est Wilts qui a fait le coup.

Marx tripota nerveusement son téléphone et finit par croiser les bras.

— Pas forcément. Primo, à l'époque où Frostokovic a été assassinée, il se trouve qu'un avocat du cabinet Barshop était chargé de lever des fonds pour la campagne de Wilts. Et deuzio, il y avait des membres de Barshop parmi les invités à la partouze organisée par Wilts il y a quelques années. L'homme à qui je viens de parler pense que Levy en faisait partie. Il semblerait donc que Levy ait eu accès à ces filles par le biais de son cabinet.

— Levy a participé au dîner organisé en l'honneur de Wilts le soir de l'assassinat de Repko ? demandai-je.

— Mon contact est en train de se renseigner. Il doit me rappeler.

Munson leva les mains en l'air. La pièce était si exiguë qu'il faillit gifler Pike.

— Bon, alors quoi ? On a tout faux sur Wilts, ou il reste suspect ?

— On le saura quand elle aura parlé.

— Bon Dieu... Et si Levy avait servi de rabatteur à Wilts ?

Je secouai la tête.

— On ne partage pas ce genre d'actes, dis-je. On les commet soi-même. Si les photos viennent de Levy, c'est lui qui les a prises.

Marx observa Jonna, toujours occupée à faire tournoyer son bouchon sur la table basse.

— À quand remonte votre dernier contact avec lui ?

— On s'est parlé ce matin. Il m'incitait à la retrouver.

— D'accord. Et avant ?

— Hier. Il est passé chez moi. Pour essayer de voir où vous en étiez et se renseigner sur la fille.

Munson émit un grognement.

— Il s'est servi de vous.

— Oui, Munson, et alors ?

— Ce n'est pas une critique.

Je me retournai vers Marx.

— À mon avis, il veut la tuer. Vu qu'elle ne répond plus à ses appels, elle pense probablement comme moi. Ce qui expliquerait qu'elle soit rentrée à Sylmar.

Munson soupira.

— On devrait le boucler, Tommy. Retirons-le de la circulation.

— Comment ? Si ça se trouve, il vole déjà vers la Chine.

Pike remua dans son coin.

— Non. Il veut la fille. C'est son talon d'Achille.

Marx n'était visiblement pas convaincu.

— Si on lui tombe sur le râble avant qu'elle ait parlé, ça ne servira qu'à lui mettre la puce à l'oreille. On n'a rien contre lui. Même si cette fille nous déballe tout ce qu'elle sait, si elle n'a rien de concret ce sera parole contre parole. Et vous savez très bien comment Alan Levy s'en tirerait.

Munson croisa les bras, la mine sombre.

— Il l'accuserait de le charger parce qu'il a défendu l'assassin présumé de sa sœur.

— Exact.

— C'est peut-être ce qui nous attend de toute façon. Elle est à nous pendant quarante-huit heures, après quoi on devra l'inculper ou la relâcher. Dans un cas comme dans l'autre, Levy sera averti à ce moment-là. Au moins, si on le serre tout de suite, il sera pris au dépourvu.

— Le serrer où ? Il ne met plus les pieds à son cabinet. Cole dit qu'il n'est pas non plus chez lui. Vous croyez peut-être qu'il va venir se livrer si on lui téléphone ?

— Faisons-le appeler par quelqu'un de chez Leverage. Ou de son cabinet, à la rigueur.

— Il comprendra, dit Pike. Il se débarrassera de son portable et vous n'entendrez plus jamais parler de lui.

J'observais Jonna. De l'autre côté du miroir, elle jouait toujours à la toupie. Sa bouteille d'eau était vide, donc elle aurait bientôt envie de pisser ; en attendant, son bouchon tournait toujours. J'avais les yeux rivés sur ce bouchon quand elle releva soudain la tête, à croire qu'elle venait de sentir la pression de mon regard. Elle sourit comme si elle me voyait, et je lui rendis son sourire.

— Levy est persuadé que je la cherche, lâchai-je. Il veut que je la retrouve et il attend mon coup de fil. Laissez-moi l'appeler.

— Qu'est-ce que ça nous apportera ?

— Je pourrais lui dire que je l'ai localisée. Si je lui dis où elle est, il viendra.

— D'accord, on le chope. Ça ne nous donnera pas de preuve.

— Si elle accepte de coopérer, on devrait pouvoir amener Levy à se trahir. On l'enregistre, et vous aurez votre preuve.

Munson éclata de rire et lança de nouveau les mains en l'air. Pike fit un pas de côté.

— Réveillez-vous, Cole. Regardez-la. Cette fille est froide comme la glace.

— À l'heure actuelle, elle croit que Byrd a tué sa sœur. Si on arrive à la convaincre que c'est Levy, ça la fera peut-être changer d'avis.

Marx me fixa un moment avant de regarder Jonna. Elle fit encore une fois tourner son bouchon. Il fusa sur la table basse puis tomba dans le vide en dessinant un arc de cercle.

Marx pivota a nouveau vers moi.

— On va tenter le coup.

42

Je patientais, seul à l'extérieur de la salle d'interrogatoire, en sirotant le café à trente-cinq cents que j'avais pris au distributeur du bout du couloir. C'était un café amer et tellement brûlant qu'il m'avait couvert la langue de cloques. Je le bus quand même. La douleur créait dans mon corps une diversion bienvenue.

Un tintement de monnaie attira mon attention. Marx finit de mettre ses pièces dans le distributeur et m'aperçut lorsqu'il tourna la tête en attendant que son gobelet se remplisse. Il me rejoignit son café à la main, avala une gorgée et fit la grimace.

— C'est dégueulasse.

— Assez mauvais, oui.

— Je ne comprends pas. On a un distributeur, au Central, qui sert le meilleur café du monde. Le même distributeur, les même trente-cinq cents, mais l'un est sublime, l'autre infect.

Il le but quand même. Comme moi, il avait peut-être besoin de faire diversion.

— On surveille sa baraque. Pas trace de lui, comme vous le disiez, mais les gars restent attentifs. On va garder la mère pour la nuit au commissariat de Foothill, et il faudra ensuite l'installer quelque part, probablement dans un motel. On finira par l'avoir, ce salaud.

Ce n'étaient que des mots, mais une part de moi-même avait besoin de les entendre. Marx sentit peut-être pourquoi je me brûlais la langue. Il baissa soudain le ton.

— Vous n'êtes pas le seul, Cole. Imaginez un peu la tronche de tous les ténors du barreau de chez Barshop, Barshop & Cie quand ils sauront.

Je ne pus m'empêcher de pouffer, et la large face de Marx se fendit d'un sourire hilare. C'était la première fois que je le voyais sourire, et j'aurais parié gros que nous ne ririons jamais ensemble.

— Vous savez ce qui me fait le plus mal ?

— Je peux le deviner, répondit-il.

— Levy m'a inclus dans sa mise en scène. Comme un complice.

— Vu sous cet angle, on pourrait en dire autant du juge, de Crimmens et de tous les autres, mais c'est de la connerie. Vous avez tous fait votre boulot. Levy a vu une occasion se présenter et il a sauté dessus. Ce fils de pute est malin comme un singe. Je suis sûr qu'il planifie son coup depuis le jour où il a su que quelqu'un d'autre avait été coffré pour le meurtre d'Yvonne Bennett.

— J'espère qu'on aura la chance de lui poser la question.

Marx avait probablement raison. Yvonne Bennett était sa cinquième victime. Alan Levy avait déjà tué à quatre reprises sans jamais être arrêté, ni inculpé, ni même soupçonné. Il devait être content de lui. Il avait certainement fait ce qu'il fallait pour se renseigner sur les meurtres qu'il avait commis et l'état d'avancement des différents dossiers. Cela coulait de source : en sa qualité d'éminent avocat pénaliste, Levy avait des contacts à tous les échelons du système judiciaire. Il avait sans doute été le premier surpris d'apprendre l'arrestation d'un certain Lionel Byrd. Je me demandai si l'idée que quelqu'un puisse payer à sa place l'avait amusé ou s'il s'était plutôt senti vexé par une telle usurpation. Peut-être aurais-je une chance de lui poser aussi cette question-là. Il avait dû se rendre compte que Lionel Byrd serait parfait dans le rôle du tueur remis en liberté en épluchant son casier judiciaire et le dossier cousu de fil blanc que Crimmens avait constitué contre lui. Une fois relâché, Byrd resterait à tout jamais un excellent suspect de meurtre puisqu'il avait déjà été accusé de celui d'Yvonne Bennett, c'était donc un atout potentiel qu'Alan Levy se gardait sous le coude. Si Byrd avait pu être inculpé une fois, rien n'empêchait qu'il le soit à nouveau.

J'avais sans doute été la cerise sur le gâteau, placée là parce que c'était logique et que ça faisait bien.

— Pourquoi souriez-vous ? me demanda Marx.

— Je me demandais comment aurait réagi Levy si j'avais découvert la vérité en enquêtant sur Bennett.

— Vous y seriez passé aussi. Il devait s'être préparé à cette éventualité.

Je hochai la tête en songeant que si la situation avait évolué dans ce sens trois ans plus tôt, Lupe Escondido et Debra Repko seraient encore en vie. Et que je serais peut-être mort.

— C'est la démineuse, hein ?

Les yeux de Marx étaient rivés sur moi.

— Quelle démineuse ? Starkey, vous voulez dire ?

— Oui. C'est elle qui vous a aidé, n'est-ce pas ?

— Je ne vois pas de quoi vous parlez. Starkey ne m'a absolument pas aidé. Poitras non plus. J'ai bénéficié d'un soutien interne, oui, mais ça ne vient pas d'eux.

— Starkey était furax qu'on lui ait piqué l'affaire, donc elle vous a aidé. J'ai les oreilles qui traînent, Cole. Comme vous.

— Pensez ce que vous voudrez, mais Starkey n'a rien à voir là-dedans.

Marx s'apprêtait à répliquer quand son portable sonna. Il lut le numéro entrant et me fit signe de me taire.

— Mon contact de chez Barshop.

Leur conversation dura moins d'une minute. Quand Marx rempocha son téléphone, il me parut livide dans la lumière crue des tubes fluorescents.

— Levy était au banquet ?

— Oui. Il n'était pas sur la liste des invités, mais il est passé au Bonaventure en début de soirée. Il est resté à peine un quart d'heure ou vingt minutes, et il est reparti avant le passage à table. Il avait l'air agité.

— Il voulait voir Debra.

— Ça fait trois sur trois, Cole. Les pièces s'emboîtent.

Levy avait probablement déjà son meurtre en tête à ce moment-là, mais lui seul pourrait nous le confirmer. Pourquoi avait-il choisi Debra Repko, et pourquoi toutes les autres ? Qu'est-ce qui l'avait poussé à tuer ce soir-là, avec trois mois d'avance sur son calendrier habituel, lui qui avait toujours fait montre d'une grande prudence ? Il fallait que je le sache. Les pièces du puzzle Levy allaient s'emboîter, mais il fallait que Jonna Hill y mette du sien.

Bastilla surgit au bout du couloir avec les photos qu'elle était allée chercher. Pike et Munson allaient suivre la scène depuis la pièce d'observation.

Visiblement surprise de nous trouver ensemble, Bastilla focalisa son attention sur Marx.

— Quand vous voulez, patron.

— On y va.

Bastilla entra dans la salle d'interrogatoire. Marx lui emboîta le pas, marqua un temps d'arrêt et se retourna.

— Je ne sais pas ce que ça vaut, Cole, mais je suis content que vous n'ayez pas lâché l'affaire.

— Merci, monsieur. Moi aussi.

— Idem pour Starkey. Dites-le-lui.

Je hochai la tête, et Marx disparut dans la salle.

43

Lorsqu'elle nous vit entrer, Jonna se laissa aller en arrière, les doigts entrelacés. Elle semblait totalement à l'aise ; pas détendue comme on l'est quand on rêvasse, plutôt à la façon d'une athlète aguerrie. Marx et Bastilla s'étaient mis d'accord pour que ce soit Bastilla qui lui parle – de femme à femme. Ils tenaient à ce que je sois présent parce que Jonna et moi avions quelque chose en commun : sa sœur.

Bastilla et moi nous assîmes, et Marx resta debout dans un coin de la pièce. Bastilla déposa sur la table une enveloppe en papier kraft qu'elle n'ouvrit pas.

— Comment ça va ? demanda-t-elle.

— Pas mal, en fait.

— Bon. Vous connaissez M. Cole ?

— Ouais. Tout est parti de lui.

— Et le chef adjoint Marx ?

Jonna opina.

— Vous êtes consciente que nous sommes filmés ?

— Je m'en fous. Je n'ai rien à voir dans tout ça. Je ne sais pas de quoi vous parlez.

Bastilla plaça ses paumes à plat sur l'enveloppe.

— Vous êtes la sœur d'Yvonne Bennett, et vous avez noué comme par hasard des liens étroits avec l'homme qui a été accusé de son meurtre il y a trois ans, comme par hasard sous un faux nom, et comme par hasard dans les quelques semaines qui ont précédé la mort de cet homme. Qu'est-ce que ça nous inspire, à votre avis ?

— Je n'y peux rien si j'ai rencontré ce mec. J'ai toujours cru qu'il s'appelait Lonnie Jones.

Marx remua dans son coin et prit la parole :

— Vous saviez que c'était Byrd parce que Alan Levy vous l'avait dit.

— Ce n'est pas vrai.

— Vous détestiez Levy. Votre mère nous a dit que vous lui aviez passé des coups de fil et écrit des lettres de menaces à son cabinet.

— Elle se fait vieille.

— Vous avez dû être très surprise le jour où Levy vous a contactée. Je me dis que c'est ce qui a dû se passer, n'est-ce pas, Jonna ? Il a dû vous raconter qu'il se sentait atrocement coupable, qu'il avait des remords et d'autres absurdités dans ce genre...

Jonna se rembrunit, mais ce fut sa seule réaction.

— ... que Byrd s'était payé sa tête, qu'il avait recommencé à tuer et qu'il fallait absolument faire quelque chose pour en finir. Je me rapproche, Jonna ? Je chauffe ? Je brûle ?

— Doucement, patron, intervint Bastilla. Allons.

Le bon flic, le mauvais flic.

Bastilla sortit les clichés de l'enveloppe. Chacun d'eux était protégé par une pochette transparente hermétique. Elle avait apporté les Polaroïds originaux de l'album des mortes ; ils étaient maculés des traces des analyses effectuées par la SID. Bastilla étala les tirages sur la table les uns après les autres. Sondra Frostokovic. Janice Evansfield. Toutes les victimes, sauf Yvonne Bennett.

Jonna daigna tout juste les regarder.

— Vous savez que Byrd n'est pas l'auteur de ces photos parce que c'est vous qui les lui avez apportées. Vous savez que je dis la pure vérité. Ces photos ont été prises par la personne qui a tué ces femmes ; il n'y a pas d'autre possibilité.

— Vous n'y connaissez rien. C'est la police qui les a prises. Ils prennent un tas de photos de ce genre quand quelqu'un se fait assassiner.

— C'est ce que vous a dit Levy ? C'est comme ça qu'il s'est justifié de les avoir en sa possession ?

Bastilla sortit de l'enveloppe un rapport dont les pages étaient réunies par un trombone et le posa face à Jonna.

— Voici le compte rendu de l'analyse de ces images réalisée par notre division scientifique. Ça explique de quelle façon pour chacune d'elles le moment de la prise de vue a été déterminé. Vous pouvez le lire, si vous voulez. S'il y a des choses qui vous échappent, nous pouvons faire venir quelqu'un de la SID pour vous dire ce que ça signifie. Nous n'essayons pas de vous rouler, Jonna.

Bastilla sélectionna la photo de Janice Evansfield et suivit du doigt le tracé du filament de sang. Elle tapota sur les trois gouttelettes tombées du nez de Sondra Frostokovic et sortit ensuite une autre image d'elle prise par l'inspecteur médico-légal et montrant une flaque nettement plus importante. Pendant que Bastilla poursuivait ses explications, je sortis une des photos d'Yvonne Bennett réalisées par les services du coroner et j'attendis mon tour.

J'écartai les autres clichés et plaçai sur la table le Polaroïd d'Yvonne. Jonna se pencha en avant dès qu'elle vit sa sœur.

— Vous voyez ça ? demandai-je en posant le doigt sur la bulle rose.

Je mis la photo des services du coroner à côté du Polaroïd pour qu'elle puisse comparer.

— C'est une bulle de sang. Elle s'est formée à l'instant de sa mort. Elle a éclaté quelques secondes plus tard.

Jonna regardait fixement les photos, mais je sentis qu'elle ne les voyait pas.

— Vous savez que Levy a fait appel à moi pour défendre Lionel Byrd ?

Quand elle releva la tête, ses yeux semblaient contempler un point situé à des milliers de kilomètres.

— Oui.

Bastilla me donna un coup de genou sous la table, et Marx sourit dans son coin.

— C'est Levy qui vous a parlé de moi, n'est-ce pas ?

Elle secoua vaguement la tête et se concentra de nouveau sur les photos.

— Le rôle de Cole n'a jamais été évoqué ni à la télévision ni dans la presse, intervint Bastilla. Il ne vous en a jamais parlé lui-même, et nous n'y avons jamais fait allusion avec vous, ni en votre présence. Vous n'aviez aucun moyen de savoir qu'il avait travaillé pour Alan Levy.

— Jonna, insistai-je, regardez-moi.

Elle releva les yeux, mais ils étaient devenus ternes et opaques.

— Levy s'est servi de moi comme il s'est servi de vous, et je n'y ai vu que du feu. J'ai travaillé pour lui, je lui parlais à peu près tous les jours, et il m'a complètement berné. Il est très fort. Lionel Byrd n'a pas tué votre sœur. Je sais que vous êtes persuadée du contraire, mais ce n'est pas lui. Si c'est Levy qui vous a remis ces photos, c'est Levy qui les a tuées, et nous avons besoin de le prouver.

— Levy..., murmura Jonna.

— Levy s'est aussi servi de moi pour savoir où en étaient les enquêteurs. Il m'a poussé à vous retrouver. Je pense qu'il veut vous éliminer. Nous savons grâce à votre portable qu'il vous a beaucoup téléphoné. Nous savons aussi que vous ne preniez plus ses coups de fil et que vous ne le rappeliez pas non plus. Je pense que c'est parce que vous avez senti qu'il y a quelque chose qui ne tourne pas rond chez ce type.

Marx sortit de son coin.

— On peut vous voir comme une victime, vous aussi. C'est de cette façon qu'on a envie de traiter votre cas. Je ne peux pas vous promettre que vous éviterez la case prison, mais on peut vous obtenir un bon compromis. Vous aurez droit à une peine réduite et à une libération anticipée si vous coopérez.

Jonna considéra encore une fois la photo d'Yvonne, le gros plan de l'album montrant la vilaine bulle rose. Elle effleura la bulle, et sa bouche retrouva la ligne grave et déterminée que j'avais vue sur son portrait de lycéenne. Elle souleva la photo, souffla un baiser dessus, la laissa retomber avec les autres, et reprit sa pose détendue.

— Qu'est-ce que vous attendez de moi ?

— Des aveux enregistrés.

— D'accord. Si c'est ce que vous voulez.

Bastilla secoua la tête.

— Pas les vôtres, Jonna. Ceux de Levy. Votre témoignage ne suffira pas. Nous avons besoin qu'il reconnaisse que ces photos vous ont été remises par lui ou qu'il vous a aidée à planifier le meurtre de Byrd. Il n'aura qu'à marquer son acquiescement sur un de ces deux points, et ce sera bon.

— Vous voulez que je l'appelle ?

— Levy est trop malin pour se trahir au téléphone, mais nous comptons sur Cole pour le faire sortir du bois.

— Je suis censé l'appeler dès que je vous aurai remis la main dessus, dis-je.

— Pour qu'il me tue.

— Je suppose. Il essaiera probablement de me tuer aussi.

— On choisira un endroit sûr, dit Bastilla. On va vous assurer une protection maximale, et...

Jonna l'interrompit.

— Je m'en fous. Je veux l'avoir.

Ce fut dit sans hésitation ni remords. Munson avait raison. Elle était froide comme la glace.

44

Marx réquisitionna une salle de conférences et mobilisa un commando d'élite du SWAT, dont il réunit ensuite les responsables et chefs d'équipe pour préparer la mission. On me laissa participer à cette réunion parce que je devais jouer un rôle-clé ; l'objectif était non seulement de capturer Alan Levy, mais aussi et surtout de le faire avouer. Ils arrêtèrent leur plan, choisirent un site et déployèrent leurs équipes de surveillance et d'intervention sur place avant même que j'aie décroché mon téléphone. Nous ne savions pas si Levy accepterait de me retrouver là-bas, mais les gars du SWAT tenaient à ce que tout le monde soit en position dès que possible, quitte à s'adapter en cas de changement de plan. Ils connaissaient leur métier mieux que personne.

Un technicien de surveillance nommé Frank Kilane apparut sur le seuil et fit du pouce un signe positif. Marx me gratifia d'une petite tape dans le dos.

— Prêt pour le coup de bigo ?

Je me forçai à sourire.

— Je ne vis que pour ça.

— Vous reprenez un peu de ce café ?

— Vous voulez me tuer ou quoi ?

Marx ébaucha une sorte de rictus.

— J'attendrai qu'on ait eu ce salopard.

De l'humour nerveux.

Pike et Munson nous attendaient dans la salle beige, Bastilla s'étant installée ailleurs avec Jonna pour prendre la fin de sa déposition. Frank Kilane avait relié mon portable à un enregistreur au moyen d'un connecteur sans fil. Il était capital que Levy identifie mon numéro.

Kilane me rendit le téléphone.

— Vous n'aurez qu'à utiliser la fonction mains-libres comme vous le feriez en temps normal. Ne vous en faites pas pour le signal. Ça capte hyper bien là-bas, mais je vous ai quand même mis un ampli.

Marx fit un geste vers le miroir sans tain.

— Bon, on y va. Tout le monde dehors. On vide la pièce.

Ils me laissèrent seul pour minimiser les bruits de fond.

Je m'assis sur la chaise de Jonna. Ils avaient déposé sur la table une feuille de bloc-notes jaune sur laquelle étaient inscrits le numéro de Levy et l'adresse du lieu de rendez-vous. Une attention touchante.

La voix de Marx jaillit d'un haut-parleur invisible.

— Allez-y dès que vous serez prêt.

Je composai le numéro et écoutai le ronronnement étouffé des sonneries. Les intervalles de silence me parurent plus longs que d'habitude, mais à la septième sonnerie Levy finit par répondre. D'une voix parfaitement normale.

— Salut, Alan, vous avez toujours envie de voir Ivy Casik ?

— Génial. Vous l'avez retrouvée ?

— Je suis le meilleur détective du monde, non ?

Comme si tout allait pour le mieux. Levy pouffa, manière de me faire comprendre que tout allait pour le mieux de son côté aussi.

— Alors, vous lui avez parlé ?

— Non. Je me suis dit qu'il valait mieux vous attendre. Pour ne pas l'effaroucher.

Je lui donnai l'adresse sans attendre qu'il me la demande – une maison qui avait autrefois servi de labo clandestin de méthamphétamine, dans un quartier résidentiel. Les gars du SWAT l'avaient choisie parce que le site offrait des conditions de couverture adéquates pour leurs équipes de surveillance, entre autres avantages. La fluidité du trafic dans le secteur permettrait de repérer facilement Levy lors de son approche et, si d'aventure il changeait d'avis et repartait sans

307

s'arrêter, de le prendre tout aussi facilement en filature. Il fallait surtout qu'il ne se sente pas cerné avant d'avoir prononcé des paroles compromettantes. Je lui décrivis sommairement les lieux.

— C'est une petite bicoque, au fond de Runyon Canyon. Une vraie cabane à lapins. Je crois qu'elle est seule.

Il sembla hésiter pour la première fois.

— Ah, euh, vous avez fait un travail fantastique, Elvis, comme d'habitude. Pas la peine de m'attendre. Je ne vais pas pouvoir aller là-bas tout de suite.

Je fis de mon mieux pour paraître déçu.

— C'est vous qui voyez, Alan, mais je me suis vraiment crevé le cul pour la loger. Elle n'a pas déchargé ses bagages. Je ne sais pas combien de temps elle va rester.

— Oui, oui, sauf que... j'ai rendez-vous chez Leverage. Ils en savent sûrement plus long là-bas que cette fille sur les magouilles de Marx.

— Je ne vais pas pouvoir rester en planque toute la journée, Alan. J'ai à faire.

— Ça va aller, Elvis. Je vous assure. J'ai l'adresse, mais il faut d'abord que je parle à ces gens chez Leverage. Ne m'attendez pas. Si j'arrive à la voir, je vous rappellerai ensuite pour faire le point.

— Comme vous voudrez.

À peine avais-je éteint mon téléphone que Marx poussa la porte.

— Ce fumier va lui tomber dessus tout de suite. Allons-y.

45

Jonna Hill déclara pendant sa déposition enregistrée qu'elle n'avait pas tué Lionel Byrd et qu'elle n'était pas non plus présente au moment de son décès. Il pouvait s'agir ou non d'un mensonge. Toujours selon Jonna, Alan Levy lui avait donné les sept Polaroïds, toutes les informations nécessaires sur Byrd, et assez de liquide pour louer à la fois son appartement près du Hollywood Bowl et sa chambre juste en face de chez Byrd, sur Anson Lane. Il l'avait contactée peu après le meurtre de Debra Repko et s'était dit broyé par la culpabilité à cause du rôle qu'il avait joué dans la remise en liberté d'un homme à propos duquel il avait découvert par la suite qu'il avait commis de multiples homicides. Jonna n'eut aucune peine à le croire. « Il était tellement brillant, expliqua-t-elle. Tellement convaincant. » Elle avait adhéré à son plan avec ardeur et enthousiasme. Levy lui avait appris à masquer ses empreintes avec de la colle pour maquettes et à se coiffer d'un bandeau pour éviter de perdre des cheveux ; il lui avait aussi fourni l'appareil photo, les pellicules et l'album *Mes meilleurs souvenirs*. La mission de Jonna était simple : en trois semaines, elle avait gagné la sympathie de Lionel Byrd en se faisant passer pour une journaliste indépendante – encore une idée de Levy. Elle lui avait fait manipuler les photos de l'album des mortes pour qu'il laisse ses empreintes dessus et, le soir de sa mort, elle avait mis dans son whisky de l'oxycodone – également fourni par Levy. Elle démentit formellement avoir assisté à ce qui s'était passé après son départ ce soir-là. Là encore, c'était peut-être un mensonge, mais il se pouvait aussi que ce soit vrai.

Nous courûmes jusqu'au parking. Marx coordonna le déploiement des troupes avec un chef d'équipe du SWAT pendant que nous trottions vers un véhicule de surveillance camouflé en camion de tacos. Le chef d'équipe, un blond coiffé en brosse, avait une gueule de dur à cuire. Entre deux ordres, il jeta un coup d'œil à Pike.

— Vous ne seriez pas Joe Pike ?

Pike hocha la tête.

— Vous venez avec nous ?

Nouveau hochement de tête.

— Cool. J'admire votre travail.

Mais Munson stoppa Pike devant le camion.

— Vous vous arrêtez là.

— Lui aussi est concerné, dis-je.

Marx considéra Pike et secoua la tête.

— On a déjà assez de civils. Désolé, Pike, c'est comme ça.

— Et merde, grommela le chef d'équipe, visiblement déçu.

Je haussai les épaules en regardant Joe.

— Ça ne fait rien, vieux. On se reverra de l'autre côté.

Pike me fixa une seconde, et je vis frémir le coin de sa bouche.

— À plus.

Il partit au trot vers sa Jeep, et Marx me fit signe de monter dans le camion.

— On va vous brancher. Entrez.

L'intérieur du camion était encombré d'appareils de surveillance et d'enregistrement ; il y avait aussi toutes sortes d'outils et même une glacière, tellement vétuste que le plastique moisissait. Jonna et Bastilla étaient déjà là. L'espace se réduisit comme une peau de chagrin à mesure que nous embarquions, et Kilane n'eut pas l'air d'apprécier.

— On aurait dû vendre des billets, putain !

Jonna tiqua en me voyant.

— Vous êtes du voyage ?

310

— On dirait.

— Tant mieux. Ça me plaît.

Marx se faufila à l'avant pour s'asseoir à côté du chauffeur, qui démarra dès que les portières furent fermées.

Kilane ajusta un microphone sous le tee-shirt de Jonna pendant que Bastilla la bombardait de questions, cherchant à savoir si Levy l'avait déjà palpée pour chercher un micro, la fouiller ou lui peloter les seins. Jonna répondit que non, jamais, apparemment indifférente à ce que faisait Kilane.

— Vous avez peur ? lui demandai-je.

Bastilla me décocha un regard noir.

— Dites-lui plutôt quelque chose d'encourageant.

Jonna haussa légèrement les épaules.

— J'ai tout le temps peur.

— Vous le cachez bien.

— Je sais. C'est juste une impression que je donne.

— Levez le bras, Jonna.

Jonna obtempéra tout en maintenant son attention fixée sur moi.

— Je repensais à ce que vous m'avez dit tout à l'heure, que vous n'y aviez vu que du feu. Ça vous fait quoi ?

Je compris tout à coup pourquoi elle m'avait regardé dans la salle d'interrogatoire et pourquoi elle était contente que je sois dans ce camion avec elle. Elle savait ce que ça me faisait parce que ça lui faisait probablement la même chose.

— C'est comme si j'avais été son jouet.

— Yvonne se prostituait.

Ne sachant que dire, je hochai la tête.

— Vous avez des frères et sœurs ? poursuivit-elle.

— Non. Je suis fils unique.

— Oh. C'est dommage.

Jonna se replia dans le silence jusqu'à ce que Kilane ait fini de l'équiper et rabattu son tee-shirt. Il se tourna ensuite vers une batterie d'appareils et mit un casque audio.

— Ce n'est pas trop gênant ?

— Ça va.

Kilane leva le pouce. L'émission était bonne. Il retira son casque et entreprit de me fixer sur le torse un micro du même type.

Jonna promena un regard sur l'habitacle surpeuplé.

— Je peux voir ce que ça donne quand je bouge ?

— Bien sûr.

Après s'être penchée d'un côté puis de l'autre, Jonna partit en crabe vers l'arrière du camion. Kilane, le chef d'équipe et moi-même dûmes nous serrer encore plus pour la laisser passer. Elle se pencha encore une ou deux fois puis s'étira autant que le lui permettait le plafond bas.

— Ça a l'air d'aller.

En revenant vers l'avant, elle trébucha contre une rangée d'appareils et perdit l'équilibre. Elle fit entendre une sorte de ouf, renversa une boîte à outils, mais réussit à se remettre d'aplomb.

— Je n'ai rien, dit-elle. On voit quelque chose sous mon tee-shirt ?

Kilane rit.

— Votre propre mère ne remarquerait pas ce micro, petite.

Marx rangea son portable et quitta le siège passager pour nous rejoindre à l'arrière. Après m'avoir jeté un coup d'œil, il se tourna vers Jonna.

— Plus que dix minutes. Vous vous souvenez de ce qu'on a dit ?

— Bien sûr.

— Tout ce que vous aurez à faire, c'est de vous montrer. Si Levy vous voit et s'il a l'impression que vous êtes seule, il y a de bonnes chances pour qu'il s'arrête. Dès qu'il sera descendu de sa voiture, vous vous repliez dans la maison. Cole prendra le relais.

— Je sais.

Marx tendit la main vers les appareils.

— On ne perdra pas un mot de ce que vous dites. Si vous essayez de le prévenir, notre accord passe à la trappe.

— Je ne vais pas le prévenir.

— Je vous dis ça à titre indicatif. Nous avons votre déposition enregistrée. Ça ne nous suffira peut-être pas à inculper Levy mais vous, vous pouvez être sûre qu'on ne vous lâchera pas. Vous vous repliez dans la maison. Un agent vous attendra à l'intérieur pour prendre soin de vous.

— Si je voulais le prévenir, je n'aurais pas accepté de faire ça. Détendez-vous.

Le chef d'équipe du SWAT éclata de rire. Marx l'ignora.

— Encore une chose que je tiens à ce que vous sachiez : votre sécurité est ma préoccupation numéro un. Vous ne les verrez pas, mais on aura trois équipes de tireurs d'élite en train de surveiller les moindres mouvements de Levy. Ils ne le lâcheront pas d'une semelle. S'il fait mine de sortir une arme ou d'esquisser un geste menaçant vis-à-vis de vous, ils l'abattront. Sans lui laisser l'ombre d'une chance de vous nuire. Tout le monde l'aura dans le collimateur. Comptez sur nous.

— J'y compte.

Je tapotai le genou de Jonna. Cette fille avait commis un meurtre pour assouvir son obsession avec un sang-froid qui aurait largement valu un billet pour l'hôpital psychiatrique, et moi je lui tapotais le genou. J'interrompis mon geste.

Ils nous firent descendre du camion près de La Brea Boulevard, à Hollywood, sur le parking d'une pharmacie. Deux types en civil qui devaient être des agents tactiques du SWAT nous attendaient dans un Chevrolet TrailBlazer vert.

— Votre taxi, dit Marx. On se reverra de l'autre côté.

Le TrailBlazer remonta La Brea en trombe et partit ensuite à l'ascension des rues résidentielles tortueuses de Runyon Canyon. Jonna ne semblait pas inquiète. Elle chantonnait et sifflait tout doucement, pour elle-même. « La-la-laa, la-la-laa. » Le regard vague, elle chantonna jusqu'à ce que nous ayons atteint la maison.

46

Les planificateurs du SWAT avaient bien choisi leur site. La maison était un vieux chalet à flanc de canyon isolé dans un virage. Il avait sans doute été construit dans les années 1920 pour servir d'abri de chasse et été agrandi par la suite, mais il n'était plus entretenu depuis des années. La Neon blanche de Jonna était garée à côté. L'agent qui l'avait amenée là attendait à l'intérieur du chalet, où Jonna devrait rester jusqu'à ce que Levy soit repéré. Dès que les équipes de surveillance l'auraient identifié, l'agent du chalet serait prévenu par radio. À ce moment-là, Jonna ressortirait. Son rôle consistait simplement à se montrer afin que Levy ait confirmation de sa présence. Dès que Jonna aurait retrouvé la sécurité du chalet, ce serait à moi de jouer.

Ils nous déposèrent derrière la Neon et redémarrèrent aussi sec.

— N'essayez surtout pas de repérer les équipes de surveillance, glissai-je à Jonna. Vous n'avez aucune chance, et quelqu'un pourrait vous voir les chercher des yeux.

— Et s'il ne vient pas ?

— On se tournera les pouces. Vous feriez mieux d'entrer. S'il m'aperçoit dehors avec vous, c'est mort.

J'attendis qu'elle soit à l'intérieur pour m'enfoncer dans une touffe de chênes buissonnants de l'autre côté de la Neon. Si Levy se garait devant le chalet, je pourrais ainsi l'approcher sans être vu. Je voulais le surprendre.

Je me mis en position d'attente. Levy viendrait ou ne viendrait pas. Ça pouvait être dans dix minutes ou bien jamais.

Un véhicule passait de temps à autre, sans ralentir. Des gens du quartier. Des ouvriers du bâtiment. Des randonneurs novices qui cherchaient le parc naturel et avaient loupé l'embranchement. Mais aucun d'eux n'était Levy. J'écoutais les grives et les merles. Et toujours pas de Levy.

Un bruissement de feuillages s'éleva dans mon dos, suivi d'une voix à peine plus forte.

— Bonne planque, murmura Pike.

Il s'accroupit à côté de moi.

— Marx va piquer sa crise, soufflai-je. Je suis branché.

— Tu crois que j'aurais laissé quelqu'un d'autre te couvrir ?

Le silence retomba. Marx devait fulminer. Il devait être livide, mais le chef d'équipe blond essayait probablement de se retenir de rire.

Jonna Hill ressortit du chalet huit minutes plus tard et s'approcha de la Neon. C'était à la fois le signal que j'attendais et l'appât destiné à Levy. Une berline Dodge marron émergea du virage à faible allure et ralentit encore. Levy était penché au-dessus du volant. Il freina de nouveau en voyant Jonna, jusqu'à l'arrêt complet sur la chaussée. Il tourna la tête d'un côté puis de l'autre, fouillant du regard les environs.

Jonna s'écarta de la Neon. Elle n'était pas censée regagner le chalet avant qu'il soit sorti de voiture, et elle ne le fit pas. Je vis ses lèvres remuer pendant qu'elle observait la Dodge. Elle s'était remise à chantonner. « La-la-laa, la-la-laa. »

Les trois équipes de snipers devaient avoir Levy en ligne de mire, prêts à envoyer la sauce au moindre geste suspect. Si l'un de ces tireurs apercevait une arme, une ogive de calibre 30 jaillirait illico de son canon à une vitesse de sept cent quatre-vingts mètres par seconde. Nous ne voulions pas Levy mort. Nous le voulions vivant, mais c'est ainsi que ça se terminerait s'il faisait un faux pas.

La Dodge décrivit un arc de cercle gracieux et vint se garer entre Jonna et moi. Levy mit pied à terre à moins de cinq mètres d'elle, et à dix mètres de moi. Sa veste et son pantalon étaient fripés comme s'il avait dormi dedans.

— Parfait, soupira Pike.

Jonna ne regagna pas le chalet. Elle aurait dû le faire à ce moment-là, mais elle ne le fit pas.

— Comment avez-vous fait pour me retrouver ? lança-t-elle à Levy.

Il réagit comme si la situation était parfaitement naturelle.

— Je commençais à être inquiet. Pourquoi vous ne répondiez plus ?

Je me faufilai hors du bosquet, et il ne m'entendit que quand je fus juste derrière lui.

— Inquiet de quoi, Alan ?

Il fit un tel écart que je crus qu'il allait tomber, et enchaîna sur une pirouette affolée. Je reculai d'un pas en lui montrant mes paumes.

— N'allez pas nous faire une attaque. Tout va bien. Ça a été chez Leverage ?

Dès qu'il se fut rendu compte qu'il était encore en vie, Levy se ressaisit. Il jeta un coup d'œil derrière moi pour s'assurer que j'étais seul, se retourna vers Jonna puis scruta la route de haut en bas. La peur au ventre.

— Le rendez-vous a été annulé.

— Ah. On a des choses à se dire. Jonna, si vous alliez nous attendre à l'intérieur pour qu'on puisse discuter ?

— Non, dit Jonna.

Levy posa fugacement sur elle des yeux exorbités. Jonna s'était rapprochée de lui. Elle le fixait d'une façon qui ne me plut pas, et qui ne devait pas non plus plaire à Marx. Les tireurs auraient plus de mal si elle restait dehors.

— Je peux lui parler seul, me dit Levy. Vous n'aviez pas besoin de m'attendre.

Je fis un pas vers Jonna pour m'interposer entre Levy et elle, mais Levy recula. Il glissa les pouces dans sa ceinture, sous sa veste. Je ne voyais pas d'arme, mais les tireurs devaient être en alerte maximale.

— Si, Alan, j'en avais besoin. On a déjà beaucoup causé, ma nouvelle meilleure amie et moi. Je sais ce qui s'est passé.

Levy décocha un coup d'œil à Jonna et recula encore.

— Je ne sais pas de quoi vous parlez.

316

— Bien sûr que si. Du meurtre de Lionel Byrd.

— Je ne comprends pas.

— Alan, s'il vous plaît. Je viens de vous prendre en flagrant délit de mensonge. Vous m'avez toujours dit que vous ne connaissiez pas cette fille, et vous lui avez demandé en arrivant pourquoi elle ne répondait plus. Vous avez dit que vous vous inquiétiez pour elle.

— Je n'ai rien dit de tel. Vous avez mal entendu.

— Si, vous l'avez dit, intervint Jonna.

Je fis un pas vers lui pour maintenir la pression. Je tenais à ce que Levy reste focalisé sur moi plutôt que sur elle, et j'essayais toujours de me glisser entre eux.

— Voilà ce qui va se passer, dis-je. Soit vous nous payez pour qu'on garde vos sales petits secrets, soit on vous donne aux flics. Je pense à deux millions de dollars, un pour elle et un pour moi. Ça vous va ?

Levy balaya la route du regard comme s'il sentait que la police le surveillait et qu'il était enregistré.

— Je ne vois pas ce que vous voulez dire. Je ne comprends pas votre attitude, et je vais aller…

Il pivota brusquement vers sa Dodge, et Jonna dit alors quelque chose qui nous arrêta net.

— Je vous ai enregistré, Alan.

Il écarquilla les yeux, et la peur se répandit sur ses traits.

— Le jour où vous m'avez donné les photos des mortes, j'avais un magnéto sous mon tee-shirt. Je lui ai passé la cassette. Je la lui ai fait écouter.

Jonna me montrait du doigt. Non seulement elle ne m'avait jamais fait écouter de cassette, mais elle n'en avait jamais parlé à qui que ce soit et la police n'avait retrouvé aucun objet de ce genre dans ses affaires. Je me demandai si elle était consciente de son mensonge. Peut-être qu'elle y croyait.

— Rentrez dans le chalet, Jonna. On va se mettre d'accord, Alan et moi.

Elle ne rentra pas dans le chalet. Elle s'avança vers lui.

— Deux millions de dollars, ce n'est pas assez.

Levy s'humecta les lèvres. Son regard fit l'aller-retour entre Jonna et moi. Ses mains reprirent le chemin de sa ceinture.

— Vous voulez combien ?

Nous le tenions. En entamant la négociation avec nous, Alan Levy venait de reconnaître que ces photos étaient effectivement passées par lui. Nous le tenions, et Marx devait être en train de donner l'ordre de procéder à son arrestation, mais Jonna ajouta quelque chose.

— Ce ne sera jamais assez.

Elle mit un genou en terre comme pour refaire son lacet puis se redressa tel un sprinteur giclant de son starting-block, armée de ce qui s'avérerait plus tard être une lime queue-de-rat subtilisée quand elle avait fait exprès de renverser une boîte à outils dans le camion de surveillance. Elle le frappa à la gorge avec une telle violence qu'il partit à la renverse, rebondit contre sa Dodge et s'écroula sur le sol.

Nous avions tous tellement craint que Levy ne tue Jonna que personne n'avait envisagé le contraire.

Les snipers se ruèrent hors de leurs cachettes, mais ils étaient loin et dans l'impossibilité d'ouvrir le feu tant que nous resterions les uns sur les autres. Pike jaillit du bosquet. Je m'étais jeté sur Jonna par-derrière, mais elle était agrippée à Levy et continuait de le poignarder – au cou, à la face, à la tête. Je venais de lui bloquer le bras quand la détonation éclata, suivie d'un cri de Joe Pike.

— Il tire !

Levy avait enfoncé un petit pistolet noir dans le ventre de Jonna et émit une plainte sinistre et haut perchée en pressant la détente aussi vite que ses forces le lui permirent.

Jonna recula d'un pas. Je la repoussai sur le côté et tendis le bras vers le pistolet, mais Levy l'avait déjà lâché. Il venait de porter ses deux mains à son cou en bouillie quand Pike le percuta de plein fouet.

Jonna tituba, s'assit et éructa une brume rouge. Je venais d'arracher ma chemise et de commencer à lui comprimer l'abdomen quand l'essaim du SWAT s'abattit sur nous.

— Tenez bon, Jonna. Tenez bon. Continuez à respirer.

Je ne crois pas qu'elle m'ait vu. Ses lèvres avaient repris leur ligne déterminée, mais quelque chose dans son regard avait changé. Les graines de la colère y étaient moins perceptibles. Je n'en suis pas sûr, mais j'ai envie de le croire. Je l'espère.

Jonna Hill mourut à l'arrivée des secours.

La roseraie

47

Le ciel de Santa Monica était incandescent de brume côtière et emplissait le jardin d'Alan Levy d'une lumière tellement vive que la piscine ruisselait d'étincelles. Le conseiller municipal Nobel Wilts et le chef adjoint Thomas Marx se tenaient à côté de moi en bordure de la roseraie. Trente-deux rosiers d'espèces diverses avaient été soigneusement déterrés puis empilés à l'autre bout du jardin. Ils ne seraient pas replantés. Après l'intervention des autorités, ces rosiers seraient détruits.

Marx fit signe à Sharon Stivic, la responsable de l'équipe médico-légale chargée de l'exhumation.

— Il y en a encore pour longtemps ?

— La fosse est grande. On doit y aller doucement. Il ne faudrait pas passer à côté d'un élément important.

La présence des corps avait été établie par un détecteur de gaz permettant de repérer les concentrations inhabituelles de méthane produites par la chair en décomposition. Un sonar latéral avait ensuite été utilisé pour déterminer leur position précise, et deux hommes du bureau du coroner étaient en train de retourner la terre.

— Sa femme et ses gosses, sûrement ? fit Wilts.

Marx acquiesça. Le sonar avait défini leur forme et leur taille.

— On ne le saura qu'après l'identification, mais oui, il y a un adulte et deux enfants.

— Je la connaissais, bon Dieu. Je suis quasiment sûr d'avoir rencontré cette nana. Ça remonte à loin.

Wilts plissa le front dans son effort pour se rappeler s'il avait ou non connu la femme d'Alan Levy, mais il finit par renoncer. Il s'épongea le visage et scruta le ciel en grimaçant.

— Et merde... Je retourne à l'ombre.

Nous le regardâmes mettre le cap sur la villa, qui grouillait de techniciens, d'inspecteurs et de journalistes. La rue de Levy était tellement encombrée de camionnettes de presse, de véhicules du bureau du coroner et de badauds que j'avais dû me garer à trois pâtés de maisons de là. Aucun de ces journalistes ne s'était déplacé pour le meurtre d'Yvonne Bennett, mais Yvonne n'était pas un éminent avocat de Los Angeles ayant assassiné sa famille. Yvonne était une moins-que-rien qui avait autrefois protégé sa petite sœur.

Marx m'avait téléphoné de bonne heure ce matin-là pour me prévenir que les cadavres avaient été localisés la veille au soir. Il m'avait demandé de venir assister à l'exhumation et je l'avais fait, bien qu'ayant déjà eu mon lot de cadavres. Je ne tenais pas à en voir d'autres, mais j'espérais obtenir des réponses. Pour moi autant que pour les Repko.

Je tendis la main vers le monticule de terre grandissant.

— On retrouvera peut-être le PDA de Debra Repko là-dedans.

— Peut-être.

— Ou dans la maison.

— Avec un peu de chance.

— Ou d'autres photos.

— J'espère bien que non.

— L'autopsie de Levy a révélé quelque chose ?

— Rien. Son cerveau était nickel. Pas de tumeur, ni de kyste, ni de lésion. Pas de trace de drogue. Idem pour la biochimie du sang. Qu'est-ce que vous voulez que je vous dise ?

— Et ses collègues du cabinet ?

— Sur le cul, comme tout le monde. Levy leur a raconté que sa femme l'avait quitté et qu'elle était partie dans l'Est avec leurs gamines. C'était il y a huit ans, juste avant Frosto-kovic.

— Les voisins ne vous ont rien appris ?

— La plupart ne l'avaient jamais rencontré. On va mettre des mois à reconstituer ce merdier.

Il n'y avait rien à ajouter. On les voudrait vivants pour qu'ils répondent à nos questions. *Pourquoi avez-vous fait ça ? Il n'y a eu que ces sept-là ou vous en avez tué d'autres ?* Nos questions étaient désormais vouées à rester sans réponse. *Pourquoi Jonna Hill a-t-elle fait ce qu'elle a fait ?*

Un rire tonitruant s'échappa de la villa. Marx et moi nous retournâmes pour voir Wilts s'esclaffer en compagnie d'une ravissante présentatrice de la télévision locale. Il allait se la faire.

— Il sait que vous l'avez soupçonné ?

— Non, répondit Marx. Ça ne m'a pas paru indispensable de lui dire.

Marx avait rendu visite aux Repko ainsi qu'aux autres parents de victimes afin de leur expliquer pourquoi il les avait entraînés sur une fausse piste, sans aller jusqu'à leur dire que son vrai suspect était Wilts. Fidèle à lui-même, il l'avait couvert encore une fois. Je respectais le courage dont il avait fait preuve en allant affronter les familles.

Les deux hommes équipés de pelles-bêches étaient à présent enfoncés jusqu'aux cuisses dans une fosse d'environ un mètre vingt sur deux mètres cinquante. Ils retournaient la terre centimètre par centimètre. Tous deux s'interrompirent au même moment, puis l'un d'eux se pencha pour toucher quelque chose. Ils portaient des gants en latex.

— Je m'en vais, dis-je. Je ne tiens pas à voir ça.

Marx continua de fixer le sol un certain temps.

— Vous croyez qu'elle l'a enregistré, comme elle l'a dit ? Quand il lui a donné les photos ?

— C'est une invention. Elle inventait beaucoup. Sa sœur était pareille.

— Si cette cassette existe, j'aimerais bien la retrouver.

— Vous avez sa déposition.

— Ça nous aiderait de l'entendre. Pas seulement pour savoir ce qu'il lui a dit, mais comment il l'a dit. Allez savoir ce qu'il a pu lui raconter, ce fils de pute. Ça pourrait expliquer un tas de choses. Répondre à un tas de questions.

— Si vous la retrouvez, faites-moi signe.

J'espérais qu'il avait raison, que la cassette existait.

Je le laissai seul au bord de la fosse commune dans le jardin d'Alan Levy et traversai la foule pour rejoindre la rue. Le ciel était d'un bleu splendidement cristallin, plus lumineux que je ne l'avais jamais vu, mais certaines ombres peuvent obscurcir le ciel en plein jour.

L'ombre s'était emparée d'Alan Levy. Une ombre noire avait touché Jonna Hill bien avant le meurtre de sa sœur. Debra Repko avait frôlé l'ombre et n'en était jamais revenue. *Pourquoi est-elle ressortie à pied avec lui ? Pourquoi l'a-t-il tuée ce soir-là plutôt qu'un autre ?* Nous ne le saurions jamais.

J'ai peur du noir, mais j'ai encore plus peur de ce qu'il fait de nous. C'est peut-être la raison pour laquelle j'exerce ce métier. Je traque les ombres pour laisser de la place à la lumière.

Table

Remerciements

La publication d'un livre requiert l'intervention de nombreuses mains. Mes remerciements, comme toujours, vont à :

— ma directrice littéraire, Marysue Rucci, ainsi qu'aux éditeurs David Rosenthal et Louise Burke ;

— ma secrétaire d'édition, Patricia Crais. Heureusement que l'un de nous maîtrise l'orthographe ;

— Aaron Priest, Lisa Vance et Lucy Childs pour leurs conseils avisés et le zèle avec lequel ils me représentent ;

et enfin à :

— Carol Topping et Clay Fourrier pour avoir créé le merveilleux univers de notre site web – RobertCrais.com – et sa lettre d'information. Notre famille de lecteurs s'étend désormais au monde entier et se chiffre en millions.